薄冰 THIN ICE

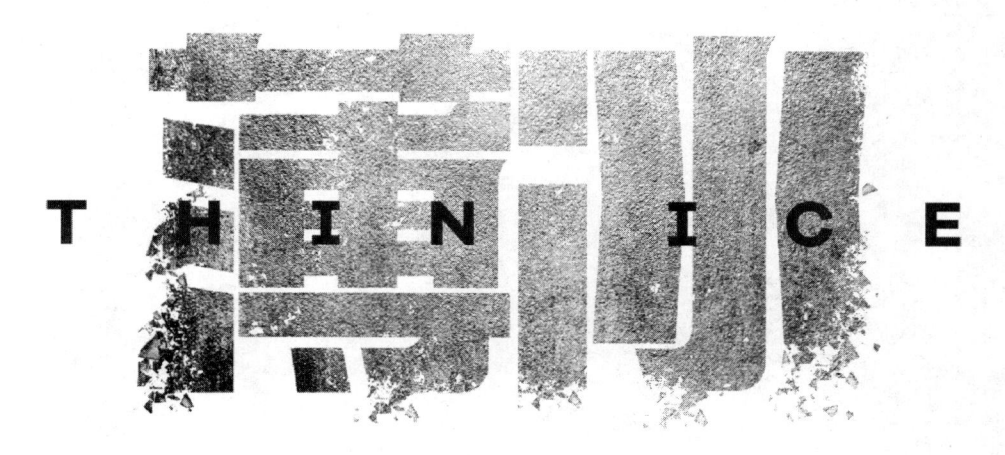

下

海飞 ◎ 作品

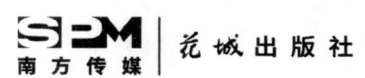

SPM 南方传媒 | 花城出版社

中国·广州

图书在版编目（CIP）数据

薄冰：全二册 / 海飞著. -- 广州：花城出版社，2023.5
ISBN 978-7-5360-9892-3

Ⅰ．①薄… Ⅱ．①海… Ⅲ．①长篇小说－中国－当代 Ⅳ．①I247.5

中国国家版本馆CIP数据核字（2023）第069932号

出 版 人：张　懿
责任编辑：黎　萍　夏显夫
责任校对：梁秋华
技术编辑：凌春梅
封面设计：WONDERLAND Book design

书　　名	薄冰 BO BING	
出版发行	花城出版社 （广州市环市东路水荫路11号）	
经　　销	全国新华书店	
印　　刷	佛山市浩文彩色印刷有限公司 （广东省佛山市南海区狮山科技工业园A区）	
开　　本	787毫米×1092毫米　16开	
印　　张	30.5　　2插页	
字　　数	455,000字	
版　　次	2023年5月第1版　2023年5月第1次印刷	
定　　价	98.00元（全二册）	

如发现印装质量问题，请直接与印刷厂联系调换。
购书热线：020-37604658　37602954
花城出版社网站：http://www.fcph.com.cn

目 录

第二十章 …………………………………………… 001
第二十一章 ………………………………………… 013
第二十二章 ………………………………………… 024
第二十三章 ………………………………………… 034
第二十四章 ………………………………………… 046
第二十五章 ………………………………………… 055
第二十六章 ………………………………………… 063
第二十七章 ………………………………………… 071
第二十八章 ………………………………………… 083
第二十九章 ………………………………………… 095
第三十章 …………………………………………… 106
第三十一章 ………………………………………… 117
第三十二章 ………………………………………… 128
第三十三章 ………………………………………… 140
第三十四章 ………………………………………… 152
第三十五章 ………………………………………… 162
第三十六章 ………………………………………… 177
第三十七章 ………………………………………… 190
第三十八章 ………………………………………… 202
第三十九章 ………………………………………… 214
第四十章 …………………………………………… 226

第二十章

陈浅跟随一众守卫进入库房后,象征性地泼水救火,趁人不注意,他立即来到秘密库房门口,迅速掏出铁丝开始撬锁。咔的一声轻响,秘密库房的门锁已经打开,陈浅向后望了一眼,众人还在忙着救火,他于是快速推门而入并将门掩上。

进去以后,陈浅逼迫自己在黑暗中快速适应光线,然后他发现秘密库房约50平方米大小,一眼见底,他迅速开始检查库房内整齐堆放成六处的货物。但是只看了数量较少的几堆货物之后,他一看表,已是九点十二分,而他和钱胖子已经约好,争取在半个钟头之内离开,如果到点了他还没回,钱胖子就会先走,去下一个接应地点等他。现在刚好过了半个钟头,陈浅立即放弃了继续检查,打开房门的一道缝,见无人察觉,他悄然闪身而出,出门时他的衣袖被门把手钩了一下,衬衣衣袖上的纽扣被扯落,掉在了秘密库房门内。

但是陈浅并没有察觉到这些,他将门重新锁上,然后提起自己所带的水桶再次混入救火的人流,跑出了库房。但是在跑出去的刹那,陈浅与两个日本宪兵擦肩而过,陈浅一眼认出那其实是吴若男和谢冬天假扮的,陈浅不知道在他和钱胖子到达十六浦码头的时候,吴若男就事先按照约定去了华懋饭店等他,但是她到了华懋饭店后心里却一直在回想晚上谢冬天在舞池内跟她说的话,她不由得担心起来,于是也赶紧换了衣服来到码头,然而一到这里她就遇到了谢冬天,谢冬天立即将一套日本宪兵制服丢给吴若男,此时她又听到不远处仓库传来"着火啦,着火啦,快救火啊!"的呼救,吴若男不及思索,就迅速穿上了日本宪兵制服,跟随谢冬天来到火灾现场。

虽然看到吴若男跑了进去，陈浅依然不敢停留，因为此时守卫队长已经从办公室里走了出来，他大声说："谁让你们把大门打开了？关上大门，只留小门出入。"陈浅于是赶在仓库大门关闭之前奔出了六号仓库，而在此时北川景的汽车也驶至仓库门口。陈浅低着头，迅速跑至隐蔽处，放下水桶，焦急地向仓库方向望着。而在仓库里一桶又一桶的水被守卫特务们浇在起火物上，火势已经受到控制。

吴若男快步向仓库深处走去，因为她记得陈浅对她说过铀矿如果真的放在六号仓库里内，一定就在里面那个上了锁的秘密库房里。谢冬天紧跟其后，看到小门，立即精神一振，但是等他上前仔细看了一眼门锁，发现有被撬过的痕迹。

马上，吴若男就听到外面传来了北川景的声音，不由得紧张起来，她小声对谢冬天说："是梅机关的人，我们快走。"

谢冬天沉默了一下，却对吴若男说："待在这里等我。"

吴若男一愣神，谢冬天已经跑向了北川景，然后吴若男只听到谢冬天用日语跟北川景说了一句什么，北川景和宫本良就同时一惊，朝秘密库房走来，吴若男赶紧低头让到一旁，以免北川看到自己的脸。

原来谢冬天刚才跟北川景说的是："报告北川组长，秘密库房门锁有被撬过的痕迹。"此时北川景果然看到了锁孔上有铁丝撬锁时留下的划痕，北川景立即命人打开了秘密仓库的大门，谢冬天却借这个时机拉着吴若男快速离去。等到北川景反应过来，谢冬天跟吴若男已经快步奔出仓库大门向前跑去，陈浅这时却突然冷不丁地从暗处奔出，拉住了吴若男。

吴若男一眼认出了陈浅，眼见谢冬天已经跑远，陈浅赶紧拉着吴若男向另一个方向跑去。而奔出来的宫本良已经远远地看到了他们的身影，于是对他们紧追不舍，正欲开枪的时候，陈浅突然拉着吴若男奔进一条货物之间的通道，吴若男边跑边脱下宪兵制服丢弃。

而在外等待的钱胖子十分焦急，一直在念叨着："怎么还不出来。"突然他听到人声渐近，但是他很快分辨出这是一队特务向他这边跑来，钱胖子不敢再等，只得发动汽车驶离。特务们看到钱胖子的汽车驶来，举枪打算阻拦。钱胖子却把油门踩到底，径直向特务们冲去，特务们只得纷纷跃开，看着钱胖子的汽车扬长而去，泄愤似的对着他的汽车尾部狠狠地射击。

陈浅和吴若男刚跑出通道，又见前方有一队日本宪兵赶来，无奈只得奔向另一处通道，最后发现前面已经无路可逃，而宫本良和日本宪兵已经越追越近。这时旁边工具房的门忽然开了，龙头哥从里面伸出头来，说："进来！"

吴若男愣了一下，陈浅已经拉着她进入了工具房，最后在工具房的深处，龙头哥移开一个柜子，露出后面破损的墙面，掀开一层防雨布，外面就是黄浦江岸。

"从这里出去，直通岸边。岸边有条船，你们坐船走。"

陈浅点了头，马上就带着吴若男奔出。吴若男坐在船上看着江岸上的仓库离自己越来越远，她忍不住问："刚才那人是谁？他为什么不跟我们一起走？"

陈浅还没回话，岸上已经传来了一片枪声，接着一声爆炸，码头上升腾起一片火光。陈浅不由得面色凝重。而在另一边，谢冬天也已逃离了码头，回望了一眼爆炸燃烧的方向，他脱下宪兵制服丢弃后离开。

十点钟的时候，钱胖子终于看到有两个人影朝他跑来，钱胖子一时疑惑地趴在驾驶室里没敢出声，待两人跑近了，他才确认对方正是陈浅和吴若男。

钱胖子立刻发动汽车迎向两人，等两人上车，钱胖子连忙问："吴若男，你怎么来了？"

陈浅却说："快开车！路上说。"

但是很快钱胖子就发现车里的氛围就不对劲，吴若男辩解着："我真的只是想去找你们，给你们提个醒，可谁知到了码头上却找不到你们，还被谢冬天给拉住了。"

"然后你就跟着他一起干了？"

"我就是觉得，这事不能让他抢先，如果你没进去，那我去了，这功劳也是我们的。"

"那你有没有想过，万一失手怎么办？"

吴若男无言以对，因为她知道一旦她失手，谁都会认出她就是米高梅的小猫咪，还有谢冬天，要是他失手被擒，以他自私功利的性格，他一定会供出陈浅的身份。但她仍旧嘴硬，说："我没想那么多。如果凡事都怕这怕那，咱们也不用来上海了。任何行动都有可能失手。"

"你还不认错？"

陈浅面对她的这套说辞已经有点恼火了，钱胖子见情况不妙赶紧劝和，把话题引到今晚的发现上，陈浅于是告诉他，时间紧迫，他来不及检查所有的货物。但他有八成的把握，铀矿石并不在里面。

吴若男仍旧觉得委屈，说："你凭什么这么判断？"

"铀矿石如此珍贵，井田能拿到的数量应该不会超过数百斤，他只是想要做研究用。只有研究数据说明这批矿石有用，才会大量开采。现在这数百斤的矿石不会占据太大的体积。秘密库房里共有六堆货，三堆较大，三堆较小。所以我只检查了较小的三堆货物，铀矿石并不在其中。至于较大的几堆货，我没来得及检查，但我相信，井田决不会将如此重要的货物与其他物品混放。"

钱胖子一听，突然咒骂了一声："他娘的，井田故弄玄虚了半天，原来是烟幕弹。"

但就是在钱胖子的这声咒骂中，陈浅发现自己的外套脏了，想要脱去，而吴若男看到后排有一个装有备用衣物的袋子，于是递给陈浅，陈浅却没有接，他一直盯着自己的衣袖，发现衣袖上有一粒纽扣不见了。

吴若男察觉了陈浅的神色变化，随后她也发现了这点，只有钱胖子不知道，他在前面问："怎么了？"但他马上听见吴若男问："这纽扣什么时候掉的？掉在哪了？"

"我不确定。但今晚行动之前，它还是在的。"

"会不会掉在仓库里了？"

"我不知道。"

"不管掉在哪，我们这就去找地方买，给你补上。"

"买不到的。这是梅机关定制制服的纽扣，市面上不可能有。"

然而就在说话之间，钱胖子的汽车已经驶近了华懋饭店，但是陈浅马上就看见，北川景的汽车也已经从另一个方向驶至了饭店门口。陈浅知道北川景已经怀疑上自己，于是他示意钱胖子驶向了华懋饭店侧面的一条道路，而他和吴若男需要马上回到房间。

北川景走到华懋饭店的前台之前，他一直在回想上午在六号仓库的时候，他就注意到陈浅的目光曾在秘密仓库的房门上停留过，那时他试探性地问了一句："浅井君今晚有时间吗？中村他们几个想约人去海乃家喝酒，要不要一起？"然而陈浅当即就以今晚佳人有约拒绝了，于是刚才他已经去了米高梅，从米高梅的谢大班嘴里知道小猫咪跟浅井光夫一起去了华懋饭店。

所以等到他走到前台，他就立即问："浅井光夫住在哪个房间？"

服务员刚问出请问您是哪位？北川景已经掏出枪来，"立刻告诉我！"前台顿时惊慌起来，迅速翻找着来宾记录，最后他哆嗦着告诉北川景："3……322房间。"北川景知道后正欲走开，忽然他站住，说："打电话上去，问是否需要送水果。"

电话在一声一声地响起，等到吴若男和陈浅跑到322房间门口时，电话铃刚好停止了，吴若男望向陈浅，他们都知道这一定是北川景打来的。

在前台，服务员告诉北川景没人接，北川景于是又问："你看到浅井光夫入住了吗？"

前台服务员回答："浅井先生没看到，但朱莉小姐是八点左右来的。"

北川景听完就转身走向电梯，而电梯此时正在下行，行至一楼，门打开，吴若男就挽着陈浅走了出来。北川景不由得一愣，陈浅却立即问："北川组长？你怎么在这里？"

北川景不答反问："这么晚了，浅井君这是要去哪里？"

陈浅就故作宠溺地看了吴若男一眼，吴若男也笑脸含春地迎向陈浅。然后北川景就听到陈浅说："正准备去消夜。北川组长要不要一起？"

"不了。六号仓库出了点事。井田科长不在，我是来找浅井先生跟我回去一道主持工作的。"

陈浅于是又故作惊讶地问出什么事了，而北川景看了吴若男一眼，就

请陈浅跟他上车，他们在路上说。随后陈浅就让吴若男先回房休息，等他忙完再来找她，北川景此时看着吴若男，说："浅井先生不用担心，我会派专人照顾好小猫咪小姐的。"说话的时候，他还顺便瞥了一眼陈浅的衬衣，确定他穿了制服衬衣，然后就不动声色地转身离去。

而陈浅对吴若男轻轻点头，以示安慰，随即也跟着北川景离去。

政治保卫局内，何大宝打着哈欠走进周左的办公室，说："出啥事体啦，大半夜的把人都叫回来。还一定要穿制服，我这件衬衫刚刚洗掉还没干，还潮的呀。"

说完何大宝还哆嗦了一下，周左却只告诉他，先数数他的纽扣是不是都在。何大宝感到不理解，然后何大宝就听到周左说："我也是刚听宫本手下的吉野说的，今晚十六浦码头的六号仓库进了一个内贼，在那里头掉了一颗纽扣。"

何大宝一惊，立刻去看自己衣襟和衣袖上的纽扣，然后才放心地说："还好还好，全部长牢的，没掉。"然后他又望向周左，说："那队长你是不是麻烦了？"

周左一愣，低头赫然看到自己敞开的外套里，衬衣的腹部位置掉了一颗纽扣，立马他的脸色就变了，骂了一句："妈的，麻烦大了。"

周左为缺失的纽扣担忧的时候，陈浅坐在北川景的车里也在担忧这件事，但是他还是故作镇定地说："这么说来，北川组长认为保卫局和梅机关出了内鬼，就是这个掉了纽扣的人？"

"是。我已经让人紧急联络井田科长，保卫局全体人员立刻回局里集合，能不能找到这个内鬼，还要让浅井先生的火眼金睛帮我看一看。"

陈浅却突然苦笑了一声："这事我恐怕看不了。"

北川景刚想问为什么，他就看到陈浅举起手，露出衣袖上缺失的纽扣，并说："如果丢了纽扣的人就有嫌疑，那我也得避个嫌了。"

"浅井先生这纽扣什么时候掉的？"

"可能是被女人脱衣服的时候？"

"那可得好好找找了。"

陈浅没再回北川景的话，只是把目光望向了前方。他知道这颗纽扣极有可能让井田再度怀疑自己的身份。而且今天的行动计划他从未向春羊提起过，龙头哥如果不是事先知情，不可能恰好出现在码头救下自己，他们究竟是怎么知道自己的行动计划的？陈浅觉得很疑惑。

但是车子已经驶入政治保卫局。

等到清晨的时候，井田已经连夜从南京赶回了上海，而整个政治保卫局的人也从昨夜被召回后就一直被要求待在保卫局内不允许外出。

现在陈浅已经看到桌面上放置了一些证据，但他最先注意到的还是那颗被装在塑料袋中的纽扣。紧接着他就听到北川景说："现在可以断定的是，六号仓库昨晚的起火是人为造成的。而仓库起火时趁乱混进仓库的，至少有三个人。我和宫本良赶到的时候，有两个假扮宪兵参与救火的人，故意提醒我秘密库房被撬锁，目的是为了转移我们的注意，方便出逃。"

说着北川景又出示了两张照片，照片上分别是被吴若男和谢冬天丢弃的宪兵制服，北川景又接着说："事后，我们在码头的东西两个方向发现了他们遗弃的宪兵制服。而我们追捕的时候，分明看到有两个人逃往了东面。所以他们一定有三个人。"

之后北川景才举起那枚纽扣，说道："在他们逃离之后，我在库房捡到了这个。大家应该都认识，这是我们制服衬衣上的特制纽扣。这颗纽扣，就是第三个人遗落的。因为我曾与那两名假扮宪兵的人正面照面，我确定他们没有穿我们的衬衣，所以掉纽扣的，一定另有其人。"

北川说到这环视了一圈屋内的人，然后说："这也是我召集全局人员连夜集合的原因。"

井田却在这时首先发声："与嫌犯正面照面，还让人给跑了。北川组长，你的警惕性再次刷新了我的认知。"看着北川景露出愧色，他才又说："这两个人长什么样，你记住了吗？"

北川景这时让万江海递上了一张铅笔画，陈浅看了一眼，画像与谢冬天有六七分相像。陈浅略感安心，看来他并没有看清吴若男的长相。但是马上北川景就又提出一个疑问，因为他们后来对秘密库房的物品进行清点

后发现，并未短少。而且根据以上线索，他认为，这是一场有预谋的，里应外合的行动，但为什么三个人搞出这么大的动静进入仓库，却什么也没拿走，经过他的推测，他觉得他们应该是想找什么，却没能找到。

但是陈浅注意到北川景在提出这个疑问的时候，井田一脸讳莫如深的表情，于是他开口问道："除此之外，还有别的线索吗？"

北川景立马回答有，并且他发现在外围至少有三名接应人员，北川景说他暂用 ABC 来称呼他们，陈浅发现他说的这 A 和 B 分别指的是钱胖子和龙头哥，但是这 C，陈浅无法确定是谁，因为在北川景的讲述中，只提供了在龙头哥接应他和吴若男乘船离开时，C 出现在了距离工具房不远处的一个路口。C 先用枪声吸引他们过去，接着引爆炸弹，阻挡他们的去路后，乘坐另一条船逃离码头，然后没有更多关于 C 的信息。

但是井田听完后却面若冰霜，说："几十个人被他们五六个人耍得团团转。北川，你越来越让我刮目相看。"

北川景愧疚地低下头，但马上他又说："不过，昨晚到今天早上，我们已经勘察了现场，找到了一些线索。"

马上北川景就把那些线索呈现了出来：

第一条线索就是他们在案发现场的工具房门口找到了一个脚印，这是一个四十五码的鞋印，北川景已经从鞋印推测，此人的身高至少在 185 到 190 公分。而又据宫本良昨晚目测，逃跑的那二人一高一矮，较高者约 180 公分。所以，这个脚印不属于那二人，它是属于 B 的。

第二条线索就是他们在进入工具房后，发现了隐藏在柜子后面的那个墙洞，而根据码头的工头说，这个墙洞失修已久，但平时以雨布遮挡，只有常年在码头上工作的人才知道。

第三条线索是他们在黄浦江两岸搜索后，找到了两条船，北川景推测这应该就是昨晚他们撤离时坐的，但是后一条船，船上有血迹，说明 C 在掩护逃跑的二人撤离时受了伤。

第四条线索则是阻拦他们的那颗炸弹，非军方用品，是自制的。

井田听完北川景对这些线索的解说，有意无意地瞟了陈浅一眼，然后他说："浅井君，根据这些线索，不知道你对这些人有什么判断？"

陈浅却在这时揉了揉太阳穴，随后亮出自己缺失了纽扣的衣袖，说："因为我也是嫌疑人之一，所以我现在应该不太方便做出什么推断，以免有误导之嫌。"

"这么巧，浅井君的纽扣也掉了。"

陈浅苦笑起来，说："对，全局一共四个人缺了纽扣，我是其中之一。还有一位也在座，周队长。"

周左一听立即尴尬地笑了起来，井田在扫了他一眼后，略一沉吟，说："好。那我来说。"

紧接着陈浅就听到了井田的分析，首先他认为穿45码鞋这么大个子，一定在码头工作，因为如果不是对码头的地形格外熟悉，不会设计出如此完美的撤退路线。其次他认为军统经费充足，需要自制炸弹的，只能是中共。而能在码头这种地方做眼线的中共，一定是单身，独居男子。能做出炸弹的人，要不是当过兵，就是日常动手能力特别强的人。符合这些条件的大个子，整个码头找不出几个。

陈浅听完不禁暗自心惊，只得端起桌上的茶喝了一口，这时井田却望向他，说："另外，浅井君。半个小时后，你让所有缺扣子的人挨个来见我。"

陈浅在从会议室出来以后就回到了自己办公室，他给自己倒了一杯水后走到窗前，慢慢喝着，而在楼下院子里，何大宝正在检查队员的衣着。看着这一切，陈浅的大脑在飞速运转，他知道保卫局内，缺失纽扣的人一共有四人，在目标分散的情况下，他尚有余地自圆其说，寻求自保。然而，在北川和井田的一番推理之下，龙头哥的形象已经呼之欲出。必须设法立刻通知龙头哥转移。但是他又十分担心春羊。因为在北川景后来的讲述中他想到春羊会是昨晚营救自己的C吗？那个在撤离途中受伤的人又是谁呢？

想到最后，他觉得不管怎么样，都必须尽快与春羊取得联系。然后他走到自己办公桌前坐下，打开了抽屉，里面正是春羊给他的那本《泰戈尔诗集》。同时，他看了看手表，此时是上午十点半。

与此同时，在政治保卫局的会议室内，井田喝着茶，吹着茶水上的热

气,突然问:"你觉得谁嫌疑最大?"

北川景毫不犹豫就说出了浅井光夫的名字。这也不能怪北川景会怀疑陈浅,因为昨天井田刚离开上海,陈浅就立马去检查了六号仓库,而紧接着晚上六号仓库就发生了火灾,并且最巧的是,他们在现场发现了一枚纽扣,而陈浅的纽扣又刚好不见了。而且这次在外围接应的人是中共,但是在此之前,北川景总觉得陈浅对顾曼丽的事情很上心。

井田听完眼神瞬间变得阴郁,然后他说:"刚才你说昨晚浅井和米高梅的舞女在一起?"

"对,那舞女叫朱莉,艺名小猫咪。昨晚我带走陈浅后,就让人控制了这个女人。她没有离开过华懋饭店。"

"你亲自去审问这个舞女。要将她一军,但也要给浅井留点颜面。"

"属下明白。"

半个小时后,轮流的审讯就开始了。

周左看着前面两位特务接受完讯问后满面愁容地从里面走出来,他也心怀忐忑地走了进去,看着面前的井田,他如实交代,昨晚他下了班就回家了,他老娘病了,这些天他每天一下班就赶回去给她煎药做饭,街坊邻居都可以做证。

井田却指出做饭煎药可用不着忙到半夜。九点以后,谁又能证明他的行踪呢?周左顿时委顿下来,但他还是壮着胆子说:"井田科长,这昨晚上北川组长刚一派人通知我回局里,我第一时间就赶回来了,为了找齐所有人,我忙活了整晚没睡。像我这样的汉奸,这些年抓的军统和中共也不少了,他们肯定恨不得杀了我,并且把我抽筋剥皮。我避着他们还来不及,怎么可能做他们的奸细?"

"那你觉得会是谁呢?"

"这个……属下不敢胡乱猜测。"

"会不会是浅井先生?"

"啊?"

"昨天你和浅井先生去六号仓库视察,是你的主意?"

"不是不是，就是浅井先生一时兴起，想去码头视察。我就陪他四处转转。"

"转的过程中，你觉得他有没有可疑的地方？"

周左思索了一下，井田提高了声音："立刻回答我。"

周左吓了一跳，立马说："是，是……"没过多久，周左就从会议室里走了出来，他看了一眼陈浅，陈浅就明白了，他从座椅上起身走入会议室。周左看着陈浅走进去，又看了看自己的手心，那里已经蓄满了汗水，他赶紧将手掌往自己的裤腿上蹭了蹭，然后才离开。

陈浅走进去的时候，井田已经为他倒好了一杯茶，看到陈浅愣了一下，井田反倒笑了起来："浅井君难道认为，我会像审问他们一样审问你吗？"

"按井田科长一向严谨的性格，难道不应该如此吗？"

"是的，我会把浅井君昨晚的行踪查清楚，但在发现疑问之前，我会相信浅井君写在这上面的每一个字。"

陈浅看了一眼井田面前摆放着的那叠笔录，说："那么，我也说一句客套话吧。虽然这段时间做的都是些与我使命不太相干的工作，但能得井田科长的信任，也算是少许欣慰。"

井田于是喝了一口茶，故意说："啊，说到铀矿石。昨晚这件事，我认为可能与铀矿有关。"

陈浅故作不明白井田的意思，井田就说："我怀疑有人想在仓库里找的，是铀矿石。"

陈浅听完立即笑了起来，他说："仓库里怎么可能有铀矿石？如果铀矿石已经到了上海，井田先生第一时间必然会通知我，我们的实验室也会立刻建立。这事连我都不知道，他们是怎么知道的？难道井田先生连我也瞒着？"

井田于是就陪着笑了起来，说："怎么可能！六号仓库里当然没有铀矿石。他们根本就是自作聪明。"

井田的话音刚落，门口却突然响起了敲门声，随后周左推门走了进来，他告诉井田，门口来了一个人，是古渝轩的厨子。那厨子说是浅井先生昨天就跟他们订了菜，让今天送局里来的。

井田在这时望向陈浅，陈浅立即一拍大腿，解释道："啊，差点忘了这事。要是我没记错，今日是万局的生日。所以昨天我就在古渝轩订了几个菜，让他们中午送过来。"

　　实际上这是昨天晚上陈浅担心事情有变，于是在和钱胖子分别时特意嘱咐他今天到保卫局送菜，而井田显然并不信任陈浅的说辞，于是他说："浅井君真是有心，不过，给万局庆祝生日，怎么不等晚上一起出去吃？"

　　"晚上啊？万局既然没有事先安排，应该会和家人共同庆祝。我这个初来乍到的同僚，也不便打扰。中午呢，万局公务繁忙，也不一定有时间出去吃饭。所以我想着找家馆子中午送菜来，就可以在局里热闹一下。"

　　井田看似点头，实则还是在怀疑，陈浅于是又补了一句："井田科长，方便的话，不如我们一起下楼去拿菜？在科长眼皮底下，这厨子还能掀起什么浪花？"

　　井田于是连忙拒绝，说："不用了，你去拿就好，有浅井君盯着，我放心。"

　　陈浅于是起身朝外走，而井田却突然叫住了门口也准备离开的周左，周左立马走到了井田的身边，陈浅只听到井田对周左说："你也跟着去……"

　　后面说的是什么陈浅已经听不见了，因为他已经走出了会议室。

第二十一章

陈浅一出门就看到钱胖子提着一个较大的三层食盒，等候在保卫局门口的铁栅栏外。陈浅定了一下心神，朝着钱胖子走过去，钱胖子立刻满脸堆笑，点头哈腰地朝着他喊了一声："浅井长官。"

陈浅没有跟钱胖子多说话，而是很自然地从口袋里掏出一支烟含到口中，又给钱胖子递了一支。钱胖子哈着腰接过，衔在口中，然后立刻掏出火柴给陈浅点上烟，点烟时又十分巴结地用手掌挡着风，给陈浅点完烟后，才给自己点上。

钱胖子做这一切动作的时候，周左已经带着何大宝来到了陈浅的身后。陈浅看到他走过来，赶紧客套："周队长来啦，正好，帮忙把菜拿进去。"

何大宝这时却抢在周左前面，说："我来我来。"陈浅也没有介意，而是叼着烟，从钱包里掏出三张钞票递给钱胖子，"不用找了。"然后就转身向内走去。

钱胖子一副意犹未尽的样子，继续对着陈浅的背影喊道："菜要趁热吃啊，长官，今天还有道新菜，我做的，叫喜气洋洋，我贴了字条的，要是吃着觉得好，记得告诉我说一声。不好吃也告诉我。我改做法。"

陈浅没有回话，也没有回头，只是扬起手挥了挥，算是回应。周左此时却盯住钱胖子，说："胖子，我劝你话不要太多，免得早晚害死自己。"

钱胖子这才后知后觉地决定要走，周左却突然说："等等。"刚转身的钱胖子只得站住，周左先吩咐何大宝把食盒送进去，然后回头看了一眼，确定陈浅已经走入办公楼，他又扭头回来说："把刚才那几张钞票拿出来。"

钱胖子不太乐意，周左立刻眼一瞪，钱胖子这才从口袋里摸出那三张钞票，周左一把拽过，换了另外三张钞票给钱胖子，"拿好了，别多嘴，也

别多问,更不要跟浅井长官提起。"钱胖子闭着嘴不住点头,周左却又从钱胖子嘴上取下了他抽了一半的烟,钱胖子愣愣地说:"香烟也要换?"

周左却再次瞪眼,"走!"

看着钱胖子悻悻地离去,周左立即把香烟在墙上摁灭了,拿着这半支烟,并将三张钞票放进口袋向内走去,一抬头,他看到了站在会议室窗口的井田,立刻对井田点了点头。井田显然也看到了周左,他略一点头,就消失在会议室窗口。

何大宝和小四已经在收拾桌面上吃剩下的饭菜,那时候何大宝扭头看了一眼,看到队长探头探脑地出现在会议室门口,那时候他没有想到周左是为了向井田汇报他刚才的检查结果,于是没有过多在意就又扭回头去继续收拾。然而坐在一旁喝茶的陈浅却与他不同,陈浅的注意力从井田站起身朝门外走去那一刻就一直跟随他,仿佛一直跟着他来到走廊上,听到周左小声地对井田说:"浅井先生跟那个厨子,一共就说了三句话。他递给那厨子的烟,我拿回来检查过了,没问题。他给出去的钞票,我也换回来了,没发现问题。"

但是陈浅表面上一点都没有展露出来,在万江海的眼里,陈浅一直都在认真跟自己探讨着这顿饭菜的口味。而等万江海说到"日后你有什么想吃想玩的,尽管开口,我一定让人帮你搞定"的时候,万江海看到井田带着外出调查的北川景走了进来,万江海知道新一轮的审讯又开始了,于是他就识趣地从会议室离开了。

"浅井君,北川刚刚去见了小猫咪小姐。"井田在万江海关上会议室的门以后,直截了当地对陈浅说。

"要证实我昨晚的行踪,当然应该是要问一问她的。"陈浅也并不慌张。

但是北川景接下来问出来的问题,却让陈浅不淡定了,因为他听见北川景说:"小猫咪小姐说,昨晚六号仓库出事的时候,你和她正在华懋饭店翻云覆雨。那我想请浅井君说一说,昨晚她穿了什么颜色款式的内衣,身体上又有哪些特殊的记号?"

"你对她做什么了?"陈浅一听瞬间变了脸色,因为他知道北川景说这句话意味着什么。

"浅井君请放心，我绝对没有碰她一个指头。现在请你回答我的问题，她昨晚伺候你的时候，穿了什么颜色的内衣？"

井田不动声色，任由北川景继续问下去。

"我为什么要回答这个问题？"

"只要浅井君说得出这个女人昨晚穿了什么，不就证明了你们确实在一起了吗？这比什么供词都令人信服。"

陈浅却往后靠在椅背上，冷冷地看着北川景说："我回答不了。"

北川景没料到陈浅的态度会这么强硬，于是他看了一眼井田，然而陈浅却接着说了一句："我是不是知道她穿什么，根本就证明不了我有没有和她上床。"

北川景不太理解陈浅的意思，陈浅就说："那我来问北川组长一个问题。我刚到上海的那天晚上，大家在六国饭店初次会面，井田科长的西服里面，穿了什么颜色的衬衣？在餐厅包房说话的时候，他一共喝了几杯茶？"

北川景回想半天，最后不确定地说出了应该是白色，陈浅却告诉他他的答案是错的，那天井田穿的是带有暗条纹的浅灰色衬衣，所以北川景不记得井田当天穿什么衣服，跟他是否在现场根本就没有必然的逻辑关系。北川景却认为那是因为时间太久了，导致他记不清了，但是他好奇的是，陈浅这么久远的事都记得，为什么昨天晚上刚睡过的女人穿的什么内衣，他却不记得？

然而陈浅却愤怒地回答他："那是因为，六国饭店那一晚惊心动魄，我的神经高度紧张，我会本能地记住所有可能对我有用的细节。而昨天晚上我在女人的温柔乡里，我很放松，我他妈怎么知道仓库出了事，今天还有人要拿我女人穿的内衣颜色跟我对质？昨天晚上老子关了灯忙着快活，刚想去吃夜宵又被你叫回局里，我还真没工夫看清楚她到底穿了什么。如果仅凭模糊的记忆回答你，却不小心答错了，这不是给我自己挖坑吗？"

陈浅见北川景无言以对，又说："要是我不假思索地回答出你的问题，天衣无缝地对上了所有的细节，那才说明我有备而来。"

"好，就算你不记得她穿了什么，那你总该知道，她手臂上的胎记，是在左臂还是右臂吧？"

北川景问出这句话的时候，井田突然望向了陈浅，这让空气仿佛一瞬间凝结，然而陈浅却只是冷笑了一声，说："她的手臂上根本就没有胎记。想忽悠我？北川组长，你的聪明才智真是用错了地方。要是我没有记错，北川组长也是陆军大学毕业的，你的老师难道没有教过你，怀疑一个人之前，应该先确定对方的动机？身为日本人，我为什么要偷偷进仓库？如果我有这个动机，那么北川组长，你也有。如果几句所谓的推理就能定我的罪，那我也可以推理，北川组长你完全可以事先侦察好一切，纵火后派人潜入，然后拿着一颗不知从哪捡来的纽扣，乘人不备丢在里面，说是潜入者留下的，完美地嫁祸给他人。"

突然被反咬一口，北川景立刻反驳："一派胡言！"

"为了撇清自己，你甚至跑去羞辱我的女人，北川，你要不是有心排挤我，就是太不把我放在眼里了！"

面对陈浅突如其来的愤怒，北川景连忙说："不是，我没有……"

陈浅却打断北川景，"你还没告诉我，你究竟对她做了什么？能问出内衣和胎记这样的问题，你是不是扒了她的衣服把她看了个遍？"

北川景突然就不敢说话了，陈浅知道他这是默认了，于是他站起身来，面若寒霜地说："井田科长，北川组长的能力和人品都超过了我可以忍受的范畴，从现在开始，我不会再回答他的任何问题！"

说完陈浅就扬长而去，但是每走一步都让他感到腿有一点发软。因为他很清楚，刚才井田只要看出他表面强硬底下的一丁点心虚和慌张，那么暴露的不光是他自己，还有吴若男。而且相比自己的处境，他现在更担心吴若男，他知道北川对吴若男所做的一切，一定是得到井田默许的。他也在担忧钱胖子是否帮助自己送出了讯息，他只能在心里祈祷春羊能尽快接到消息，通知龙头哥转移。

每走一步，陈浅都觉得自己是踏在脆弱的冰层上，摇摇欲坠。

钱胖子把钞票递给老板后，就挎着菜篮子打算出去买菜，可是他走到窦乐路邮筒附近的时候，突然停下来系了下鞋带，在发现周围并无任何异常后，他又站起来给自己点了根烟，吸了两口，再次确定无人注意自己，这才将一个信封塞进邮筒后离去。

这个信封里装着的是在政治保卫局门口，他给陈浅点烟假装用手掌挡风的时候，用手指头从陈浅的指甲缝中一勾，勾到掌心的一个纸卷，那时候陈浅低声对他说："寄给王老师，窦乐路邮筒。"

寄完信，钱胖子就打算先回趟团圆里78号，他想回去看一下吴若男有没有从华懋饭店回来。到家的时候，钱胖子发现吴若男的窗帘紧闭，他赶紧上前拍打吴若男的房门，但是拍了很久，里面一点动静都没有，钱胖子顿时急了，他说："吴若男，你倒是开门跟我说句话，到底出什么事了？日本人是打你了还是骂你了？"

钱胖子看不到吴若男此时正用被子裹着自己，呆呆地坐在房间的黑暗中，她的脑海中不断闪过在华懋饭店北川景询问过她和陈浅昨晚待在一起都做过些什么以后，为了证实她说的一切属实，北川景又把她带到了米高梅，在米高梅确认她说的话没有掺假以后，突然拿枪指着她命令她脱衣服的片段。

在这些片段里，北川景的手指像是一条冰冷的蛇，直接爬上她的胸口，然后开始解她的衣扣，很快她的脖子上白皙的肌肤就暴露在寒冷的空气中，北川景并不满足，他的手指继续往下爬行，这时候她突然制止了北川景的动作，告诉他："我自己来。"

随后她就后退两步，一颗一颗解开衣扣，脱下的旗袍如同坠落的落叶般掉在她的脚边，而北川景看着眼前的她，并不满意，命令她："继续脱！"

她只好强忍眼眶中的泪水，转过身去，又脱下自己的贴身小衣，赤裸地站着。北川景却绕着她的身体走到她的面前，他的眼神像是钢丝球一样，一寸一寸地擦刮着她的身体，那份屈辱感和着寒冷，让她现在想起都忍不住浑身颤抖。

钱胖子却还在外面喊："你是不是受伤了？你再不说话我可就踹门了。"

吴若男这时才发声："你敢？"

"那你开门让我看一眼，我才相信你没事。"

吴若男没有吭声。钱胖子就又在外面喋喋不休，吴若男最后忍无可忍，拉开了门。钱胖子看着她手上提着一个袋子，却看也不看自己一眼，就又问："哎，你到底怎么了？"

吴若男却并不回答他，只说："我去仙浴来洗个澡。"

吴若男说完就向外面走去，钱胖子望着她的背影，说："那我做好饭等你回来吃啊。"

"不用了，我直接去米高梅上班。"

春羊这天一直在丁香花园教由佳子写汉字，可是她却大部分时间都在出神，因为她在回想昨天晚上她从码头逃回来以后，直接将一件带血的衣服丢进了一个铁盆中烧毁这件事。

其实陈浅担忧得没错，她就是北川景他们口中的那个C。因为早在陈浅他们行动之前，她就接收到了他们潜伏在军统内部的"弥勒佛"的消息，消息上称陈浅将会在晚上夜探六号仓库，查找铀矿石的下落。虽然陈浅并未向她提及，但是海叔还是命令晚上她和龙头哥去一趟码头，如有必要，做好接应陈浅的工作。

想到这的时候，春羊突然听到院外传来一阵叫卖声："又甜又多汁的黄岩蜜橘便宜卖了，黄岩蜜橘亏本卖了，买一斤送一只，不好吃包退啊。买一斤送一只，买两斤送三只，买三斤送五只啦。"

这让春羊忍不住回望了一眼自己挂在衣帽架上的红色围巾，然后又看了一眼正在专心练字的由佳子，她端起水杯走向衣帽架，突然一个手滑，险些打翻水杯，但幸好又接住了，可是衣帽架上的围巾却被打湿了。

这时有一名邮递员从丁香花园的铁栅栏往内望去，看到春羊把一条红色围巾挂在阳台上，她把几封信投入信箱后就离开了。春羊等他走后，就走到信箱前面，掏出一枚钥匙打开信箱，赫然看到其中有一封写着"王老师收"的信。

她刚拿出来，就听到背后传来一串脚步声，她回头，就看到井田已经在两名特务的陪同下走到了她身后，她知道井田的目光已经注意到她手中的信，于是她故意手指一松，信件就掉落一地。然后她赶紧蹲下身捡信，借助身体的遮挡，迅速将写有"王老师收"的那封密信藏入袖中。

而在她蹲下的同时，井田也已经弯下腰来帮她捡信，两人靠近的一瞬间，井田撞到了她受伤的左臂，她顿时眉心皱了一下，但还是强忍疼痛，对井田说："我自己来，井田先生。"

井田却盯着她手中的信箱钥匙说："今天怎么是王老师来取信？"

春羊于是就向井田解释是因为由佳子正在练字，又惦记着有没有同学给她写信，她就帮由佳子来看一看。可是在她说话的时候，她左臂上的伤口因为受到撞击已经开始渗血，她下意识地半侧着身子，以免井田发现。井田却在这时做了一个请的姿势，她的心一下子揪起来，走在前面意味着井田就会发现自己手臂上的血迹。

她在犹豫着，山口秋子却突然从院内喊了一声："井田科长！您回来了？刚巧有您的电话呢。"春羊赶紧也做出一个请的姿势，井田就快步向家中走去，春羊落在后面，她脱下自己的马甲搭在渗血的左臂上，也跟了上去。进屋以后，她趁着井田接电话的空隙，快速进入了由佳子的房间，看着由佳子正在低头认真写字，她没有丝毫犹豫，立即在由佳子背后穿上了外套，挡住了手臂上的血迹，然后就走到由佳子面前，挑出她写的一个福字，说："哇，这个写得不错。快拿去给井田科长看看。"

由佳子不知道春羊现在处境，一脸高兴地问："哥哥今天这么早就回来了吗？"

春羊嗯了一声，由佳子就兴冲冲地拿起"福"字奔了出去，过了几秒钟，春羊就从袖中取出那封信，打开，只见上面写着一串四位数字。

等到她回到家，她快速从家中书架上抽出一本和陈浅同样的《泰戈尔诗集》，开始破译密码，最后译出的结果是：请龙头哥速转移。

此时，陈浅正坐在保卫局的沙发上心不在焉地翻看着报纸，不时喝一口茶，然后看一眼墙上的时钟，等到指针指向四点时，窗外传来一阵叫卖声：天津大麻花！又香又甜的天津十八街大麻花，论两卖……

陈浅听到长舒一口气，因为这是他和钱胖子事先约定的暗号，这就意味着钱胖子已经成功送出了情报。但随即陈浅又懊恼起来，自己遗失的这

颗纽扣，始终是最大的疑点，若不能自圆其说，自己的身份或被井田重新怀疑，此前的努力都将功亏一篑。

敲门声却在这时响起，进来的人是周左，他是来告诉陈浅井田回来了，请他去会议室。等到陈浅走进会议室的时候，窗外的一抹夕阳此时恰好照进会议室窗口，把站在那里的井田照出一圈毛茸茸的轮廓。

过了很久，井田才转过身来，对陈浅说："曾经有人评价我，说我是个刚愎自用之人，就像我特别景仰的前辈，荒木惟先生。"

陈浅不明白他的意思。井田于是就继续说："刚才我一直在想，荒木科长当年是怎么失败的？他败就败在过于自信了。前车之鉴，后事之师。所以我在想，我是不是应该停下来思考一下，我的判断是不是正确。浅井君，不如我们一起来捋一遍，让我重新找到自信。"

说着井田走到了陈浅的面前，他盯着陈浅，陈浅面上的表情岿然不动。于是他坐下来开始捋昨晚发生的细节：

第一条是六号仓库的火是从仓库东南角的窗口位置烧起来的，那里有扇窗户恰好缺了一块玻璃。起火之前，仓库的守卫可以确定无人靠近或者进入仓库，那么最大的可能就是，有人知道这里缺了一块玻璃，然后通过远距离射入火种的方式，悄无声息地制造了一场火灾。

第二条是昨天他刚走，陈浅就突然关心起六号仓库，而且，在检查仓库的过程中，陈浅至少获得了玻璃缺失和当天停水这两个信息。以陈浅的专业素养，据此谋划一场看似意外的火灾，应该易如反掌。

陈浅默默地听完，然后他也坐了下来，说："井田科长，如果说，知道玻璃缺失和当天停水这两个信息，就有可能是主谋，那么北川组长的嫌疑岂非更大？与两名假扮宪兵的嫌犯正面接触，却毫无警觉地放跑了他们，以北川组长的专业素养，这样的低级错误，怎么看都像是暗中掩护。"

"但北川有充分的不在场证明。你没有。北川从一开始就跟着我从日本来到中国，浅井君不是。这里甚至没有一个人认识你。假如你其实是个中国人，但成功地骗了我们所有人，那你的动机是不是就成立了呢？"

陈浅听得心惊肉跳，但他还是强撑着说："井田科长，你在开玩笑吧？"

"我也希望我没有错。只是，假如浅井君找不到你这颗纽扣，那么我会推翻我之前所有的判断。我绝不会犯下和荒木惟一样的错。"

井田说完这句话的时候外面的天幕已经完全黑了下来。

吴若男踩着这样的夜色进入米高梅的时候，一些已经到来的舞女聚在一角，开始窃窃私语，吴若男知道她们在说什么，于是她假装视若无睹地走了过去，但是进入化妆间的时候，泪水还是忍不住泛滥起来，这时她却突然听到："你为他做了这么多，值得吗？"

吴若男立刻抹去眼角的泪水站起来，就看到谢冬天已经进入化妆间将门反锁。

"你又来干什么？"

吴若男十分戒备地看着他。谢冬天却不以为然地在距离吴若男较远的一张椅子上坐下，然后用黄铜ZIPPO打火机为自己点燃了一根烟，才说："看看你。但我知道，这时候你最想见的是陈浅。"

吴若男没说话，谢冬天却吐出一口烟雾说："其实，从早上到现在，你一直在安慰自己，你做这么多都是为了工作，没什么大不了的。可要不是为了他，本来你可以在家安心做你的大小姐，何须出来受这份委屈？"

谢冬天的脸在烟雾后面，时虚时实，让吴若男觉得这似乎是一个幻影，但是她知道这一切都是真实的，所以她说："你管得够宽啊，跟你说啊姓谢的，各人自扫门前雪。"

"其实你什么都不需要，你只想他能负起责任来。对你说，他知道你做这些都是为了他，他会对你负责的，你就觉得一切都值了。"

吴若男的小心思被谢冬天全部洞悉，她不禁恼羞成怒，抄起梳子向谢冬天掷去，但是被谢冬天敏捷地接住，于是她又拉开化妆间的门，指着外面对他说："滚！"

谢冬天这时却起身走到吴若男的面前，不由分说将化妆间的门再次关上。吴若男扬手想要打谢冬天，反被他抓住手腕按在了墙上，然后她很清晰地感受到谢冬天的气息逼近她，说："嘘。陈浅还被关在保卫局里没放出来。虽然我不清楚里面到底是什么情形，但我想你也知道，现在你要有什么风吹草动，都有可能影响日本人对他的判断，你要是跟一个来路不明的

男人在米高梅大打出手，你说，日本人会不会怀疑你的身份，进一步怀疑陈浅呢？"

这句话让吴若男不由自主地安静下来，这让谢冬天感到很满意，他放开吴若男的手腕，并且伸手替她拂去了脸上的一缕乱发，吴若男条件反射地躲开了。谢冬天并没有介意，反而笑着退后了两步，告诉她："一个男人是不是喜欢你，就算嘴上不说，眼睛也会说。"

吴若男对谢冬天炙热的目光毫无感觉，于是她又听见谢冬天说："陈浅是不是喜欢你，你自己心里清楚。没错，他是个重情重义之人，他可能会为你负责的。但如果仅仅为了负责而跟你在一起，心里却没有你，这样的男人，是你想要的吗？

"你这么喜欢他，你有没有告诉过他，问过他的心意？

"你不敢问。陈浅虽然会装傻，却不是一个骗子。你生怕问了之后，得不到你想要的答案，进退两难，更无颜再面对他。"

谢冬天一连串的发问，让吴若男无力地坐倒在了化妆椅上。谢冬天知道自己的目的达到了，于是他立刻乘胜追击，说："心高气傲如你，需要你的意中人，既爱慕你，又赞赏你。这些，从陈浅那里，你都不可能得到。如果他赞赏你，就不会不让你一起参加行动。"

"我们只不过分工不同。"吴若男立马反驳。

这让谢冬天的嘴角不禁露出一丝不易察觉的微笑，他又说："他给你的分工，就是让你在日本人面前脱光衣服吗？"

吴若男仿佛被人一下踩住了痛处，她猛地站起来扇了谢冬天一个巴掌，谢冬天的嘴角也立刻渗出一丝血丝，谢冬天用手擦了一下，眼睛却直勾勾地看着吴若男。吴若男忽然有些歉意地后退了一步，谢冬天却突然紧跟了一步，走上来告诉她："虽然挨这巴掌的人应该是他，但我挨了也没关系。我只想让你清醒一点。昨晚救你们的人是那边的，对吧？"

吴若男没说话，又后退了一步，谢冬天又跟了一步，说："陈浅通共证据确凿，你心里比谁都清楚。他跟你不是一路人。我们才是一路人。他不懂你，我能懂。他给不了你的，我能给。我可以给你时间，等你真正明白和接受事实的那天，来我的怀抱……"说着谢冬天突然把身子往前倾了一下，盯着吴若男的眼睛一字一句地说："我一定爱护你一辈子，至死不渝。"

吴若男一下子跌坐在梳妆台上，谢冬天却已经打开化妆间的门，扬长而去，他眼中的深情随着他越走越远，已经从眼中敛掉，取而代之的是冷漠和胜券在握的微笑。

第二十二章

陈浅没有想到自己会躲得过这一劫。

但是看着万江海把由佳子领进来，而由佳子把一颗纽扣递给井田，告诉井田这是她在自己房间气球堆里找到的时候，他又不得不相信他又被人从濒死的边缘拉了回来。而他一抬头，就看到那个拉他回来的人正在对井田说："因为听说浅井先生掉了纽扣，由佳子差不多把丁香花园翻了个遍，连花园的每个角落都找了，一度还担心会不会被小蓝给吃了。"

井田那时候就看了一眼正对自己说话的春羊，又转过头去说："看来由佳子对浅井君很关心啊。"在这个间隙里，陈浅注意到春羊的目光往他这边看了一眼，然后迅疾地缩了回去。

"那现在纽扣找到了，浅井先生可以去我们家吃饭了吗？"由佳子突然对井田说。

陈浅看出井田对由佳子提出的请求有点为难，于是上前，说："这样吧，由佳子，今天我和井田科长还有公事要忙。为了感谢由佳子帮我找到纽扣，证明我的清白，明晚我请你吃饭。"

春羊一听在这时适时提醒："由佳子，前两天你不是还念叨着要吃川菜吗？"

"那就让浅井君请我们吃川菜。"由佳子经春羊一点立马高兴地说。

但马上春羊又不无可惜地说："之前我们学校附近有一家龙江菜馆，也是地道的川菜，可惜因为老板举家回乡去了，吃不到了。"

万江海在一旁听得不明所以，说："想吃川菜，那就去新河路上的鸿祥福。全上海最好吃的川菜就是这家了。需要的话，我这就帮浅井君定位子。"

陈浅在旁边把这些话一句不落地全部听进了耳朵里，然后他说："那就有劳万局了。"

最终陈浅是和井田一起站在门口目送载着春羊和由佳子的汽车离去的，那时候井田对着陈浅深深地鞠了一躬，说："浅井君，对不起，我收回刚才在会议室说的话。"

陈浅只是有些疲惫地看着井田，"假如这是最后一次的话，我接受井田君的道歉。不然，井田君赠送给我的那把刀，就成了笑话了。"

说完，陈浅就转身离去，但是他却忍不住在脑海里回想春羊跟由佳子那段对话里的"川菜"，"已经回乡的龙江菜馆老板"是什么意思，是不是春羊在告诉他龙头哥已经顺利转移了？

看着陈浅步履轻松地大步离去，北川景却满面愁容地站在井田面前，说："什么，浅井的纽扣在丁香花园找到了？"

而井田看着那颗放在桌上由由佳子送来的纽扣，"这么看来，也许是我们的方向错了。"

说完这句话，井田的办公室门就被敲响了，紧接着周左和何大宝就走了进来，井田一歪头，对北川景说："这里交给我。浅井君那里，你去安抚一下。"

井田的新方向就是衬衣同样缺少了一颗纽扣的周左。

何大宝一听立即小心翼翼地对井田说："这个事情我可以对天发誓的。周队长的纽扣掉落了好几天了，他这个人邋里邋遢的，纽扣掉了几天也不晓得。要不是太不讲究，也不会到现在还找不到老婆……"

然而井田却没有心思听何大宝说这些，他站起身来，说："是不是实话，一会儿我们去了审讯室就知道了。"

何大宝顿时大呼小叫起来，说为啥要去审讯室，我们又不是犯人。周左面色发白，但仍保持着镇定，他把枪扔在了会议桌上，然后就跟着井田出去了。但是才走到审讯室门口，周左的脸色就瞬间大变，然后立马扑向审讯室内的一个笼子，喊了一声："娘……"

周左的母亲也立马起身扑到笼子边，扒着铁栏杆喊着："儿子啊，你别

急啊，好好跟长官说话。"

这时井田也已经走了进来，跟着他进来的还有一名日本特务和他牵着的那头纽波利顿犬。何大宝顿时吓得腿都软了，赶紧扶墙站着，而周左强忍着愤怒望着井田，说："井田科长，您想问什么，尽管问我。我娘身体不好，受不得惊吓。还请您高抬贵手，先送她回家。"

"不急，既然令堂身体不好，还可以让局里的医生看看。现在的医生是……"井田略微沉吟了一下，然后好像突然想起来了一样，"哦，沈大夫。当然了，周队长可能还对之前的顾大夫顾曼丽小姐念念不忘。"

周左脸色苍白，他一直看着井田，说："井田科长，您到底想问我什么。"

"我记得有一天晚上审讯顾小姐的时候，狗房的纽波利顿犬突然失控冲出来，咬伤了我们的人，造成审讯中断。我总觉得，没这么简单。"

周左抿了一下嘴，说："井田科长，顾小姐人都死了，这事早就盖棺论定了。再说，这也跟六号仓库的事没什么关系。"

"你错了。那个放狗出来的人，是为了阻止北川对顾曼丽的电刑，这个人很可能是顾曼丽的同党。而昨天晚上夜闯六号仓库的人，也是被中共救走的。"

"要真有这么个人，那也不是我。"

"是吗？"

井田说着望向了关着周母的那个铁笼子上的小门，周母害怕地抓紧铁栏杆，说不出话，而一旁的纽波利顿犬此时发出兴奋的狂吠声，井田又把头扭了回来，说："我再给你十秒钟时间考虑，十秒过后，那扇门就会打开。"

周左汗如雨下，然而井田已经开始倒数："10，9，8，7，……"

"井田科长，我周左说的句句属实，我对梅机关忠心耿耿，我没有去过六号仓库，你就是杀了我，我也是这句话！"

井田仍在倒数："6，5，4……"

周左见井田不相信，顿时扑向铁笼子张开双臂挡在铁门处，喊道："有什么冲我来，别动我娘！"

何大宝已经不忍再看，把脸扭了过去，等井田即将数到1的时候，审讯室门口传来一声："住手！"

这时大家纷纷扭头，看到陈浅和北川景站在门口，陈浅一把抓住北川景的右手举起，捋上他的外套衣袖，露出衬衣袖口，赫然可见北川景的衣袖上少了一颗纽扣。

结果显而易见，在众人离开审讯室的时候，陈浅回望了一眼，他看到周左如蒙大赦，身子一下软了下来，但马上他又扶着铁笼子站稳了身子，转身隔着笼子握紧了母亲的手，说："没事了，娘，没事了。"

看着站在会议室里还一脸愕然的北川景，陈浅如实地汇报刚才要不是北川请他喝茶，他一不小心手滑，茶水倒湿了北川的外套衣袖，他也不会意外发现北川的右手衬衣上少了一颗纽扣，要不然他们也不知道要浪费多少时间去查这个所谓的内奸。

井田这时看着北川景，说："北川，看来你跟所有人开了一个玩笑。"

"对不起，井田科长，我真的……"

北川还欲说下去，陈浅却立即打断了他："这也不能怪北川组长。在仓库发现纽扣的当时，正常思维一定会认为是别人掉的，忙于追查的时候难免会遗漏了自己。况且自从事发到现在，已经接近24个小时，包括我和井田科长在内，也没有一个人想到要去查一查北川组长本人，所以，我们也有责任。"

"可是……"

陈浅再次打断北川："北川组长不用自责。当务之急，是要继续追查其他线索。要是让中共知道我们的时间都花在了内讧上，只怕会笑掉大牙。井田科长，您说是吗？"

"井田科长，你一定要相信我！"

北川终于有机会说出一句完整的话，井田却挥了挥手示意他不用再说，而这两天两夜的侦查也最终以井田让陈浅解除保卫局的禁令而结束。但是在回去的汽车上，北川景仍旧欲言又止，最终他还是选择说了出来："纽扣的事，真的太蹊跷了。"

这时在后排闭目养神的井田突然微微睁开了眼睛，北川景又说："虽然

我不确定我的纽扣是什么时候掉的，但我真的觉得，仓库里那颗纽扣不应该是我的。还有，下午我刚按您的吩咐去过丁香花园给由佳子小姐送过礼物，由佳子就立马捡到了纽扣，这也太巧了。"

井田似乎对北川景说的话感了兴趣，于是问："你送东西去之后，在丁香花园待了多久，还做了什么？"

"本来我是想立刻离开的，但秋子让我帮她搬一些花到您的书房，更换已经凋谢的那些。"

"这是我吩咐过要她做的。"

"我怀疑我的纽扣就是在搬花的时候不小心蹭掉的。不对，也有可能是被人剪掉的。不然为什么连根线头也没留下。"

"那除了秋子，还有谁接近过你吗？"

北川景摇了摇头。

井田此时已经不耐烦，"够了。就算纽扣是你掉的，那怎么会在气球堆里？"

北川景仍旧不死心，说："我只是担心，由佳子会不会被人利用了。"

"由佳子再单纯，也不会帮着别人欺骗我。究竟有没有人搞鬼？纽扣到底是谁掉的？我一定会弄明白的。"

说完井田重新闭上了眼睛，只留下北川景独自错愕。

春羊回家打开灯，看到陈浅坐在室内，忍不住吃了一惊，但是接下来陈浅的话却让她更加吃惊，因为陈浅说："还得是我才能听明白，你想吃川菜，其实是让我找北川背锅。所以我早说了，我们这么心有灵犀，就是天生一对。"

春羊听完就给了陈浅一个白眼，说："少跟我油嘴滑舌。"

其实陈浅走在保卫局的走廊上的时候，能大约明白"已经回乡的龙江菜馆老板"应该是指龙头哥顺利转移了，但是"川菜"他却一直想不明白是什么，等到他在卫生间门口看到了奉井田的命令前来安抚他的北川景时，他就立即明白了春羊的用意。

陈浅说那就说正经的。陈浅想说的正经的就是他想知道春羊是怎么在北川景的眼皮底下搞到这颗纽扣的？自己昨晚要去六号码头的事，她又是怎么未卜先知的？但陈浅看出春羊不愿意和自己说实话，这让他觉得有点沮丧，但是马上在面对春羊反问他要去六号仓库做什么的时候，让他明白过来春羊不说实话是像他一样感到为难，于是他随即承诺，明天去见海叔的时候，他会当着海叔的面，把一切告诉他们。

说完这些，春羊突然就对他说："那就明天再说，现在你还是赶紧去米高梅吧。"

这让陈浅一愣，却马上就听到春羊说："昨晚跟人家一夜春宵的事，总得替人家负责。"

陈浅顿时明白了春羊的意思，立即解释："那是工作，她是为了掩护我。"

"那你就更应该赶紧回去安抚人家。而且要大大方方地去，让井田知道。"

陈浅听完半天没有说话，突然说："那你先把衣服脱了。"

春羊一脸惊愕地看着他，陈浅也不慌不忙地说，"昨天接应我离开码头的另一个人受了枪伤，是你吧。"

春羊没有否认，陈浅就知道肯定是她，于是他说："春羊，你又救了我一次。这份情意我记着了，我会用一辈子的时间，慢慢去还的。"陈浅说完走到窗前，跳窗前他回头对春羊笑了一下，说："你必须得等我。"

说完他就跃出了窗外，春羊站在窗前，目送着弄堂中陈浅的身影在黑暗中消失，她的嘴角慢慢向上弯起一个好看的弧度，然后把窗关上。

陈浅抱着一大束玫瑰花站在米高梅舞厅门口的时候，吴若男正独自一人落寞地坐在舞厅角落，给自己点上了一根烟，听着别人像海里的鱼群一样，聚堆扎在一起说着一些闲言碎语，突然那群鱼不再说话，她们都向舞厅门口望去。

吴若男也顺着他们的目光望去，舞女莉莉立即在旁边提醒她："还坐着干什么？还不快去？"但她觉得好像有什么东西拽住了她的身体，让她坐在沙发上一动没动。那时候陈浅从人群中穿过，然后径直走到了她的面前，

他蹲了下来，目光温柔地看向她，对她说："我已经教训过北川了。我告诉他，他要再敢碰我的女人一根手指头，我一定脱光他的裤子，扒了他的皮。"

说完他把玫瑰花递给她，并握住了她的手，放到唇边轻吻了一下，"我向你保证，这是第一次也是最后一次，从今往后，我不会允许任何人欺负我的女人。"

她知道这一切都是假话，都是说给别人听的，但是不知道为什么，她就是想把这些都当成真话，一字一句听进心里。所以晚上在古渝轩吃完晚饭后，即使她看见陈浅把一杯茶水递给她，说："先喝口水，我们有的是时间，慢慢说。"然后眼神就避开了她，她也选择直接说出了："陈浅，你一定很清楚，我喜欢你。"

哪怕那时候感受到了陈浅眼神闪烁了一下，她仍旧没有停下，继续说："打从第一次见到你，我们不打不相识，外婆一心想撮合我们，你却一直装傻的时候，我就开始喜欢你了。我们一起拿下矮脚虎，斗谢冬天，一起来上海执行任务，相处得越久，我就越确定我喜欢你。在上海的每一天，在扮演你的情人的这些日子里，我经常分不清我是在演小猫咪，还是在演我自己。我一直以为日子还长，直到你昨天被日本人带走，我才忽然感到害怕，我怕我等不到你回来。所以我一定要告诉你，陈浅，你是我这辈子最喜欢的男人，这辈子我认定你了，你别想逃！"

陈浅却只是淡淡地回答她："吴若男，谢谢你对我说这些。只是人这一辈子，说长也长，说短也短。说长呢，还有几十年呢。你一共才遇见过几个男人，要是你再遇见一个更好的男人，或许就不会说这话了。而且你想，咱们每天的日子如履薄冰，就像你说的那样，一着不慎也许我昨天走了，就不再回来了。所以在胜利到来之前，我想我不应该去考虑这件事的。吴若男，咱们俩就别浪费时间了。我知道你很好，我也相信我们会是很好的搭档，但仅此而已。"

她其实已经猜到了这样的结局，但是她仍旧不死心，说："我不信我们只能做搭档，总有一天，我会让你爱上我的！"

说完她就抱着玫瑰花转身向外走去，但是走到大街上，她却慢慢地蹲下来，抱着自己哭了起来，嘴里喃喃着："没良心的东西，什么搭档？谁稀罕做你的搭档？"

雨却在这时渐渐下了起来，好像一下把她浇醒了一样，她站起了身，继续走着，最后甚至跑了起来，直到跑到江边，望见被雨打出黑色的涟漪的江水，她大喊："陈浅，你这个浑蛋，你只能是我的！"

喊完，她将手中的玫瑰花束丢向了黑夜中滚滚而去的黄浦江中，然后决绝地离去。

梅机关搜捕龙头哥的行动一直在紧锣密鼓地进行着，但就是没有什么收获。

这天何大宝坐在一间弄堂里的小茶馆的凳子上一边嗑瓜子，一边看着茶馆门口的墙上，贴着一张悬赏抓捕龙头哥的公告，他说："队长，这个差事不错啊。我们跑出老远，悬赏公告一贴，躲在弄堂里晒晒太阳喝喝茶，一天就混过去了，反正这个人都跑掉了，能找到才见鬼了，是吧？"

周左把一块桂花糕塞进了何大宝嘴里，说："这都堵不住你的嘴？"

但说话间周左已经看到一名路过的男子在龙头哥的悬赏公告面前停下了脚步，他看着看着，把悬赏公告撕了下来，周左立即对何大宝一努嘴，何大宝立马上前，"喂，你认不认得这个人？不认得不要乱撕晓得哦？"

"这两千块钱可以跟谁要？"男子却直截了当地说。

这却把何大宝问得愣住了，那个男子又说："我见过这个人，昨天下午四五点钟的时候，他在我店里买过一斤熟牛肉。"

何大宝这时扭过头来对周左说："队长，我们瞎猫碰到死老鼠嘞。"

而关于这点，等周左向井田汇报完，从梅机关回来的时候，他无意中透露给了在走廊上迎面走来的陈浅，陈浅说："要是我没记错的话，三角菜场，距离他的住处很远啊。"

"对。走路过去的话，起码要一个钟头。我在那一带贴了寻人启事，没想到还真找到了线索。那一带弄堂特别多，七拐八弯的，一躲进去就难找咯。"

陈浅又说："大隐隐于市。但井田科长应该不会放弃追查的。"

"对。井田科长说了，以三角菜场为中心，向外辐射三公里范围，由我负责继续查找。另外码头那边，北川组长负责盯着一个叫孝根的工人，此人是龙头哥的哥们，跟着他，或许也能找到龙头哥的下落。"

和陈浅说完，周左就回到了自己的办公室，但是刚准备端起桌上的茶杯喝水，他忽然察觉有些异样，那个他放有顾曼丽梳子的抽屉有一道缝，并未关严。

周左立即警觉起来，他马上起身去将办公室门关上，然后走回桌边，拉开抽屉，就看到里面放了一封信封上什么都没写，也没有密封的信。他快速取了出来，从里面抽出一张信笺，看到上面写的字，他的手突然不受控制地颤抖起来，像是不相信似的，又反复看了几遍，才用火柴点燃信笺，然后他却不禁陷入了沉思。

信笺上"放龙归海，飞天不死"这八个字的意思，他当然明白，现在是有人以"飞天"的名义，想让他设法放走龙头哥。而他也马上回想到顾曼丽在临死之前对自己的期待。想到这里，他不禁有些激动地站起身来，突然他觉得手中一痛，原来是信笺已经快要燃尽，他立即松手把剩下那点扔掉，看着那封信笺化为一缕烟灰飘落在地，他又露出疑惑的神色，开始在屋内踱步，因为他又想到这张字条会是一个圈套吗？是不是有人想以此试探出，他是否真的忠于梅机关？又或是局里真有顾曼丽的同志，在向他抛出正义的橄榄枝？假如真有这样一个人，会是谁呢？

一只纸飞机突然从开着的窗户飞进来，滑行到了由佳子的桌上。由佳子扭头一看，就看到了窗外院中笑嘻嘻的陈浅，立马高兴地说："浅井君，你来啦。"

"有人敲了我一记竹杠，要我请吃川菜，我答应的事，当然要兑现啦。"陈浅说着瞄向了春羊。

由佳子一听立即兴奋地就要出发，春羊却看着由佳子面前一叠宣纸，说："不行。还没下课呢。写完这些才能走。"

由佳子也只能不情愿地噘了一下嘴，却马上就听到陈浅说："下课之前，我想跟你借王老师出来说几句悄悄话。"

由佳子立马会意，说："不能白借的。"

陈浅说："好，一会儿多点一份小酥肉。"

二人就这样心照不宣地达成了约定，春羊却不情不愿地跟着陈浅走了出来，最后在离陈浅两米远的位置站住，瞪着陈浅。陈浅却突然向春羊走近一步，春羊立刻后退，说："你就站那儿说！"

陈浅却像是要赖皮似的，说："这么远怎么说悄悄话？"

"谁说要跟你说悄悄话。"

春羊刚说完，陈浅却对着她身后喊了一声："秋子小姐。"春羊下意识地回头，陈浅已经欺身上前，当春羊意识到上当扭头回来，陈浅已经笑嘻嘻地抓住了她的双肩。

春羊立即挣扎，说："你干什么？"

陈浅却仍旧笑嘻嘻地低声对她说："别动，不然我怕碰着你伤口。还有，以王老师的能力，是挣脱不了浅井的魔爪的。我劝你最好别让阳台上的秋子看出来。"

春羊果然没有抬头，但是她却扭头嫌弃地说："放手。"

陈浅却趁机继续低声对她说："让龙头哥离开上海，井田还在找他，目前怀疑他藏在三角菜场附近。"

春羊听完愣了一下，但立即她就踩了陈浅一脚，陈浅吃痛松手跳开，然后又马上去追春羊，说："王老师，你别生气啊……"

第二十三章

　　如果时间回到两天前，应该会有人发现龙头哥在路过吉祥书场门口的时候，看到说书人苏东疾身后的门板上挂着好几副刚写好的对联中，有一副上写着：斗转星移秋几度，日更月迭春数载。他就脚步不停地也随人流从苏东疾面前的桌上领走了一张"福"字，最后他拿着那张"福"字一路来到三角菜场附近的一处民宅，在那里他碰到了一个中等个子名叫小金牙的汉子。

　　小金牙看到他似乎吃了一惊，然后马上说："龙头哥。你怎么来了？"

　　龙头哥举起手中一块用绳系着的牛肉，说："组织上的意思，我刚刚完成了上一个任务，要暂避一段时间，再接受新的任务。这段时间，就安排我来你这儿暂住。"

　　在酒过三巡以后，小金牙突然说："你是说，你在政治保卫局发展了一名卧底？"

　　"对。我已经让孝根给他送信，通知他明天上午九点来这里与我会面。"

　　"你说的孝根是……？"

　　小金牙还没说完，龙头哥就点头，说："孝根是我在码头工作期间发展的同志，以后我们三人就是一个情报小组，专门负责与保卫局卧底的联络工作。"

　　现在龙头哥和小金牙正在院子里等着孝根到来，然而他们不知道孝根正受到了特务的跟踪，等到走进一条弄堂后，孝根快速爬上了一处围墙，看到特务尾随他走进来，他从高处用木棍快速击中他们的后脑勺，将他们打晕。

　　等到时间将近九点的时候，小金牙咬了一口甘蔗，看了一眼手表，说：

"人是不是快来了？"

小金牙刚说完，院外就传来敲门声，小金牙跑过去打开门，孝根就站在门外，提着一袋米，说："五十斤东北米，是您这儿要的吧？"小金牙就回头看着龙头哥，在确认了孝根的身份后，小金牙就错开身，让孝根进来，但是在要关上门的时候，他却看到龙头哥贴在门上的"福"字翘起了半边角，被风吹得哗哗响，他索性将福字揭了下来，放入口袋中。可是他刚把门关上，外面就有人看到门上的"福"字不见了，立即就传来踹门声，而不等小金牙反应过来，谢冬天和王二宝已经破门而入并迅速将院门反锁，并且王二宝的枪已经抵在了小金牙的脑袋上，而谢冬天上前一步，直接拿走了小金牙来不及掏出的枪。

这时候，陈浅正带着手下的特务拿着龙头哥的画像在一家杂货铺门口询问店主："见过这个人吗？"店主正摇头的时候，何大宝却快步从远处跑来，气喘吁吁地说："浅井长官，有情况有情况，有特大情况！我们队长让我来找增援。"

陈浅一听瞬间变了脸色，但还是跟着何大宝前往增援，等跑到小金牙的住处的时候，何大宝指着小金牙的院门，说："就是那里！"

何大宝的话刚说完，院内就发生了爆炸。陈浅立刻冲了进去，然而只看到院子内到处是滚滚的浓烟，和倒塌的围墙，马上冲进来的何大宝一眼看到被倒塌的围墙压住半个身子的周左，立马喊了一声："队长！"

陈浅也果断吩咐手下的特务进去看看，他和何大宝一起搬掉碎砖，把周左拉了出来，何大宝看着腿部被碎砖砸中的周左，急着说："队长，我不是同你说了让你等我吗？你一个人进来做啥？你这都把我急死了！"

"我就是怕等你们来了，他们早就跑了。"

陈浅这才明白，在自己进行搜捕的时候，周左就发现了谢冬天和王二宝的踪迹，而且周左还认出他们就是六号仓库出事的那个白天，出现在那里的那两个可疑人，于是周左就一路跟着他们，最后发现他们进入了这个院子。

然而陈浅刚弄明白造成这一切的是谢冬天，屋内的特务突然出来喊道："报告浅井长官，屋里发现了三具尸体。"

陈浅一进屋，就从一片废墟中，看到龙头哥坐在床边墙角，身体已被炸得血肉模糊，只是双目依旧圆睁。距离他不到两米远的地方，有另一具尸体以背对龙头哥的方式侧卧在地，正是孝根。再远一点的窗下地面，躺着王二宝的尸体。

陈浅没想到，两天前他好不容易才通知龙头哥成功转移，两天后，他却是以这样的方式与他再次见面。他忍着心中的悲愤，一步步走到龙头哥的尸体面前蹲下，然后伸出手去，轻轻地合上了龙头哥圆睁的眼睛。然后他就回过头问刚被何大宝搀扶进来的周左："你知道爆炸发生前，这屋里一共有几个人吗？"

"不确定，但至少有四个人。"

"你在院子里听见他们说什么了吗？"

"就听到有人说军统什么的。没听清，就炸了。"

了解完，陈浅就开始向周左下命令，让他先去查清楚这屋里常住的是什么人？跑掉的又是什么人？顺便保护现场，看看还有什么线索。说完这些，陈浅看着被炸得支离破碎的窗户，他说："我出去看看。"

之后他就快步走了出去，看到弄堂的地面，一路有星星点点的血迹，陈浅循着血迹一路往前走，但是到了弄堂的尽头，血迹就消失了，现在呈现在陈浅眼前的是满街熙攘的人群，快速跑过的电车和黄包车，就是看不见谢冬天的身影。

他慢慢地捏紧了拳头。

周左经过现场勘查和对房东邻居的问询，已经基本上确定，爆炸发生之前，屋子里一共有五个人。而根据现有的情况推测，很显然现在死了两个共党一个军统，还有一个共党和一个军统跑了。而对于跑掉的那个共党，就是房屋的租住者小金牙，他跟房东和街坊邻居打听了一下，但也只打听到小金牙在这儿住了一年多了，平时替人跑腿送货，干点零活，为人和气，可是由于他一直独来独往，也不怎么跟人说话，所以能探听到的有用的信息不多。

"那现场呢？有什么物品是可能有价值的？"陈浅在听完后问。

"除了一台半旧的收音机,就没什么值钱东西了。"

陈浅于是就看到了那台放在桌子上半旧的收音机。这台收音机原本是放在小金牙住处的外屋桌上的,因为被爆炸物波及,这台收音机表面已经破损。周左这时拿了起来,打开了上面的开关,立即就传来咿咿呀呀的戏曲声,仍能照常播放。

陈浅一看就说:"德国货,冯·古拉凯的收音机,能买的地方不多。"

"那当然。不过看成色不像新的,就共党地下组织这点津贴,吃了上顿没下顿的,应该也买不起新的。卖二手收音机的商行不多,我这就去找。"

说完周左又拿出了一个已经有些生锈的杏花楼铁皮月饼盒,说:"还有这个,是在里屋床下找到的,藏得很隐秘,可里面是空的,什么也没有。"

陈浅打开那个月饼盒查看着,周左又说:"这盒子我娘也有一个一样的,专门放她的金银细软,所以我猜啊,这里头原本装的应该也是值钱的东西,只是被人拿走了。"

陈浅像是受到点拨,他把月饼盒凑近闻了闻,忽然好像闻到了什么气味。很快,周左就从窗口看到陈浅坐着黄包车离开了保卫局,他回到自己办公桌边坐下,他记起来其实他还有一件事并没有向陈浅汇报,那就是当他翻墙进入小金牙院中的时候,他听到屋内传来谢冬天的说话声:"今天原本要来跟你接头的人,是不是政治保卫局的浅井光夫?"

听到这句话的时候他大吃一惊,马上他就听到龙头哥回答:"这问题我回答不了你,但阎王爷会告诉你。"

紧接着轰的一声巨响,他就被压在了倒塌的围墙下。如今他打开抽屉,看着里面顾曼丽的那把梳子,他又想到了那张写有"放龙归海,飞天不死"的字条,这让他仿佛明白了些什么。

陈浅在距离吉祥书场三百米远的地方从黄包车上走了下来,之后他缓步向吉祥书场的方向走去。突然,他看到一个似曾相识的面孔从街道的另一边走来,远远地,那个面孔看到吉祥书场的大门,他四下望了望,确认无人跟踪自己,这才向书场内走去。

陈浅在他跑进书场大门的时候,认出他就是周左贴在保卫局会议室黑

板上画像中的小金牙，但他依然缓步向前走去，突然，他却停下来系了一下鞋带，仿佛无意地向后望了一眼，之后他的脚步没有丝毫停留地从吉祥书场门口走过，直到走出一段路后，他才伸手拦下一辆黄包车，离去。

等到陈浅走远后，吴若男突然从一个杂货摊后面走了出来，看着陈浅逐渐远去的背影，她一脸疑惑地在街头站定。而在黄包车上，迎面吹来的风，好像一下就把陈浅的思绪吹到前一天晚上，他提了一盒红磨坊的栗子蛋糕去米高梅安抚吴若男，吴若男始终头也不抬专注地修着指甲，等到他说出："我知道你不会有事的。如果你是那种会把个人情绪凌驾于工作之上的人，咱们的那些专业训练就成了笑话。"

吴若男终于抬起了头，说："好，那我就跟你谈谈工作。"然后吴若男就起身将化妆间的门反锁，问他："那天接应我们离开码头的那个大个子，到底是什么人？"

那时候他叹了一口气说："如果没有他，我们可能就已经失手被捕了。现在我只怕连累他。"

"所以他是中共的人，对吗？"

他没有说话，吴若男知道他是默认了，然后他又听到吴若男说："谢冬天一直怀疑你通共，我想我必须提醒你，千万别给他抓到把柄。"

那时候他选择在吴若男的旁边坐了下来，他说："吴若男，你一心忠于党国，这是很可贵的品质。可你有没有想过，被党国视为洪水猛兽的通共到底是个什么罪？"

"早晚他们都是敌人，所以我们应该也必须和他们划清界限。"

吴若男的声音还在他脑海里回荡，然而再一阵风吹过来，让他忍不住打了一个寒战，思绪也逐渐恢复正常。他望着街边自己的身影从橱窗玻璃上一闪而过，这让他想到，实际上刚才在走过一家店铺门口的时候，他就从虚掩的窗玻璃上发现了吴若男的身影，而等他继续向前走，忽然停下来系鞋带的时候，他的眼角余光也分明看到吴若男的身影一闪，躲到了一个杂货摊后面。

陈浅下意识地裹了裹自己的外套，已经是深冬了，天气也越来越寒冷。

孝根是叛徒。

这是唐瑛从突然闯进吉祥书场，又突然晕倒在书场的小金牙嘴里知道的最为震惊的一个信息。然后她又听到了另外一个震惊的消息，那就是当初龙头哥在书场门口看到的那副对联：斗转星移秋几度，日更月迭春数载。实际上是在提醒龙头哥在转移的前提下，同时执行"日更"计划。

而这个"日更"计划，海叔曾跟春羊提起过，那时候春羊刚从陈浅那里知道日本人在三角菜场附近找到了龙头哥的踪迹，想让海叔通知龙头哥立即离开上海。可是海叔却告诉她，上次玉器店被端导致顾曼丽牺牲，就是因为这个据点的消息被走漏，海叔认为一定是他们内部出了奸细，而经过排查，海叔认为奸细最有可能出在龙头哥负责的这条交通线上。所以他们制定了一个抓内奸的任务，就叫"日更"计划。但为了确保组织的安全，在找到内奸之前，龙头哥不会与他们任何人联络。所以当春羊找到海叔的时候，海叔也无法找到龙头哥。

现在海叔和唐瑛相对坐在屋中，突然唐瑛开口说："刚刚我派去小金牙家附近打探的同志已经回来了，龙头哥牺牲了，孝根和一名军统的尸体也在现场被找到。"

海叔一脸沉痛地走到了窗边，他想到了唐瑛告诉他，军统的人抓了小金牙做人质，要龙头哥交出武器，还让龙头哥交代，之前他从码头救走的是什么人。龙头哥就问他们，他们给了孝根多少钱？孝根还卖过什么情报给他们？再后来，龙头哥为了救小金牙，就拉响了炸弹……想到这里，海叔又走回桌边坐下，说："代价太大了。我还是低估了军统的破坏力。"

"还好，龙头哥总算不辱使命，除掉了内奸。"

海叔于是也没有多说，他看着桌子上的那张苏东疾写的"福"字和龙头哥用来装薄荷叶的铁盒，这是小金牙刚晕倒的时候，唐瑛从他身上搜出来的，后来小金牙醒过来告诉唐瑛，这是孝根来之前龙头哥嘱咐他的，万一他走不了，让小金牙一定得拿着这两样东西跑出去。现在海叔看着这两样东西，他问："小金牙同志伤得重吗？"

"伤得不重，就是失血过多，有些虚弱。"

"好。这两天让他待在院里，哪儿也不要去。还有，今天早上我派春羊

去了梅龙镇执行任务，要明天才回来。这样，你设法去见陈浅一面。跟他通个气。小金牙来这儿的事如果被政治保卫局察觉，我们就麻烦了。"

海叔向唐瑛吩咐完，他又看了一眼桌上那两件东西，总觉得事情有点不太妙，但是又不知道到底是哪里不妙。

陈浅从吉祥书场离开后，就径直来到了小金牙的住处。看着满目的废墟，他就能想到龙头哥牺牲时双目圆睁的模样，这让他忍不住伤心起来，但又有一丝愤懑，又是谢冬天！

但就在这时候，他看到被碎石堆压倒的衣柜中，露出一件衣服的一角，他走过去将衣服扯出来，看到上面有个补丁，用的是花布。然后他又开始在柜子的抽屉里翻找起来，突然他的手指碰到一个东西，他拿起来一看，那是一块赌场里常见的筹码，上面写着"金发"二字。

随后，陈浅站在院子里环视着，想要找到更多龙头哥死亡的线索，然而只有一张油布和几片树叶被风吹动，在院子滚动着。突然，他看到角落有几个坛子，他走过去，打开坛盖上封着的纸，刚看到里面是腌制的咸菜，他就听到身后传来轻微的脚步声，他立马警惕起来，"谁？"

但是一转头，却看到是小金牙的房东怯生生地站在院门口，陈浅收敛神情，问："有什么事？"

女房东仍旧怯生生地问："我就想问问，这个房客小金牙，还会不会回来？"

陈浅看着女房东的样子，于是问："你是不是有什么事想说？"

但是这个时候，小金牙根本不知道自己的住处发生了什么，因为他正在吉祥书场的后院忙着吃一碗面条，吃着吃着，他突然问坐在一旁看着他的小吴，他说："小吴，咱们这儿的负责人，就是瑛姐吗？"

小吴不知道小金牙想说什么，就说："是啊。"马上小金牙就又问："这里除了你，还有没有别的同志？"这顿时引起了小吴的警惕，小金牙也感受到了，连忙说："我就是想，等我伤好了，我就跟着你们继续工作，杀更多的汉奸和鬼子，给龙头哥报仇。"这才打消了小吴的戒心。

可是等到三更半夜的时候，小金牙却突然起床，他蹑手蹑脚地走了出来，关上房门，静立聆听了一会儿，确定毫无动静，这才向院外走去。他走到街口角落的一棵老槐树前，前后张望了一番，然后从怀中掏出随身所带的小弯刀，在树上刻下一个元宝图案。

做完这一切后，他就假装撒了一泡尿，再次前后观望一番后，确认没有人，他就立即离开，来到一间破屋门口，借着微茫的月色，他从破了玻璃的窗口伸手进来，从内拉开窗扣，打开了窗户，然后翻窗而入，找到角落的一个破木箱，翻开一些杂物，找到下面一个花布小包。这一切动作没有丝毫犹豫，都是一气呵成。然后他把花布小包藏入自己怀中，就打算离开破屋，冷不防破屋中间的灯亮了，陈浅就出现在了他面前。

小金牙吃了一惊，迅速掏枪，指住陈浅。唐瑛却突然从陈浅身后的暗处现身，大喝道："小金牙，你这个叛徒，你还有什么话说？"

小金牙后退两步，还想狡辩："瑛姐，我不是叛徒。你弄错了。"

但是唐瑛已经看到了小金牙刻在门口树干上的元宝，而一模一样的元宝，一个月前被人刻在了秋霜斋玉器店门口的树上，这显然不是巧合，小金牙自知暴露，他立即对准陈浅扣动了扳机，只听到咔嗒一声，枪中却并没有子弹，而陈浅趁着小金牙愣神的间隙，立即夺下他手中的枪并将他手臂反折制住。

陈浅用手铐把小金牙铐在破屋内的一个水管上，唐瑛从他怀里把那个花布小包掏出来，发现里面包着一根金条和一沓钞票，还有一个玉镯。小金牙见此，头耷拉下来，在白炽灯的灯光下，看起来像一颗被人踩坏了的海胆，但是他却显得很不甘心，于是他问："你们是怎么发现我的？"

陈浅于是就从小金牙身上找到了那把小弯刀，在小金牙的眼前晃了晃，小金牙说："一把刀能说明什么？"

"一把刀当然说明不了什么，但是如果一个人背后有刀伤，在现场却找不到凶器，你说这是为什么？"陈浅说着顿了下来，他看着小金牙，小金牙的心颤了一下，立即想起来在龙头哥以一敌二，正与谢冬天和王二宝打斗的时候，他从背后用小弯刀捅了龙头哥一刀，然后他又听见陈浅说："那就说明，这把刀是某人的随身之物。"

"那也不一定是我，有可能是军统的，也有可能是孝根的。"

"是不是军统的我不知道，但一定不是孝根的。"

小金牙看着陈浅，陈浅于是继续说："孝根死时的姿势，是背对着龙头哥的。如果他是奸细，不可能把自己的后背空门对着敌人。另外，你那台从三星无线电商行买来的二手收音机，那个被你留在屋里的空月饼盒和这件衣服，都出卖了你。"

说着陈浅将那件打了花布补丁的衣服丢在小金牙面前，补丁上的花布，和小金牙刚才塞进怀里的那个小花布包的花布一模一样。小金牙对陈浅的洞察力张目结舌，但是他还是说："这些东西又能说明什么？"

"这台二手德国收音机，价值三百，你有几个津贴，能买得起这么贵重的东西？"

小金牙像是突然找到突破口，说："这是我跟房东太太借的。"

但是小金牙没想到房东太太在下午就告诉了陈浅，之前小金牙欠了她大半年的房租，直到上个月才突然发了一笔横财，还清了租金。而且还租金的时候小金牙要挟房东说自己杀过人，如果房东胆敢将他发财的事说出去就杀了她，为此房东一直不敢将此事告诉旁人。而且陈浅还调查清楚，那台二手的收音机，也是小金牙上月初六从三星无线电商行买的。老板还记得他，个子不高，随身带一把小弯刀，嘴里有颗金牙，而秋霜斋玉器店被端的日子，就是在他去三星无线电商行买收音机的后一天。

唐瑛听完，已经气愤地上前一脚踢中小金牙的腹部，说："出卖秋霜斋的是不是你？"

小金牙忍着痛，却依然嘴硬，说："那是我赌钱赢的。"

然而这句话却正中了陈浅的下怀，于是他听到陈浅说："没错。你还喜欢赌钱。如果不是你在屋里遗留了一张金发赌场的筹码，你的房东和邻居甚至没人知道，你还是一个赌场豪客。"

原来下午在发现那个筹码后，陈浅就去了金发赌场，证实了小金牙之所以成为叛徒，就是毁在一个赌字，然而陈浅又想到一个光棍的衣服上有花布补丁，这只能是女人的手艺，所以他就又从赌场老板的口中知道小金牙老早就和一个名叫春花的妓女混到一起，所以更确切地说，小金牙之所以会叛变，是毁在春花的身上，他想要为她赎身，但是手气却一直不好。

听完这一切，小金牙喃喃道："你连这些都知道了。就差知道我头上有几根头发了。"

唐瑛却说："那月饼盒又是怎么回事？"

陈浅说："如果我没有猜错，那个月饼盒原本就是用来装你的值钱家当的。你这些钱，原本是放在那个月饼盒里，再藏在咸菜坛子里的。"

小金牙听完不可置信地瞪大了眼睛，他没想到陈浅竟然连这些细节都能探究到，实际上陈浅之前在保卫局闻到月饼盒上的味道就是咸菜味，而今天在小金牙的住处发现腌咸菜的坛子，还有在地上滚动的油布，他大概想明白了小金牙是在前一天晚上，从咸菜坛子里取出用油布包裹着的月饼盒，扔掉油布，然后取出盒子里面的金条和钞票。

所以陈浅又继续对小金牙说："家里突然爆炸，你却一点钱也没留下，只有一个可能。你已经事先转移了财物准备跑路。这间破房子就在春花家附近，你应该是在昨晚拿到了出卖龙头哥的酬金，就把钱藏在了这里，只等今日事成之后，过来接上春花，带着钱远走高飞。"

小金牙听到这里，已经完全败下阵来，他说："我不想做叛徒的。我是真心喜欢春花。我不想让她再服侍别的男人，我不想让她再受苦……"

陈浅却毫不留情地打断他："那你就可以跟谢冬天合作，出卖了秋霜斋玉器店？"

"本来干完那票，我就想带着春花远走高飞的。可那点钱只够给春花赎身，不够我们过日子的……"

唐瑛一脸气愤，说："所以，这次你又出卖了龙头哥？"

"我不想出卖龙头哥的。是姓谢的说，他们军统在政治保卫局有个卧底，有通共嫌疑，他就想把那人抓个现行。他只抓那个人，不会对龙头哥不利……"

陈浅听完心如刀绞，他没想到龙头哥竟然是因他而死，但他还有一件事不明白，于是他又问小金牙："龙头哥既然已经识破了你，又怎么会让你来吉祥书场呢？"

"这是我猜的。两天前有次我被人追债，逃到了四马路一带，凑巧看到龙头哥在书场门口领了张"福"字。龙头哥被炸死了之后，姓谢的要杀我，

说我害他中了龙头哥的圈套。他还要杀春花。我也是为了保命,才跟他说吉祥书场可能是咱们的据点,我可以来一探虚实。实在是他拿春花的性命要挟我,我才不得不做这最后一次的啊……"

小金牙说着已经涕泗横流,陈浅的脸上却充满了鄙夷和悲痛,他红着眼眶冲小金牙怒吼:"你有没有想过,背叛根本不分一次两次,这就是一条不归路。"说完他上前猛击了小金牙一拳,小金牙口中的金牙掉了出来,鲜血也立即流了出来。

然而他却只顾着哀求:"不要杀我,不要杀我。"

唐瑛在这时走上前来,用枪口对准了小金牙,一声枪响,一切都结束了。

谢冬天是在第二天清晨出现在吉祥书场附近的,留意着树干上的印记,可是除了寻常的涂鸦,树上还有三片新鲜的刀削痕迹。他不知道昨晚小金牙离去后,小吴已经用刀削去了小金牙留下的印记。削完一片后,小吴觉得太过显眼,又在树干的另外两处,留下了刀削的痕迹。

谢冬天满脸疑惑地点了一支烟,然后在烟雾燃起来的时候,看了吉祥书场的大门一眼,然后就转身离开了。

陈浅这天早上提着公文包准备去上班,然而他却突然发现吴若男的身影混迹在路人当中,所以他假装毫无察觉地转过一个街角。等到吴若男也转过那个街角的时候,却突然失去了他的踪迹,但是等吴若男一个转身,他就站在她身后,似笑非笑地看着她。

吴若男知道自己被看穿了,但是她还是假装淡定说自己是来请陈浅去火车站吃王瘸子的小馄饨。看着陈浅给自己面前的小馄饨加了醋和胡椒粉,吃得津津有味,吴若男对两人之间的沉默有点难受,于是她主动开口:"你……怎么不吃辣?"

陈浅却停下了筷子,说:"吴若男,咱们之间不用绕弯子。你有什么想问的,都可以直接问我。"

"你是不是早就知道我在跟踪你?"吴若男听陈浅这么一说,到底沉不住气。

陈浅又埋头吃馄饨，说："吴若男，你跟踪我的样子，特别像谢冬天。"

"你什么意思？把我比成那个搅屎棍？"

陈浅还在吃馄饨，说："谢冬天不是好人。我劝你千万不要听信他的任何挑拨，不然他的离间计早晚会得逞。"

"你放心，谁也蒙不了我。我只相信我自己看到的。"

"如果你真的看到了什么，你想怎么做？"

"我会帮你清理门户。"

"那你和谢冬天那个是非不分的人又有什么区别？"

"所以你是承认了，你真的在跟那边的人来往？"吴若男目光锐利地盯着陈浅。

陈浅没有抬头，拿勺子捞起汤里最后一个馄饨，然后才说："不管你对那边有多少成见，我都希望你能记住，我们现在最重要的事是什么。"

"可我不想你被他们利用。"

"没有人能利用我，除非我自己愿意。盯自己人这种事，我希望你不要再干。否则我会请示上面，把你调回重庆。"

"你想赶我走？"吴若男有点恼怒。

陈浅终于吃完了碗里最后一个馄饨，他抬起头认真地看着吴若男，说："一个谢冬天已经够让我头疼的了，我不想身边再有第二个。"

说完陈浅在桌上扔下一张钞票，就起身离去，吴若男看着桌上的那张钞票，又望向陈浅的背影，不禁生气地说道："气死我了，我能跟谢冬天一样吗？我盯着你还不是因为关心你？不识好歹的东西。"

可是陈浅已经走远了。

第二十四章

陈浅到达办公室以后，却意外地接到春羊打来的电话，很快何大宝就在路上看到陈浅开着保卫局的汽车载着春羊不知道去了哪。但是等到何大宝走进周左的办公室，把这件事告诉他的时候，周左却一直在思考一件事情，他想了很长一段时间，才拨出一个电话："喂，物证科吗？……小王啊，我周左。对，我找你有点私事。你来我办公室一趟，那个，别跟其他人说起。哎，好。"

然而那个时候，陈浅已经坐在了龙头哥在奉贤老家的屋里，他看到龙头哥的母亲头发已经花白，正佝偻着腰在灶上切菜，春羊在一旁正陪着她说话。陈浅觉得眼睛好像有一点酸，于是他扭回头就看到屋内的墙上挂着一张陈旧的照片，照片中是龙头哥母亲和四个女儿一个儿子的合影，龙头哥作为家中唯一的男丁，站在母亲身后，露出憨厚耿直的笑容。

陈浅看完终于忍不住胸腔里奔涌出来的难过，他独自一人走出去，站在一棵树下默默抽着烟。春羊发现他走出去，找了出来。陈浅看着春羊向自己走过来，问："每次有同志牺牲，你们都会这样隐瞒他们的家人吗？"

"视情况而定。龙头哥家中只有他一个男丁，情况特殊，所以海叔让我暂时隐瞒实情，看到成天盼着他成家的老母亲，我也实在是说不出口。"

陈浅于是丢掉了手中的烟头，说："也好。善意的谎言如果能让这个家里的女人一直怀着希望，盼着龙头哥总有一天会回来，也是一种功德。"

"你和我，可能也会有这样一天。好在……我没有家人。"

春羊说完自嘲般地笑了笑。陈浅这天看着眼前的春羊，不知道为什么，他突然一伸手就把春羊拉入了自己的怀中，春羊在他的怀里挣扎，陈浅却把下巴靠在她的头顶上，轻轻对她说："那以后就让我做你的家人。"

春羊听到这句话不再动了，陈浅还在轻轻说："我不想再看到任何人的牺牲。我没能救下'飞天'，也没能救下龙头哥。我对不起他们。我要加入你们，我想好了，我想请你做我的入党介绍人，自今日起，我愿加入中国共产党，我愿与你并肩战斗，同甘共苦，成为像'飞天'和龙头哥那样，不畏艰难，不怕牺牲的共产主义战士。我愿接受中国共产党的领导，为抗日事业奋斗到底！"

春羊慢慢听着，最后她挣开了陈浅的怀抱，静静地看着他的脸，然后她说："好，我愿意做你的介绍人，向组织申请你的加入，欢迎你！"

等到吃过午饭从龙头哥家回来的路上，陈浅还是忍不住问起上次她和龙头哥是怎么知道，那天晚上他会夜探六号仓库的？没想到春羊的答案很简单，就是那天龙头哥在码头干活见到了他和周左，所以他们一直在关注他的一举一动。

陈浅却不满意这个答案，他坚持认为这是他们两个心有灵犀，还有送纽扣那次也是。所以他又再次好奇起春羊到底是怎么弄到那颗纽扣的，春羊说是捡的，陈浅不相信，觉得春羊到现在还在瞒着他。

春羊却很认真地说："是真的。那天北川来丁香花园给由佳子送手工材料，我确实想接近北川，但我一直没有找到机会。谁知他刚一走，我就在书房门口的地上捡到了那颗纽扣。"

"是吗？"陈浅觉得有点不可思议。

"这件事肯定不是由佳子能办到的。到底是你运气太好，还是另有人在帮你？"春羊说完，看了一眼窗外，政治保卫局已经在眼前了。

周左很早就在办公室窗口看到了驾车归来的陈浅，他立刻转身回到座位，取出一包茶，在茶几前泡了起来，等到陈浅走进来还钥匙的时候，周左连忙说："哟，浅井先生回来了。正好，我刚泡了一壶铁观音，来一杯解解渴。"

陈浅将车钥匙放在了茶几上，就毫不设防地端起周左递过来的茶杯，轻轻啜饮起来，他说："渴的时候喝茶，就像久旱逢甘霖。"

周左始终笑着，说："那就再来一杯。"

说着就再给陈浅倒了一杯，等到陈浅再次端起茶杯的时候，他注意到周左似乎在看着自己，所以他不经意地忽然抬眼看周左，说："怎么？我脸上有什么东西吗？周队长。"

周左连忙说没有，陈浅也仿佛没在意，把话题绕到了龙头哥和谢冬天火拼的那个案子上，周左告诉陈浅他们发现龙头哥之前养过一只狗，叫"石头"，本来已经跑了的，自己又跑回来了。

陈浅又继续轻轻啜了一口茶，"是吗？那只狗在哪儿？"

"北川组长带走了。就是这主人都死了，这只狗还能有什么用处？"

陈浅没有说话，喝完茶他就从周左的办公室离开了。而周左却在他离开后，用手帕包裹着他喝过的那只茶杯朝着物证科走去，上午他就让物证科的小王从自己的抽屉拉手上提取了数个指纹。但他没想到，他才走入物证科，还没来得及说出让小王再帮他一个忙，陈浅的电话就打到了物证科，让周左赶紧去一趟他的办公室。

小王看着眼前有点发愣的周左，忍不住问："刚才您说要我做什么来着？"

"不用了，暂时不用了。"

周左反应过来，立即把那只茶杯塞进了自己的口袋，然后转身来到陈浅的办公室，陈浅看见他站在门口敲门，就从桌子后面抬起头来，说："晚上有空吗？我想请你到海半仙酒楼吃顿便饭。"

周左心内忐忑，但还是说："浅井长官相邀，必须有空，必须有空。"

"那就好，今晚六点，海半仙二楼惊蛰包厢。我等你。"

傍晚，周左是带着何大宝一起赴宴的。但是周左却站在一个可以看到海半仙酒楼的街角，指着二楼一扇窗户告诉何大宝，现在他是去见一个对头，让何大宝看好时间，要是到了六点半他还没开窗，那就说明他可能有麻烦，那时何大宝就需要马上冲上来帮他解围。

说完周左就独自走入海半仙酒楼，到了五点五十五分的时候，周左看了一眼手表，然后他掏出枪，一颗一颗地上满了子弹，等到他装好枪以后，伙计已经引着陈浅进来了。

周左赶紧为陈浅倒了一杯茶水，陈浅正要伸手去接的时候，周左却失手打翻了杯子，茶水尽数倒在了陈浅的衣袖上，然后他赶紧掏出手帕，说："对不住对不住，浅井先生。看我这毛手毛脚的。我帮您擦擦。"然后边擦边将陈浅的衣袖向上捋了捋，装作擦拭他手臂上的茶水。

陈浅却推开了周左，说："不用了，我自己来。"但是他刚把衣袖放下，周左就已经掏枪指住了他，陈浅故作淡定，"周队长，你这是干什么？"

周左笑了笑，说："因为您知道我心里有疑问，我在找一个答案。"

陈浅就看着周左，又听到他说："我想知道，您究竟是浅井先生，还是'吕布'陈浅。"说完周左成竹在胸地盯着陈浅，并且咔的一声，将枪中子弹上了膛。

"周队长，你把枪口对准我之前，有没有想过这是一条死路。"陈浅的心中已经波涛汹涌，但他还是尽量让自己冷静下来。

"当然，我敢这么做，就代表我有足够的把握。"说着周左就忽然将枪口顶上了陈浅的脑袋，随即用另一只手将陈浅的衣袖捋了上去，陈浅的右手小臂上一处缝针后留下的三角形伤口就显露出来。

"刚刚在看到这个伤口之前，我只有九成的把握，现在变成了十成。你就是'吕布'陈浅，你没有死，你手上的这个伤口，就是当时顾小姐为你缝的。"这是周左今天上午坐在办公室内，想了一上午，突然回想起的一幕，他记得当初陈浅在保卫局被抬上篷布军车的时候，他的手臂上有一个刚刚缝好的三角形伤口。然后他又接着说："在我办公室里留下字条告诉我'飞天不死'的人，也是你。虽然我不知道她到底用了什么方法，才让你死而复生。但那次，一定是她救了你。之前我以为你和我一样，对顾小姐有爱慕之心，才会不忍心看她受苦。现在我明白了，你是在回报她的救命之恩。"

"周队长的猜测很有想象力，适合当一个张恨水那样的小说家。"陈浅已经冷静下来。

"不是猜测，你手上的伤口和'吕布'一模一样，'吕布'的墓穴里根本没有尸体。'吕布'被捕的时候伤得面目全非，但他的眼神我记得。你去而复返，而且是以一个日本人的身份再次出现，只有一个可能，你是

卧底。"

陈浅突然笑了，说："但这些都不是证据。"

"证据？放心吧，我会有的。今天下午你在我办公室喝茶时在茶杯上留下了指纹，两天前你给我抽屉里放入纸条时也留下了指纹。你要不是怕我去查验你的指纹，也不会特意把电话打到物证科小王那里，更不会今天特意请我来吃饭。"

陈浅仍旧笑着，"你觉得我会给你留下证据吗？周队长，做人一定要牢牢记住，知道的东西太多，是一件危险的事。我建议你先看看我带来的东西。"

陈浅说着就伸手去摸口袋，周左把手指扣在扳机上，说："别动。"自己却将左手伸向了陈浅的衣服口袋，从里面掏出一条手帕。周左一看就变了脸色，说："是我娘的手帕。你对我娘做什么了？"

"我现在是不是可以坐下来，喝口茶，慢慢说呢？"陈浅说完就自顾自地放下双手，在桌前镇定自若地坐了下来。

周左尴尬地枪口下移，对着桌前的陈浅，又看看手帕，只得把枪放了下来。

陈浅却看着他，不疾不徐地说："既然你已经查到了这个份儿上，你应该也已经想过，一旦得到答案，你要怎么办？"

周左其实没想好这个问题，他又听到陈浅说："你放心，我只是让人带令堂去最好的医院看看病，带她吃顿好的。我的人会好好照顾她。你要相信，像顾小姐那样的人，绝不会伤害一个手无寸铁的同胞，我带走令堂，只是为了防小人。但我希望，周队长是真君子。"

周左突然苦笑了一声，"别给我戴高帽了。今天这般情势，我有的选吗？"

"其实周队长早就选了。如果你想告发我，在我给你办公室留下'飞天不死'的字条的时候，你就可以在当天查验指纹，直接向井田告发我。但是，你没有。你爱慕顾小姐，但就算她不在了，你同样也愿意帮助'飞天'，这就是你的选择。"

"我能行吗？"

"当然。你有良知，有勇气，也有能力。只要你愿意，就可以像'飞天'一样，成为一枚直入敌人心脏的利刃。"

周左听到这里却犹豫了。

陈浅却说："我知道你在犹豫什么，你一旦答应我，从此要过的就是刀口舔血的日子。但你也要知道，我今天和你说这番话，不但是对我身份的坦白，也是将我的命交给了你。如果我对你的判断有一点点的失误，今天你只要暂时骗过我，等走出了这道门，你随时可能向日本人告发我。但我愿意相信你，赌你会帮我。"

那天的最终，周左有些激动地看着陈浅，说："好，就冲您这句话，我周左这条命也是您的了。"

陈浅就举起了自己手中的茶杯，说："以茶代酒，我想替顾小姐，替'飞天'，替共产党谢谢你。"周左刚要举起茶杯，却突然听到楼下传来摩托车的引擎声和狗吠声，他赶紧一看表，已经六点二十五分了，他说了一声："糟了！"

不出任何意外，"嘭"的一声，宫本良踹门而入，何大宝紧跟其后，举枪冲了进来，大喊着："队长！我来救你了！"

但是下一秒，何大宝就傻了眼，因为他看见包厢里，陈浅和周左正相对而坐，安静地喝着茶。马上北川景就跟入其中，看着眼前一切，问："浅井长官，您怎么在这里？"

周左却立刻对何大宝发难，"这是怎么回事？"

何大宝也搞不懂，周左刚才在楼下让他等到六点半没有开窗，就冲上来，可是他没有手表，就按照周左的吩咐盯着那个装裱店的大钟，但是今天是钟表店老板寿辰，老板在六点钟就关门了，后来他实在没地方看，只好在路上拉了一个人问时间，一问已经六点半多了，但是他一抬头，上面的窗还没开，所以他一点都不敢耽搁，想要冲上来解救周左，但是他跑到半路的时候又突然想到他们是给日本人做事的，什么样的对头会连日本人的面子也不给，所以他立马决定还是先去搬救兵要紧，可是等他奔到电话亭，想给保卫局打电话的时候，信号却不好，那时候何大宝一眼瞥见北川景带队骑着摩托车出现在附近，车兜还坐着一只狗。何大宝眼前一亮，赶

紧放下电话冲到了大街上，张开双手拦在了北川景的车前。

如今看着眼前的情形，何大宝只能支支吾吾地说："那个……不是你说，六点半没开窗……"可他话没说完，一眼看到窗户是开着的，他更加搞不懂了。

"我说的是六点半，你看看现在是几点？"周左继续发难。

何大宝就上前看周左腕上的手表，此时是六点二十八分，这何大宝此时才明白过来，刚才那个人的手表，比正常时间快了十几分钟。但是北川景显然并不想在这些问题上纠结，他对陈浅说："浅井长官，周队长，刚刚我听何大宝说，酒楼里有共党分子？"

这让周左和陈浅更是为之一惊，但是周左马上又瞪向了何大宝，说："什么共党？哪来的共党？我什么时候跟你说有共党了？"

何大宝这时朝陈浅看了一眼，支吾着："你是没说……"可是马上又壮着胆子说："可你又没讲清楚你来见谁，我怕对方太厉害，前面你还说什么万一你有不测，叫我照顾你老娘。那如果我自己一个人跑上来，结果我们两个都完蛋，那我们两个的老娘呢，谁来照顾啊？所以刚好看到北川组长路过，我就去搬救兵了……"

何大宝说到这里，陈浅觉得是时候开口了，然后他打断了何大宝，说："好了。我明白是怎么回事了。何大宝护主心切，以为周队长受到了威胁，所以就编了个莫须有的共党分子，引北川组长来救人。"

北川景听完脸立马绷紧了，何大宝吓得在一旁打了自己一耳光，说："我错了，我错了。下次我不敢了。"陈浅却并不理会他，而是将话头转向北川景，说："北川组长是另有要事？"

"是的。我赶着去执行任务。浅井长官，既然这里是一场误会，我先走一步。"

说完北川景就带着手下的特务尽数离去，只有何大宝委屈地站在一旁，说自己为了盯牢窗口，猪蹄都没来得及吃，周左于是让他赶紧去一楼催菜，然后顺便到对面沈大成买点条头糕，等下他要带回去给他老娘吃，将何大宝暂时打发走。

看着何大宝下楼，周左这才关上包厢的门，松了一口气。陈浅坐在位置上，看着眼前的周左，说："有攻有守，反应机智，以退为进。周队长，顾小姐看重你果然是对的，你是个当特工的好苗子。"

周左知道陈浅是什么意思，顿时觉得有些尴尬，陈浅却立马说："那么从此我们就是以命相交的交情了。"

周左的眼睛又立即亮起来，"周某何德何能，能与您这样的大英雄以命相交？您肯为我指一条明路，周某感激不尽，以后一切听您差遣。"但接着他又说："但我还有个疑问，'吕布'是军统的人，'飞天'是中共的。那你究竟是站哪一边的？"

陈浅喝完杯子里最后一口茶，说："我给你留纸条的时候，就已经给了你答案。"

周左点了点头，说："我不会让顾小姐失望的。"

然而陈浅的耳朵里此时听到了楼下摩托车引擎声和狗吠声正在逐渐远去，他忍不住问："北川有什么紧急任务，你知道吗？"

"这我不知道。可那条狗我认得，就是从龙头哥家里找到的那只，叫'石头'。"

谢冬天从吉祥书场回来，就去了春花的住处，一路上他都在想象刚才他在电话亭拨通一个熟稔的电话，对着电话那头说出："喂，井田科长吗？上次送你的礼物可还喜欢？"时井田会是什么反应，是吃惊还是淡定，但是不管他是什么反应，在自己后来说出："这样的礼物我还有，不知道井田科长有没有兴趣？"的时候，他敢肯定井田一定是兴奋的，想到这里，他的脚步也不禁雀跃起来，可惜等打开春花家的门的时候，他只看见床边的地上留下一条已经被磨断的绳子，显然春花已经逃走。

他看着那条被磨断的绳子，想到之前他把春花绑在床上之前，春花满脸挂着泪珠，却对他说："谢大爷，你是不是没被女人疼过？"

那时候他仿佛被戳中了痛处，说："你说什么？"

"你要是有过真正喜欢的女人，我打赌，你也是个痴情人儿。但你没有，所以你不会懂的。"春花说完竟然咯咯笑了起来。

谢冬天脑子里现在印着春花那张笑脸，他捏紧拳头，骂了一句："贱女

人。"之后他慢慢走回自己的住处，但是却看到两个男人正站在一棵树下，谢冬天默默地从他们的身边走过，然而耳朵却一直在听他们在说些什么，走着走着他突然停下又折了回来，站在那两个男人面前，说："你们在等王二宝？"

两个男人看了他一眼，说："你谁呀？"

谢冬天却很淡定，说："包打听吧你们是。他是不是让你们找一个叫吴茵的人？"

两个包打听对视一眼，谢冬天就已经确定了他们的身份，说："今天他有事来不了，你们告诉我就行，剩下的钱我给。"

说着就掏出钱包来，但是两个包打听还在犹豫，谢冬天也没有过多反应，把钱包收起来转身就要离开，马上一个包打听就叫住他："等等，我们告诉你……"

莉莉看着正趴在吧台上百无聊赖喝着酒的吴若男，走过去对她说："小猫咪，那个小白脸又来找你了。"吴若男顺着莉莉的目光回头看了一眼，立马就看到了坐在角落桌边的谢冬天。吴若男随即端着酒杯走到谢冬天的身边，说："姓谢的，没事别来找我了，行不行？"

谢冬天却一把就把吴若男拉到自己的腿上坐下，吴若男正要挣扎离开，谢冬天却突然说："那如果是关于吴茵的事，你有兴趣吗？"

吴若男当即愣住了，说："你怎么知道我娘的名字？"

"关心一个人，自然会去了解与她相关的事。男人说什么都是骗人的，你要看他为你做了什么。"谢冬天默默地看着吴若男的眼睛，一字一句地说。吴若男突然觉得有点心跳加速，立即把眼神撤开了。谢冬天抱着吴若男让她坐在沙发上，自己却站起身来，说："明天我会带你去一个地方。上午十点，城隍庙门口，我等你。"

吴若男看着谢冬天离去的背影，喝了一口酒，掩饰着自己已经乱了的心绪。

第二十五章

等到陈浅反应过来，北川景牵着狗要去执行什么任务的时候，北川景已经牵着"石头"冲进了吉祥书场，"石头"很快就从小吴房间的床头柜子里叼出一只装薄荷叶的盒子，北川景环顾四周，可惜已经人去楼空。但是他突然注意到桌上有一杯水，他走过去摸了摸，水杯还没凉透，他意识到人还没走远，立即下令继续追。

等到陈浅赶到吉祥书场附近的时候，书场后院已经传来了枪声，于是他又加快了脚步向后院方向的弄堂奔去。可是在他还在奔跑的时候，后院的枪声已经停止了，只有狗吠仍在传来，他于是循着狗吠跑到一个弄堂口，刚好看到腿部中枪的唐瑛已经被北川铐住，而小吴就躺在她旁边，一动不动，显然已经死去。

陈浅觉得心如刀绞，但是他记得春羊在上午明明告诉过他，唐瑛他们已经决定在今天下午撤离，为什么北川景会突然就查到吉祥书场？这让他断定一定有人将吉祥书场是中共据点的消息透露了出去，而很快，等他迈着沉重的脚步回到保密局的时候，周左就已经打听到这一回又是上次提供秋霜斋玉器店情报的那人告的密。第二天早上，当陈浅站在保卫局那条长长的走廊抽到第二支烟的时候，他已经盘算好了怎么营救唐瑛。但在此之前他却先遇到了另外一个难题，那就是他从周左那里知道土肥原从东京派来了一位名叫吉野的特使，这个特使将在十点半到达上海站，万江海接了他就会安排他入住华懋饭店。随后陈浅却接到了一个陌生的电话，在电话里那人告诉他，吉野将会带来一些重要文件，其中就包括浅井光夫的个人档案。

陈浅放下电话，他来不及犹豫，就立即告诉要去海乃家为吉野物色姑

娘的周左，说："我刚刚得到消息，特使吉野大佐这次会带来浅井光夫真正的档案，如果不能赶在井田之前换掉这份档案，我的身份就很有可能暴露。"

正在开车的周左一下变了脸色，握着方向盘的手也失去了平衡，险些撞到前面的一辆黄包车，好在他及时踩了刹车，说："那现在要怎么办？"

"我需要你帮我拖延时间。"

交代完，陈浅就下车立即赶往团圆里78号找吴若男，可是陈浅敲了半天门，都没有人应答，陈浅干脆趁着四下无人的时候用铁丝撬开门，但是他走进去，吴若男的房间是开着的，他快速扫了一圈，没有找到吴若男的踪影，只看到吴若男的书桌上还放着一摞她手抄的经书，陈浅瞥了一眼，最上面一张的右下角，写着数字83。然后他觉得自己没有时间了，于是他快速从团圆里78号离开，走到一个公共电话亭，给正在古渝轩工作的钱胖子打了一个电话，钱胖子接到他的电话，神色如常地瞥了一眼墙上的钟，看到是十点四十分，然后马上说："好嘞，您要的菜我记下了，保证给您准备好。"

挂掉钱胖子的电话，陈浅就立即赶往了华懋饭店。半个小时左右，钱胖子已经换了一身衣服，提着公文包也来到华懋饭店，然后他推开了一间布草间的门，陈浅就在门后，问他："拿到了？"

钱胖子就把公文包递给陈浅，陈浅将公文包打开，取出里面的档案看了一眼，又放了回去，但陈浅这时候忍不住问："吴若男去哪了，你找到她了吗？"

钱胖子摇摇头，陈浅就看了一眼手表，此时已经是十一点十五分，陈浅暂时顾不了那么多，于是他说："来不及了。我现在去1109号房，周左或者井田，不论谁先到，你都想办法替我挡一阵子。"

钱胖子听完就心领神会地离去，这时候陈浅却突然望向身后，一堆床单布草后面，已经换上服务员装束的春羊推着一辆布草车走了出来。实际上在陈浅赶往华懋饭店之前，他先去了一趟春羊家，那时候春羊正在家里洗衣服，听到敲门声，春羊赶紧擦干了手上的肥皂水起身开门。一见到春羊，他就立马说："关于营救计划，我知道你也着急等海叔的回复，但组织商议也需要时间。如果你不救我，不用等计划实施，我就死定了。"

现在陈浅把那份装着属于他档案的公文包塞进了布草车上的床单中间，然后对春羊说了一声："拜托了！"

那天的后来，陈浅是从望远镜中看到后面发生的一切的，春羊首先按照他们的计划推着布草车打开了1107房间的门，从那里拿了他事先准备好的咖啡和奶油蛋糕后，就走到1109门口按响吉野的房门。等到吉野打开房门的时候，春羊假装要帮吉野将东西送进去，却在说话间将盘子往前一送，咖啡顿时溅出，弄脏了吉野的衣襟。春羊又急忙向吉野道歉，请他沐浴更衣，晚点她过来取他的衣服去清洗。处理完这些，春羊又再次返回1107房间，走到窗前，看到了对面顶楼的他，对他做了一个ok的手势后，春羊就从1107的窗口探出身子，沿墙移动了一段距离后，翻入了1109房间。

但是陈浅此时却从望远镜中看到周左拉开车门，与海乃家的樱子一起进入了饭店大堂。他立刻用镜子对着对面1109号房间闪了一下。春羊看到了陈浅传过来的消息，但是她仍不愿意放弃，又迅速转去床头柜寻找。然而不出几分钟，陈浅又从望远镜中看到井田的汽车出现在饭店的门口，于是他又快速用镜子向1109房间连闪三下，房间内的春羊没有在抽屉内找到档案，顿时心急如焚，额头也渗出细汗，但她仍旧不甘心，又翻动被褥寻找起来，然而卫生间内的水声在不知不觉中已经停止了，春羊这时候觉得自己已经不得不撤退了，但是在攀上窗台时她忽然看到了放在地面床边的那盒日本糕点，她又迅速返回拿起那盒糕点查看，只见糕点用印刷精美的红色印花纸包装，上有日文字"日本樱花糕"字样，糕点的封条是红色的纯色纸条，且与盒子的红色印花纸略有色差。

春羊突然想到什么，然而门铃却在此时响起了。

在门外按门铃的正是周左。

刚才在上楼的时候，樱子在电梯里一直打量着自己刚做的指甲，而周左站在离她稍远的地方，反复查看手表，他心中有点忐忑，不知道陈浅是否已经调换了档案，而电梯却刚好在行至七楼与八楼之间的时候突然停住了，樱子顿时惊慌失措："怎么回事？"

周左也立马配合地喊了起来,"有人吗?有人吗?"

周左喊着却又查看了一眼手表,已经到了十一点二十八分。他不知道在他和樱子走进大厅等电梯的时候,原本坐在角落看报的钱胖子,立即收起报纸,走向了楼梯间,直奔上楼,等到钱胖子站在三楼电梯口,看到电梯数字显示为5,6……钱胖子立刻掏出一把电梯检修专用钥匙,打开了三楼的电梯栅栏门,并从旁边柜子里取出一个"维修中"的小牌子,立在了电梯口。然后他就迅速朝着八楼跑去,所以现在周左和樱子仰头,通过电梯铁栅门看到的服务员的脚实际上是钱胖子的,于是他就问:"怎么回事?电梯怎么停了?"

钱胖子回答:"三楼的电梯门出了点故障,导致电梯安保系统启动,临时断电。维修工人正在检查,故障很快可以排除,请两位客人少安毋躁。"

周左一听,稍稍安下心。而钱胖子说完就走回楼梯间准备下楼,忽然从楼梯的转角缝隙中看到了正在上楼的井田和宫本良。钱胖子没想到刚才他让电梯急停后,后脚到达华懋饭店的井田一直在一楼等电梯,却发现电梯数字始终显示为7,于是皱起眉头对宫本良说:"从楼梯走。"

钱胖子于是快速把头缩了回来,可是正在上楼的井田已经看到一个人影一闪缩了进去。井田没有说话,对宫本伸出三个手指,示意有可疑人在三楼。等到宫本良举枪从楼梯间冲向电梯口,电梯外层栅栏门已经关上,"维修中"的指示牌也已经不见了,电梯上的数字指示已经变成了8,9……

而在轿厢内的樱子见电梯恢复正常运行,也松了口气。周左此时再看了一眼手表,已经十一点三十二分,电梯也刚好到达十一楼,周左陪同樱子一起走了出去,到达1109房间门口,他按响了门铃。

很快门就开了,看到里面的人,周左立刻满脸堆笑,说:"吉野大佐,您好,在下是上海政治保卫局行动队队长周左。"

说着周左的眼睛忍不住往房间里看过去,里面一切如常。但他不知道,春羊此刻正像一只壁虎一样趴在1109房间窗外与1107房间相连的部分,大气也不敢出。而对面楼的陈浅从望远镜中看到这一切,也忍不住暗自紧张。

周左继续与吉野寒暄的时候,没有在电梯间发现钱胖子踪迹的井田和宫本良也已经上楼，特使赶紧迎出来握住了井田的手，但是这时候在对面楼的陈浅却突然收起望远镜离开了，那是因为他已经从望远镜中看到春羊趁着井田和特使说话的空隙，快速返回了1107房间，并且将那份真正浅井光夫的档案放进布草车上的床单当中，然后打开房门，推着布草车迅速离开了。

"你后来是怎么猜到，档案放在点心盒里的？"

这个疑问是陈浅从春羊离开吉野的房间的时候就升起的。春羊却一边把档案扔进铁盆中焚毁，一边回答他："我在井田家中见过这种点心，同样是井田托人从东京采买来的，用的是黄色印花纸封条。特使带来的这一份，却用了没有印花的红色封条。这说明，这盒点心买来后曾被打开过，而原来的封条很可能被弄坏了。"

"今天如果不是你，换成别人去，都未必会发现这一点。你一定是上天特地派来拯救我的。"

春羊一听没好气地说："是啊，上天派我来救你，还让我告诉你，不想死以后就少跟我油嘴滑舌。"

陈浅笑眯眯地看着春羊，隔着档案燃烧的火光，她不时向他扔来一个白眼的样子在他看来如此美好，美好到让他忘记，刚刚他们才经历了命悬一线的困境，美好到他想就这样跟她拌着嘴，直到永远。可是他不能，因为他马上就知道，井田派北川景去火车站抓了唐瑛的叔叔一家人，而唐瑛的叔叔邱老板在保护妻儿逃跑的时候，已经被北川景一枪打死。

现在邱老板的妻子和儿子已经被五花大绑，推到了唐瑛面前。唐瑛那时目光望向了站在北川景身后的陈浅，然后她又转过目光去对井田怒目而视。

井田对唐瑛的反应很淡定，他说："人终归是要死的，我理解你们这些姓'共'的人的信仰。从你们成为战士的那一天起，大概就做好了视死如归的准备。但你应该也不会忘记，你们的使命是拯救你们的国家，你们的百姓。看看这悲伤无辜的母子俩，你对他们做了什么？"

见唐瑛没有任何反应，他说着突然走到邱氏母子面前，然后摸了摸那

个男孩的头,唐瑛一下就激动了,井田却觉得正合他意,于是他又继续说:"杀死他们的丈夫和父亲的人是我吗?错了,是你。你可以继续守口如瓶,我也可以向你保证,一定会有更多无辜的人因你而死去,今天是你的亲戚,明天可能是你的邻居,后天可能是曾经去过吉祥书场的客人。唐老板,能不能救他们的性命,取决于你。不然,你就是杀人犯,你是罪人!"

说完井田却突然改变方向,一把揪住了邱老板妻子的头发,向一旁的北川景伸出了手。北川景立即拿起一把匕首递给井田,井田盯着唐瑛,然后匕首在他的手中寒光一闪,唐瑛的眼珠都快爆出来了,突然她看到陈浅此时正在北川景和井田身后,他的手指轻轻敲击,用莫尔斯电码告诉她:先假意投诚,拖延时间,再寻对策。

所以在井田即将割断邱老板妻子的脖子的时候,唐瑛喊出:"住手!"然而下一秒唐瑛只看到井田的手里抓着一把从邱老板妻子头上割下来的长发,她知道这是井田故意耍的小心机,可是马上她又看到井田转而抓住了邱老板的儿子,看着男孩因为过度害怕而睁大了茫然的眼睛,井田却说:"这孩子的眼睛可真好看,他已经看见他父亲死去了,要不要再让他看见母亲受难呢?"

唐瑛看见陈浅再次用莫尔斯电码发出:先假意投诚!于是她冲着井田喊道:"住手!我说……我说……"

井田这次笑着放开了男孩,说:"很好,这就对了。"

唐瑛却瞪着井田说:"放了他们,放开我。要我说可以,我也要一个合作者应有的待遇。"

井田审视着唐瑛,说:"你想要什么待遇?"

"先让我吃顿好的再说。"

但是在最终,大家看到的却是唐瑛在喝了一口井田递给她的"山羽樱"后,忽然脸色惨白,呼吸急促,然后口吐白沫倒在桌子上,等到陈浅他们冲进审讯室的时候,唐瑛已经陷入昏迷,井田最后不得不选择将其送往医院。

看着唐瑛被推进手术室,北川景忍不住问井田,"井田长官,她有交代吗?"

井田没有立即回答,而是先把目光放在他们身上审视了一圈,才说:"有。但还不够。要是她能醒来,我应该会知道更多秘密。"

然而陈浅那时候已经完全猜到唐瑛在审讯室对井田说了些什么。她一定是先告诉井田中共能找到六号仓库就是因为井田的内部有人将这个信息透露给了中共,并且中共的目标就是寻找铀矿石。然后她再告诉井田远在这之前,仁科芳雄来上海的消息,也是这个人给的,而且要不是有这个人罩着,"飞天"也不可能完成这么多任务。"飞天"扛那么久,就是为了保住这个人。最后她再告诉井田她也不知道这个人是谁,但是这个人能在他眼皮底下做这么多,是因为这个人是他们日本人。

而实际上这一切都是他营救计划的一部分,因为在唐瑛被抓的时候,他就觉得奇怪,这次井田为什么没有让政治保卫局插手,而是让北川景抓了唐瑛后直接关在了梅机关的牢房里。后来他终于想明白,虽然上次的纽扣事件他侥幸过关,但井田对他的怀疑并没有消除。另外,"飞天"牺牲之后,井田应该也怀疑,政治保卫局里或有"飞天"的同党,要不然这次突袭吉祥书场的事,他应该会事先得到消息,但是他没有,所以他想到让人传消息给唐瑛,让她半真半假地出卖自己,以求自保,只要井田中计,把心思转移到了抓内奸上面,他们就有营救唐瑛的机会。

海叔和春羊在听到这个计划的时候,觉得很是疑惑。陈浅却继续告诉他们,首先他们需要制造出唐瑛被人杀人灭口的假象,而她在"死"前说出的话,就会有极大的可信度,井田才会上当。只有以这种方式让唐瑛离开梅机关,他们才有营救她的机会。

春羊却在这时候担心,如果井田真的怀疑到他的身上,他该怎么脱身?这一点陈浅也早就想到,他敢确定井田要想钓鱼,就一定得抛出鱼饵,所以只要让唐瑛告诉井田,他要的是铀矿石,井田就一定会设下陷阱,那将会是他最大的脱身机会。

所以在陈浅出发前往梅机关的审讯室的时候,春羊告诉他,组织上经过慎重考虑后,同意按照他的计划营救唐瑛,而唐瑛有哮喘症,且对酒精过敏。而刚才在审讯室,在井田以邱老板儿子要挟唐瑛的时候,陈浅还以莫尔斯电码发出一段话:设法要求饮酒诱发哮喘。说出内奸是日本人,想

要铀矿石。组织会在你入院抢救后设法营救。

　　想完这一切，陈浅望向了手术室的大门，手术门紧闭，但那里有一束明晃晃的阳光刚好打在窗台上。

第二十六章

白炽灯的灯光在地上投下两个相连的影子，其中一个影子突然说："目前为止，唐瑛尚处于昏迷状态，但没有生命危险。你不是说，瑛姐喝酒会引发哮喘和过敏吗？为什么医院的检验结果显示她中了毒？"

另一个影子也就在这时候扭过头，说："那是因为，检验科的医生是我们的同志。"

陈浅坐在沙发上，看着春羊的目光突然聚焦在自己的脸上，他在心里不禁笑了一下，面上他却一副恍然大悟的样子，说："完美。井田一定以为，有人在他眼皮底下对瑛姐下了毒。现在他安排了由保卫局负责唐瑛的监视工作，却没有告诉我们唐瑛到底交代了什么。我觉得，我们的计划已经初步成功了。"

春羊没有察觉，就顺着他的话说："下午他一反常态，提前回家后，就把自己关进了书房里。我也觉得，他一定是开始怀疑你们了。"

这时陈浅什么都没有说，他静静地盯着春羊看，这把春羊看得不自在，然后他又突然反应过来，站起身来，说："好，那我就等他出招。"

等到离去的时候，他还在想刚才春羊突然转过脸来，目光撞击在他脸上的样子，想着另一个女人的脸却突然重叠在春羊的脸上，这让他瞬间冷静下来，立即往米高梅赶去。在米高梅看到吴若男的那一瞬间，陈浅提着的心一下就落了下来，可是在他朝她走过去，问出："今天白天你去哪了？"的时候，他并不知道吴若男刚刚正在回想今天上午她七拐八弯地走在一条弄堂里，突然她走到一个院子附近站住了，而谢冬天一指那个院门，微笑着对她说："就是这里，我要带你来的地方。"

然后她就一步一步地走近院子，推开门，看到院子里一个破败的木制

秋千的时候，她的眼中忽然就蓄满了泪水，她仿佛看到小时候自己坐在秋千上，母亲在她身后轻轻推动她，她回头就能看到母亲那温柔又坚毅的脸，于是她快步走了进去，看到屋内的桌子上有一处陈旧的刀痕，她哭着又笑了，对跟着她走进来的谢冬天说："这个缺口是我削的。七岁的时候，我不小心摔了一跤，就拿刀削掉了桌角。"

说完她就扭头走进里屋，看到桌上有一本已经落满很厚灰尘的《般若心经》，她将它拿起来的时候，灰尘坠落的瞬间里，她又好像突然看到年幼的自己踮起脚尖站在书桌前看着母亲抄写《般若心经》，看到母亲在右下角写下了一个数字"90"，她问："妈，为什么要抄这么多张呢？"

母亲回答她："不论你有什么心愿，只要你足够虔诚，当你抄满99张心经的时候，菩萨一定会听到，你的心愿就一定会实现。"

想到这些，她捏着那本《般若心经》忍不住哭了起来，谢冬天这时走到她的身后，安慰地轻轻拍了拍她的肩膀。

所以当陈浅知道这一切，对她说出："你明知道谢冬天别有用心，为什么还要跟他出去？你必须远离他！"的时候，她又忍不住想起她走出院门的时候，谢冬天告诉她他从小就没有见过自己的父亲，他想找，却不知道去哪里找，所以，她想要找妈妈的心情，他比谁都明白，也感同身受。而且谢冬天知道她一直很顾忌自己是蔡将军私生女的事情，他又告诉她，他们的出生是他们无法选择的，他希望有一天别人都能看到真正的他们。并且在最后，谢冬天很认真地对她说："我也希望，有一天你能真正看懂我。"她记得谢冬天说出这句话的时候，他的眼神真挚而忧伤，这让她忍不住反驳陈浅，"他是喜欢抢功劳，但他对我的关心是真的。"

陈浅没想到吴若男会是这样的反应，于是他又说："他对你的别有用心，才是真的。你有没有问过他是怎么知道你的身世的？他又是怎么找到你家的？"

"他也是个特工。这一切都是用心就能办到的事。你的本事比他大得多，但你用心了吗？如果你能为我做这一切，他还有别有用心的机会吗？"吴若男针锋相对。

陈浅这时才冷静了下来，过了一会儿，他对吴若男说："吴若男，要我怎么说你才能明白呢？我们是搭档，我们只是搭档。你可以怪我不够关心你，但不能因此是非不分，把谢冬天当成好人。"

然而吴若男听到这句话反应更大，她说："谁把他当好人了？他确实为我做了很重要的事。没有随时待命是我的错，我刚才已经认错了，你还想要我怎么样？"

陈浅看着发怒的吴若男，觉得再劝下去无益，于是他说："我们都冷静一下吧。"

陈浅说完就离开了，只剩下吴若男留在原地望着陈浅离去的背影，她愤愤地踢了一脚地上的一个空铁罐，铁罐滚出老远。

井田把自己关进书房想了一整晚的事，就是决定带着由佳子去浙江诸暨度个假。

周左知道这件事的时候，十分高兴地对陈浅说："果然如你所料，一早万局就吩咐我把唐瑛的监护工作移交给机要室的常孝安，接下来就让我陪同井田他们一起去诸暨，这鱼饵算是抛出来了。"

陈浅点头，因为井田也已经通知了他，还有北川景、宫本良一起同行。但是在去的火车上，陈浅发现井田都没有同他们坐在一起，而是单独一人坐在前面，望着井田的背影，这让陈浅预料到这次行程肯定会比他预想的艰难得多。

陈浅实际上也没有猜错，他们一到诸暨，井田就让苎萝度假庄园的管家安排他和北川景、宫本良一起住在二楼连在一起的三间客房，陈浅的房间号是208，但是在进入208房间之前，他留意了每个人入住的房号，何大宝和周左就住在他楼下的108，而应由佳子的要求陪同一起前来的春羊和由佳子就住在他对面的205。

没过一会儿，楼下就传来汽车声，陈浅从虚掩的房门口就看到一辆车子停在了院子里，接着下来一队日本宪兵。其中两名日本宪兵抬着一口箱子上楼，进入了井田的房间，接着又有数名日本宪兵上了二楼，守在了自己这一边客房的门口。

楼下的何大宝打算出门的时候，拉开房门却见门外站着宪兵，他不理

解这是做啥，日本宪兵却用生硬的中国话告诉他："井田科长有令，今晚各位去任何地方都要报备。"周左在这时已经认出这些宪兵应该是驻扎浙江的日军60师团所属的宪兵分遣队，于是他立马告诉那些宪兵他们不出去，就连忙把何大宝拉了回来，并关上了房门。

在楼上的陈浅早就听到了这一切，但他却气定神闲地喝着茶，想象着井田此刻都在做些什么，而井田此时正坐在外屋会客厅的沙发上，映着灯光打开那口刚刚由宪兵抬进来的箱子，箱子里那块铀矿石在灯光的映射下立即折射出斑斓的光芒，而他一转眼，就看到箱子边上的茶几上还放着一只公文包，他在沉思了几秒后，就对站在他身后的山口秋子说："先从宫本开始。"

于是很快，在208房间的陈浅就听到门外传来敲门声和山口秋子的声音："宫本君，井田科长请你过去。"十几分钟后，陈浅就听到宫本良回房的声音，而山口秋子接着又敲开了北川景的房间，等到北川景回来后，陈浅知道轮到自己了，于是他对站在门口请他过去的山口秋子说了一声："有劳秋子小姐。"就朝着井田所住的203房间走去，等走进去以后，他一眼就看到井田面前桌上的那口箱子。井田的脸此时笼罩在烟雾当中，他对陈浅说了一声："坐。"然后就递给了陈浅一支烟并为他点上。

陈浅吐了一口烟圈的时候，井田让他打开箱子看看，陈浅照做，马上他就惊讶了一下说："是铀矿石。"

井田就从旁边拿出一盏灯，照到铀矿石上，铀矿石通体发出金黄色的光泽，井田说："对，这就是我们找了很久，也是中共和军统心心念念想要的宝贝。在金华武义地区，有我们正在开采的大量萤矿石。我们攻下杭州后，早就派了先遣人员进入金华，终于找到了大日本帝国用于钢铁工业的萤矿。同时，我们也发现了这个矿区铀的存在，只要提炼出铀，就能制造出杀伤力惊人的武器。"

陈浅假装淡定，说："所以，我的任务终于可以开始了，对吗？"

"是，公文包里就是驻扎在武义的秘密科研小组对这些铀矿石初步的数据分析资料，十天之内，我们要把这块珍贵的铀矿石和数据资料运回日本，交由仁科将军的团队进一步研究。"

陈浅又继续装着说:"看来,井田科长以度假之名带我们来这里,其实是为了迷惑敌人,让运送任务更加隐蔽。"

井田却摇了摇头,说:"也不全是。浙赣铁路被战争损毁,杭州段只能通到诸暨。所以我只能在诸暨接武义方面运来的货。选择用铁路方式是因为从公路去往上海路途遥远,运送的汽车随时有可能会遭遇蒋介石和共产党的游击队。当然,更重要的是我一直坚定地认为,敌人就在我们身边,甚至就在我们当中。"

这句话让陈浅的眼神闪了一下,他说:"但怀疑也需要依据。是不是唐瑛交代了什么?"

井田看了陈浅两秒,说:"是的。"

"她告诉你,你身边还有他们中共的人?"陈浅问。

"而且是个日本人。"井田没有任何犹豫地就马上说出。

"这是唐瑛的离间计吧,井田科长也信?"

"有人在我眼皮底下对唐瑛下毒,就是怕她说出实情。"

井田说出这句话陈浅就不再往下说了,而马上他又听见井田说:"浅井先生,您是犬养先生派来的专门负责铀矿任务的特使,所以这个行动理应由你负责。而为了确保让这块铀矿石能安全回到上海,乘上回国的飞机,我也会帮你做好这一路的安保工作。"

陈浅一听就直接问他们什么时候走,井田也直截了当地告诉他,两天以后,他会包下九号车厢,到时候陈浅就带着这块铀矿石和这些资料上火车。但是当陈浅问具体的安保工作还需要准备什么的时候,井田却告诉他,其他的事,他已经交代给北川和宫本了。陈浅不必知道他们在做什么,同样他们也不知道陈浅在做什么,在哪节车厢。

陈浅听到这里故意微微皱起了眉,说:"看来井田科长并不像你说的那样信任我。你这样做,是为了找到奸细?"

井田却云淡风轻地说:"浅井君,如果你是那个奸细,你会怎么做?"

"先弄清楚另外两人在做什么。然后想尽办法传消息出去,再设法嫁祸给其余两人。"陈浅目不转睛地盯着井田说。

"这个问题我也问过他们,你们的回答大同小异。"井田依然云淡风轻。

"井田科长和我说这些，不怕我就是奸细吗"

井田却突然笑了起来，说："所以这是一个公平的游戏，彼此大半的牌面我们都已经清楚，人人想要的铀矿石就摆在这里，中共或者军统真有本事抢走，是我井田无能，我愿以死谢罪。只要抢不走，我一定把这只老鼠揪出来。浅井君，请不要让我失望。"

陈浅最后是在井田的笑容中走出203房间的，但是在回房间的路上，他却在想事情现在虽然都在朝着预定的方向发展，但是井田布下的棋局扑朔迷离，他必须要沉着应对，才有取胜的机会。

第二天早上，井田坐在房间的落地窗前，看着吃过早餐的周左在听见北川景要下山，立马走过去请求北川景载他一程，他也想下山去买些长官们都喜欢喝的浙江的绿茶。而他一转眼，就望到不远处的一条小路上，宫本良独自行走着，何大宝却突然叫喊着追了上去，与宫本良并行起来。

山口秋子正在给井田按摩着太阳穴，井田微微闭上了眼睛，问："秋子，你觉得，浅井、北川和宫本这三个人，谁会是奸细呢？"

山口秋子按摩的手略一停顿，随即如常按了下去，说："井田先生心中或许已经有答案了，秋子没有这个猜测的本事，我只希望他们一个都不是，这样井田先生就不会头疼了。"

井田忽然又睁开了眼睛，看到陈浅、由佳子和春羊正一起向院外走去，这时陈浅走到庄园门口，突然回了一下头，恰好与井田的目光对上，井田颔首向陈浅致意，嘴上却对山口秋子说："兔子们都放出去了，可以撒鹰了。"

陈浅当然注意到他们的背后一直有一条小尾巴在跟着，但是他仍状态如常地和春羊慢慢走在后面，望着奔跑在前面的由佳子，春羊突然开口说："所有的下山路上都有我们的同志蹲点，所以不论北川和宫本从哪条路下山，我们的同志应该都可以跟得上。按事先的约定，他们会在天黑之前前往于村茶铺，把消息传递给周左。"

"我让周左跟着北川搭车下山，就是为了确保北川能经过于村茶铺，便于跟踪。"

陈浅刚说完，由佳子就在前面喊："浅井君，王老师，你们快点！"

陈浅和春羊于是快步跟了上去，由佳子指着不远处的一个亭子和一座小桥说道："这里的风景，好像我家乡伊豆啊。那时候的夏天，吃过晚饭之后，哥哥就会带我去屋后玩耍，那里也有这样的小桥流水，也有这样的亭子。"

说着由佳子的神情忽然变得落寞起来，春羊赶紧安慰："看来我们由佳子是想家了。"

由佳子立即反身抱住春羊，把头放进她的怀里，春羊轻轻地拍着她的后背缓解她的情绪，陈浅看着她这样，也安慰起来："由佳子，如果你想回家，为什么不告诉你哥哥呢？"

"可是，只有和家人在一起的地方，才叫家吧。哥哥是不会跟我回伊豆的。如果只有我一个人回去，那里也不是家。"

"战争让太多人没有了家。"陈浅沉默了一会儿才说。

"那战争什么时候会结束呢？浅井君。"由佳子突然把头从春羊的怀里扭过来，眼睛忽闪忽闪地看着陈浅。

陈浅看着眼前由佳子澄澈的眼神，他的心忍不住磕一下，他说："等人们内心平静，不再争个你死我活的时候。"

冬日的天色总是暗得很快，等到天色像块幕布一样盖下来的时候，大家都陆续从外面回到了庄园。周左是最后一个提着两盒茶叶回来的，那时候他刚好看到何大宝从地窖走出来，而在他的身后，一个女人脸色绯红地走出地窖走向了厨房。周左看了那女人一眼，又看了一眼何大宝陷在脖子里的衣领，周左顿时知道何大宝干啥去了，于是在伸手替何大宝把衣领翻出来嗔怪他的时候，将一个打火机丢在了草丛里，再假装无意地望向草丛，"哎，那是什么？"

何大宝立即走过去捡起来，认出那是北川景的打火机，周左于是让他给北川送去，何大宝什么都没想，就去敲开了北川景的房门，而在楼下刚从厨房端出一盘糕点的山口秋子，早就将这一切看在眼里，周左也注意到了这一点，但是他径直走回了房间，因为早上在吃完早饭后，周左去厕所

的时候碰见了陈浅，陈浅低声告诉他："井田现在最怀疑的人是我，要让他怀疑其他人，就必须设法让他们与别人单独接触。而我尽量不与人接触。"

所以周左在进入房间以后，直接进入卫生间将门反锁，然后他走到马桶旁的水管边，轻轻敲了敲水管。没一会儿，在楼上房间的陈浅听到动静，确定声音是从楼下传来之后，就从楼上推开了窗户探出头来与他对视了一眼。周左于是一言不发地掏出一根卷烟，拿出一支笔写了起来，写完周左将香烟绑在陈浅垂下来的绳索上。这时候何大宝却突然回来了，他捂着肚子一脸痛苦不断拧动卫生间门锁，发现打不开，就喊道："队长，你是不是在里面？"

在里面的周左被吓了一跳，扭头回应："等一下。"

何大宝急迫地说："我肚子痛，熬不牢了，你快点。"说着何大宝下意识地用力拧动门锁，咔的一声，门锁竟然拧开了。周左没想到会发生这一幕，他赶紧关窗，并呵斥何大宝，"谁让你闯进来的？"

何大宝一脸莫名其妙，说："你门没锁啊。"然后他又看到周左站在窗前，觉得有点奇怪，他又说："你不拉屎站在窗口做啥啦，我熬不牢嘞，你快出去。"

周左只得离开，楼上的陈浅不知道下面发生了什么，他在看了一遍香烟上的字后，就将香烟捏碎后冲入了马桶，然后走出了房间，就在楼梯上与刚刚上楼的山口秋子相遇，陈浅主动与她打招呼，山口秋子也热情回应，并且请求陈浅帮她把一盘糕点送给由佳子，她要去给井田送茶，陈浅十分爽快地从山口秋子的手中接过了糕点盘，在山口秋子走向井田的房间，敲开房门入内的瞬间，陈浅一眼瞥见墙上挂了一幅地图，但陈浅的脚下没有停留，他径直向由佳子房间走去。

第二十七章

　　山口秋子在向井田汇报："晚餐之前，宫本和钓鱼归来的万江海说过话，还一道去了厨房。何大宝捡到打火机送到了北川的房间，浅井替我把定胜糕送去了由佳子和王老师的房间。除此之外，其他人没有私下的接触……"正在这里，井田听到由佳子的尖叫："老鼠！有老鼠！"井田是在听着随后他几乎是条件反射般地放下香烟冲出了房间。香烟在桌面滚动了一下，半截滚出了茶几边缘，却并未掉落。

　　山口秋子在看见井田抬腿的时候，也跟着冲了出去，并且随手带上了房门。在走廊上，周左、何大宝和宫本良也闻讯赶来，大家一起朝着由佳子的房间跑去，而在房间里，由佳子的尖叫声再次响起。

　　"管家，快把门打开！"

　　山口秋子急迫地吩咐管家，慌了神的管家于是赶紧取出腰间的整把钥匙，找到205的钥匙打开了由佳子的房门。一开门就看到由佳子则站在床上，春羊正站在茶几上，惊慌失措地看着一只老鼠在沙发上和地上奔跑着。在大家都愣住的时候，还是周左眼疾手快，赶紧从走廊的角落找来一个拖把，追打老鼠，最终老鼠被周左按在拖把下面，何大宝冲上前去猛踩几脚，老鼠发出几声吱吱的惨叫声后终于不再动弹了。

　　秋子赶紧奔过去抱住床上的由佳子，由佳子立即哭了起来，"我从小就怕老鼠，我最怕老鼠！我讨厌老鼠！"

　　春羊此时尴尬地从茶几上下来，说："不好意思，我对老鼠也没什么办法。"

　　而井田这时也一边上前安慰由佳子，一边把头转向了万江海，万江海立即明白井田的意思，于是赶紧质问庄园的管家，"怎么回事？客房里怎么会有老鼠。"

管家吓得腿都软了，低着头说："真对不起，这只老鼠并不是普通家鼠，是我养的仓鼠，之前一直好好地关在笼子里的，不知怎么跑出来了。惊吓到贵宾，是我的责任。"

井田却在这时候回头看了一眼，忽然发现陈浅和北川景的房门紧闭，他像是意识到了什么，然后迅速赶回了自己房间，等他用随身所带的钥匙打开了房门，推门而入的时候，只见房间内静悄悄的，地图仍旧是卷起的状态，放在茶几上，四个图钉依旧留在墙上，和他离开时没有两样。

然而当他的眼睛移到地面上的时候，不对！他的脑海里立即警铃大作，他记得刚刚他出门前丢在茶几上的那支烟并没有落地，现在那支烟却安静地躺在地上。

有人来过。这是目前井田脑子里唯一的想法。于是他快步走到窗口，向楼下张望着，却什么都没看到，于是他又打量了一下窗台，也未发现可疑痕迹，他这才折回，这时山口秋子也跟了进来，看着井田的反应，她回头看了一眼走廊上的众人，说："浅井和北川没有出来。"

井田走出房间，目光从走廊上众人的脸上扫过，"闹这么大动静，却没有出现在现场的人，都有嫌疑。"

马上走廊上就响起了敲门声，但是敲了半天，陈浅和北川景的房间都没有人应门。在井田的眉头越皱越深的时候，北川景突然出现在了一楼大厅，井田冷冷地看着他，问："刚才你在哪儿？"

北川景很坦然地告诉井田他去了酒窖，山口秋子也紧跟着回忆起来，吃过晚饭后的确是她让北川景去地下酒窖找红酒给井田。于是很快，井田的目光就锁定了陈浅的房间，周左想要继续敲门，井田却果断对管家说："开门。"房门打开以后，房间内空无一人，只有卫生间的房门紧闭，门内传来哗哗的水声。周左在井田的示意下，上前敲响了卫生间的房门，卫生间内马上传来陈浅的声音，"谁？"

周左顿时松了一口气，说："浅井长官，您没事吧？"

这时一股热气从卫生间内氤氲了出来，陈浅随即就披着浴袍走了出来，头发还是湿的，说："出什么事了？我好像听到由佳子的叫声。"

等到井田回到房间的时候，他还是不太愿意相信刚才是他多虑了，根本就没有人进过他的房间，所以他再次展开地图看着，一面看，一面对身边的山口秋子说："你记不记得，我离开的时候，这根烟是在桌上，还是在地上？"

山口秋子看着井田的眼里分明是有些不确定，于是她说："井田先生是担心有人进来过？"但是她刚说完，一声轻响，钉在墙上的一枚图钉突然松脱，掉落在地。她于是走过去将那颗图钉捡了起来，说："也有可能和这枚图钉一样，起初烟是在茶几上的，后来才掉到了地上。"

井田望着山口秋子手中的那枚图钉，说："也许是我多虑了。不过，保险起见，接下去直到离开之前，北川、浅井和宫本要一直留在自己的房间内，不得离开。"

外面的寒气一层又一层地渗进来，陈浅却坐在沙发上看着一张白纸发呆，因为他在想刚才如果他没有及时返回房间的话，结果会是什么样的？

其实陈浅是无法想象这个后果的，所以他能做的，就是尽快赶在井田发现端倪以前赶回。实际上在晚上山口秋子让他把那盘定胜糕端给由佳子的时候，他就已经决定要进入井田的房间一探究竟，于是他就趁着给由佳子送定胜糕的机会和春羊说："井田在房间里查看的地图上一定有秘密，帮我制造机会，我要进去看一看。"

春羊在想了一下后，告诉他："由佳子最怕老鼠。昨天我在楼下看到这里的管家养了一只仓鼠。"

所以当他从窗外爬进井田的卧室的时候，他听到外面传来喧哗声和尖叫声，而他没有过多犹豫，而是快速看了一眼角落的保险柜，并未停留，径直走向外间的会客厅，马上他看到了茶几上卷成一卷的地图，还有墙上的图钉，他立即展开地图，将地图按四角的针孔原样钉到了墙上。

做完这些，他快速走到井田之前站立在地图前的位置，他估计了自己与井田的身高后，直视望向地图。在那个位置，他清楚地看到铁路经过了一条河道。河道位于海宁和斜桥之间，铁路桥的位置上是枫江桥。他凑近细看，可见枫江桥位置有一个用铅笔所画的细圈。

想到这里，一股冷风吹了进来，这才把陈浅的思绪吹了回来，他稍微动一下身子，拿起一支铅笔，在纸上专注地画起素描来，慢慢的，田野，凉亭，小桥下的潺潺流水就在纸上呈现。而在他手腕不断抖动的时候，他的脑子仍旧没有停止思索，他想起傍晚，周左传递给他的那根香烟上写着：北川，采石场。宫本，雇船。北川被派去采石场，宫本被派去雇船，再把刚才他进入井田房间在地图上看到的那个隐约可见的标记这条线索串联起来，井田的整个押送计划已经呼之欲出。因为按照井田的想法，一旦铀矿石将由铁路送往上海的消息传出，中共或者军统一定会上车抢夺，所以这一切只是烟幕弹，井田的真正计划是上车后，在九号车厢让北川景将从采石场拿到的假矿石与真的铀矿石调包后提走，然后在火车驶上枫江铁路桥时，再由宫本良将箱子抛下桥，而在桥下，已有船家等候接应。

而且刚才井田怀疑有人闯入他的房间后做出的过激反应，让陈浅更加相信，自己极有可能已经触及了计划的核心秘密。而现在，他必须把消息尽快传递出去。所以他停下了笔，看了一眼手上已经画好的素描，此刻上面的小桥上多了小女孩在跳舞，而一个男人站在女孩的身旁看着她笑。

而就在这时，门外突然传来特务的声音："由佳子小姐，井田科长吩咐了，谁也不能进去打扰浅井长官。"

"我就给浅井君送点吃的，浅井君就算有工作，也需要休息的，这怎么是打扰呢？开门！"

特务还想说什么，由佳子已经从特务腰间扯走了钥匙，打开了陈浅的房门。陈浅看见她进来，立刻放下手中的画起身相迎，同时闻了闻，说："好香啊，这是刚出炉的面包吗？"

"是的呢，是这里的厨师教我做的，是不是很棒？"由佳子兴奋地说。

陈浅于是拿起一个面包，再闻了闻，然后闭上眼睛品尝着，"我对甜品的口味一向挑剔，不过，像这样焦香诱人，香甜柔软而且还带着温度的面包，我还是第一回尝到，我觉得，我可以给它打九十九分，少打一分是怕你骄傲。"

由佳子一听顿时开心地咯咯笑起来，陈浅却像是突然想起什么似的，说："啊，对了。"然后走回沙发边拿起刚才画的那幅素描画，说："为了感谢你的面包，我也有礼物送给你。也许我不能还原出你记忆中美好的模样，但我想你也许会喜欢吧。"

由佳子看着画上面的小女孩和男人，顿时明白这是陈浅为她画的她和哥哥，感动得立即一把抱住陈浅，说："谢谢你，浅井君。"

但是她抱住陈浅的时候，头发上的发夹抵住了陈浅的下巴，陈浅就那样任由她抱着，说："不用谢，由佳子，如果将来我会有一个女儿，我希望她能生活在和平的世界，按自己喜欢的方式生活，她不需要太优秀，只要始终保持一颗能感受真善美的心，做一个快乐的人，我觉得就很好。"

由佳子一听，说："这也是我想要的样子。"然后她松开了陈浅，但是她头上的发夹似乎被什么东西钩住，掉落在地，陈浅立刻弯腰捡起，说："我来给你戴上。"

由佳子就低下头，任由陈浅帮自己戴上发夹，后来由佳子和陈浅再说了一会儿话，由佳子就拿着陈浅送她的素描画走出了陈浅的房间，而那时山口秋子早已等候在203房间门口。

等到由佳子走进井田的房间的时候，井田立马看到了她手中的那幅素描画，于是他说："浅井君送了这幅画给你？"

由佳子并没有任何戒备，说："是呀。你看，这亭子，这桥，多像我们家乡屋后的那片风景？浅井先生说，这个是我，这个是你。"

井田看着这幅画，情绪没有任何波动，又说："他还有给你别的东西吗？"

"没有了。"由佳子感受到哥哥并不像她那样喜欢这幅画，于是决定去拿一些她做的面包给他吃，井田也并没有阻拦。

但是就在由佳子打算离开的时候，山口秋子却突然叫住了由佳子，问她："由佳子，你的手怎么了？"

由佳子看着自己手臂上的一些红点，说："不知道呢，昨天去采了花回来之后就有了，好痒。"

山口秋子猜测是花粉过敏，于是决定等回上海找个专治皮肤病的大夫给由佳子看看，由佳子并没有太放在心上，听完以后就愉快地离开了，但是等她拿着面包再回来的时候，看到陈浅送自己的画已经被药水涂得湿漉

滩并且模糊掉的时候，她脸上的笑容顿时凝结。

井田也愣住了，他连忙解释："由佳子，我知道你可能会不开心，但这只是一幅无关紧要的画，而我担心的是你是否会被人利用。希望你能理解哥哥。"

"在哥哥看来无关紧要的东西，对我来说却是珍宝，哥哥你能理解我吗？"由佳子说着眼泪已经掉下来，然后她把面包放下就跑了出去。

等到山口秋子追上她，将手安慰地按在她肩膀上，说："别难过，由佳子。"的时候，由佳子抬起泪眼，十分真挚地问山口秋子，"我知道哥哥没错，可我错了吗？"

山口秋子盯着由佳子看了一会儿，然后抬手擦掉了由佳子的眼泪，说："错的是战争吧。"

由佳子却突然像是意识到什么一样，她说："秋子小姐，如果，我是说如果，浅井君真的做了什么不利于哥哥的事，哥哥会怎么对待他呢？"

"井田先生对于敌人，从来不会手软。"

由佳子听完以后，咬了一下嘴唇，说："我想自己待一会儿，秋子小姐。"

山口秋子于是就走开了，但是在她关上房门的时候，她明显看见由佳子突然怔怔地在窗前坐倒在地，一副心事重重的样子。

钱胖子在庄园的门口等着里面的男仆把垃圾桶用推车推出来之前，一直在想他出发前一天发生的事。那时候他蹲在门口啃甘蔗，而在屋子里不断传来陈浅和吴若男的说话声，可是吴若男却突然吼了一声："陈浅，你这个浑蛋！"

然后他就看到陈浅从屋子里走了出来，而吴若男还在房里，把那袋陈浅买来特地跟她和好的大壶春生煎全打掉在了地上，用力踩着，泄愤似的说："你以为我真的那么宽容？要不是因为爱你，依我的脾气，你气我一次我揍你十次都不解气。你怎么可以这样对我？你怎么可以！？"

钱胖子听着，忍不住对走出来的陈浅说："这男人碰上喜欢的女人，命都可以给。对不喜欢的女人吧，也真叫一个绝情。"

"不喜欢人家，还不让人死心，那才是真的祸害人。我宁可她恨我一时，也不想她恨我一辈子。"

这时吴若男在门内仿佛听到了，又拿起桌上的水壶掷向大门，砰的一声，水壶跌得粉碎。而眼看着陈浅也要走，钱胖子抬腿跟上陈浅，说："我送你。"

陈浅就在那时看了他一眼，说："你是不是还有事跟我说。"

钱胖子一听也没有遮掩，说："对。陈浅，海叔让我跟你坦白。然后协助你接下去的所有工作。"

反倒是陈浅在听完以后，叹了一口气，说："可算说实话了。"

钱胖子那时候才知道，陈浅早就在他和吴若男夜闯仓库那次，就知道了自己的身份，因为如果不是钱胖子事先得知陈浅的计划详情，龙头哥不可能恰好在那时出现解救他们。而陈浅想来想去，除了自己，他不知道还有谁能"出卖"他。

钱胖子于是在那时撞了一下陈浅的肩膀，嘿嘿笑了一声。而陈浅紧接着马上告诉他，他即将坐下午一点的火车去诸暨。让钱胖子悄悄跟上，随时接应他的行动。

而在来之前钱胖子已经接到海叔的消息，春羊会在得到消息之后，将消息藏在垃圾里，然后由他扮成处理垃圾的人员带出。现在钱胖子从男仆手中接过垃圾推车后，如常地将垃圾运走，但是到达山下的僻静处时，他就开始在垃圾桶里翻找起来，最后他终于在垃圾桶里找到了一张油纸。

这张油纸不是别的，正是春羊之前帮助由佳子一起烤面包垫在烤盘上的。当由佳子从井田的房间里回来的时候，春羊笑着看了一眼由佳子，却发现由佳子头上的发夹离开时戴在辫子皮筋处，回来时却夹在了侧面鬓角附近，于是春羊趁着由佳子要去给井田送面包的时候，伸手摸了摸由佳子的头，目送她离开厨房，再低头时，由佳子的发夹已经在春羊的掌心。

春羊看四下无人，于是快速从蝴蝶结发夹底部取出一个纸卷，一展开就看到上面有一串莫尔斯电码，春羊快速将纸卷放入油纸内包裹后扎成一个结，丢入了垃圾桶。

现在钱胖子看着那张纸卷，看出上面的信息是：明日回沪列车，货在9

号车厢。斜桥站和海宁站中间的枫江桥请海叔于水路接应。然后他将纸卷收起,快速离去。

第二天一早,井田已经决定好了让日军60师团所属的宪兵分遣队队长泓野和万江海护送女眷们先走,而为此井田还特地上前向泓野打了一个招呼,说:"泓野队长,护送我家人回上海的任务,就拜托你了。"

而泓野也赶紧在井田说话的时候接过井田手中的行李箱,说:"井田科长客气了。"

但陈浅却分明注意到,当泓野接过井田手中的箱子时,似乎因为没有预料到箱子的重量而未使上劲,箱子因此有一点轻微的下沉,随即泓野用力提稳了箱子。所以当大家都把行李放置妥当的时候,陈浅突然叫了一声由佳子,由佳子就回过头来看着陈浅,陈浅于是凑到由佳子耳边小声地说:"你还记不记得,有一次你问我,有没有意中人。当时我告诉你说,如果有了,我会第一个告诉你。"

由佳子点了点头,又仿佛突然醒悟过来一样,说:"难道?"

陈浅默认,然后说:"能跟你借一样东西吗?"

由佳子立马想起她曾答应过陈浅,如果有一天陈浅找到喜欢的人,她要做一个发夹给他,让他送给喜欢的人,"你等我。"说着由佳子就跑到自己的行李箱边,取出一个盒子,从里面挑选了一个珍珠十字发夹取出,送到陈浅手上,然后还用眼神鼓励陈浅,去吧。

陈浅笑了笑,就直接走向春羊,说:"王老师,我想把这个送给你。"由佳子这时也跟了上来,在一旁助攻,说:"收下吧,王老师。"

春羊看着,就说:"那好吧。"然后伸手就打算去接,陈浅却已经上前一步,亲手为春羊戴到了鬓边。两人的脸近在咫尺,春羊能感受陈浅喷出来温热气息,一时间感觉到自己的心跳好像漏掉了一拍。而陈浅则低头看着春羊,见到她的睫毛颤动,他十分想要将春羊抱入怀中,但是他却退后了一步,说:"谢谢!"

"为什么是送礼物的人说谢谢?"春羊不理解。

陈浅却并没有正面回答,只说:"谢谢你愿意接受它。"

"那不是看在由佳子的面子上吗?"

春羊于是打趣起来,由佳子在一旁也得意地笑起来。而很快,春羊他们就上了车,陈浅站在第二辆车旁,将手搭在摇下的车窗窗口,望着春羊,说:"一路平安。"

"我在上海等你。"

"再见了,浅井君。"

春羊和由佳子同时说出,陈浅于是也回应由佳子,说:"再见,由佳子,我最好的朋友。"

陈浅还想说什么,但是他发现井田正在和万江海说着什么,万江海不住点头,但井田的目光却始终盯着自己,陈浅于是退了回来,朝着他们招了招手。

春羊从后视镜里看着庄园的铁门关上,而陈浅的身影也渐渐变小。由佳子这时却突然凑过来说:"王老师,你戴这发夹的样子,真是美极了。"

春羊就刮了一下由佳子的鼻子,由佳子却马上神神秘秘地说:"你知道浅井君跟我要这发夹的时候说了什么吗?"

"说了什么?"

春羊一下被由佳子勾起了好奇心,由佳子却又说:"算了,还是让他亲口告诉你吧。"之后由佳子又问起另外一个问题,她说:"可是为什么我觉得,浅井君今天有些奇怪呢?"

春羊不是很明白,由佳子就说:"刚刚他跟我告别的样子,像是我要去很远的地方,很久不能见的样子。他还特意说了那句最好的朋友。"

春羊摸了摸由佳子的头,说:"也许他是想谢谢你帮他做了这枚发夹吧。"

由佳子顿时开心起来,而春羊却望了一眼窗外,天空中大片的云朵在不断地聚集,好像快要把阳光遮住。

春羊他们走后,北川景看着院子里还停着的两辆汽车,问:"井田科长,我们可以出发了吗?"井田却并不急,环视了一遍众人,说:"何大宝去哪了?"

周左立刻回答："我去找他。"

说完周左就赶紧朝着地窖跑去，而井田却朝着剩下的人说："都进屋吧。我有话说。"

等到周左把在地窖正跟厨房里的那个小寡妇缠绵的何大宝带进来的时候，井田冷冷地看了他一眼，这让何大宝莫名心虚，不敢看井田，缩头缩脑地往旁边站了站。而井田的眼神就又转向了站在他旁边的四名宪兵，何大宝很清楚地看到他们中有两人手里各拿着一个箱子。

他正搞不清楚状况的时候，就听到井田对为首的宪兵说道："你们可以出发了。"在那四名宪兵离去后，何大宝又看见管家老杜和几名男仆站在厨房门口，而井田又对他们说："管家，请你们也离开，没有我的召唤，不必回来。"在看着他们也离去后，井田大声说了一句："关门。"何大宝就看见，在吱嘎一声中，沉重的大门候地合拢，把阳光都关在了门外。

何大宝感到一股莫名的不安，他知道接下来一定会发生点什么可怕的事情。但是在北川景再一次问："井田科长，我们什么时候出发？"的时候，他还没意识到，这件事会牵扯到自己。于是他就听见井田说："不用了。刚刚出去的四个人，会替我们上火车。"

北川景有点不太明白井田的意思，井田于是就解释一遍，说："在座各位当中，已经有人送出了铀矿石将要上火车的情报。"

"不可能！"北川景脱口而出，因为他知道从昨晚开始大家都待在这里，没有离开过，想要送出情报是根本不可能的。

但是井田却十分肯定地说："不出意外的话，军统或是中共的人，应该已经准确地知道，今天铀矿石样本和研究资料将会从诸暨站上火车，再于枫江桥转水路。他们极有可能在这路上的任何一个地点动手抢夺。他们费尽心机拿到我们的行动计划，当然不能让人白跑一趟。我也准备好了大礼送给他们。"

北川景和宫本良听完立刻面面相觑，但北川景还是忍不住问："可是这个计划，除了您，还有谁知道吗？"

何大宝仍旧一脸迷茫，于是他小声地问周左："他们在说啥，我怎么听不懂？"

陈浅却在这时候淡淡地说了一句："想知道的人，自然有办法知道。"

宫本良立即撇清，"反正肯定不是我。"

北川景也说："像我这样成天关在屋里的人，要是还能传出消息，除非这情报长了翅膀。"

只有陈浅不说话，吐出了一个烟圈，井田透过烟圈望着陈浅的眼睛，说："那我们就来找一找，谁给了它那双翅膀。"

说完以后，井田的目光就瞟向了周左和何大宝。何大宝心里一慌，还是壮着胆子跟着井田一起走入了203房间，他站到茶几跟前，尽量地赔着笑，而井田却一脸气定神闲地坐在沙发上，用修甲刀修着自己的指甲，说："这几天，浅井、北川、宫本三个人，你有没有发现谁有可疑之处？"

何大宝连连摆手，说："没有，长官怎么会可疑呢？"

井田继续修着自己的指甲，说："那这两天，你都在做些什么？"

"我啊，长官有需要，我就随叫随到。长官没有需要，我就躲远点，少在长官跟前碍事。"

何大宝觉得自己回答得十分得体，他没想到井田却突然提高了声音，并将修甲刀掷向他，说："那刚才万局长他们要走的时候，你人在哪里？"

何大宝下意识地一闪，修甲刀划过他的脸，顿时留下一道血痕。而在门口的周左立马就听到了修甲刀落地的声音，屋内井田却步步紧逼："说！"

何大宝被吓得扑通一声跪倒在地，"我说我说，我在庄园里搭了个送菜的小寡妇，一来二去对上眼了，就悄悄去了地窖……我说的都是实话。"

"谁看到了？谁又能证明？"

"你们去问问那个小寡妇就知道了呀。"

"来人！拖下去，用刑。"

两名守候在203房间外的宪兵闻声冲了进去，在门口的周左既紧张又煎熬，但是他看见坐在楼下的陈浅却没有丝毫反应，这时宪兵架起何大宝要把他拖走，何大宝拼命挣扎，说："井田科长，不是我，真的不是我。浅井如果真的有同伙，肯定是周左，是周左！前天，前天下午吃晚饭前，我刚刚进房间的时候，他，周左他躲在卫生间里，半天不出来。我急着上厕所就冲了进去，结果看到他站在窗口，也不知道在做啥。他……他肯定是在

窗口跟别人暗通消息，不然他不撒尿不拉屎站在那里做啥？"

何大宝一口气说完了一连串，那时候井田已经慢慢踱到了203门口，微笑地望着周左。周左于是对着门内大喝："何大宝，你胡说什么！老子裤子刚提起来你就冲进来了，我啥时候站窗口了。"

"喏喏喏，你还不承认?！介么对了，肯定是你，刚才我还是瞎猜的，现在肯定了，就是你，你心虚，你就是奸细！"

"你血口喷人！这些年我那些猪蹄、肉包子都是喂了狗了，你知不知道你瞎说会把我害死?"

井田却并不顾他们在说什么，而是返回房间，边走边平静地说："把周左给我抓起来！"

立刻就有宪兵上前缴下了周左的枪并将他制住，周左立刻大呼冤枉，楼下的北川景听到这里，冷笑了一下，陈浅仍是不动声色。房内，井田冷冷地观察着周左和何大宝，说："你们给我听清楚。想活下来，只有一条路，指认真正的奸细，拿出证据，说出细节。不然，牢里的十八般武器你们都见识过，我一定会让你们死得比'飞天'更惨。"

何大宝顿时脸色发白，身子也开始抖起来，"不要，不行，我不要受那个活罪。我……我还知道周左肯定是帮……帮浅井传消息！"

第二十八章

那天陈浅一直在楼下默默听着何大宝是如何向井田证明周左是在给自己传递消息。而何大宝先是说出了之前周左和他在海半仙酒楼见面的事，说他们两个在那时候估计就串通在一起；还指认出他就是军统的"吕布"，周左很早就同情他，说他是英雄，当初发现陈浅的尸体不对劲的时候，还让何大宝瞒牢井田他们，一口咬定说"吕布"死了；并且周左明明晓得顾曼丽就是中共的"飞天"，还曾经想买船票带顾曼丽逃走……

周左在一旁听着急得眼睛都红了，说："我没有！何大宝，你这个白眼狼，你真以为把老子坑死了，你就能活了吗？"

陈浅于是在这时候出现在了周左身后，按住了周左的肩膀，说："周队长，少安毋躁。"然后他就盯着何大宝不紧不慢地说："何大宝，像你这样出卖朋友，最没节操的中国人，活着，也跟死了没什么分别。今天周队长要是死了，他的下场，也就是你今后的下场。"

"是他，我一早就觉得他是'吕布'，井田科长你看他那双眼睛，当初'吕布'抓来的时候，脸上伤得一塌糊涂，但这双眼睛，还是一模一样的。"何大宝已经不管不顾，他只想活，于是他赶紧伸出手来指着陈浅的眼睛。

陈浅并没有理会何大宝，而是直接毫无怯意地看着井田，说："井田科长，我知道你还是怀疑我。何必跟这些跳梁小丑浪费时间，有什么问题，不如直接冲我来吧。"

井田盯着陈浅的眼睛，他说："浅井君，关于他们的证词，你有什么要解释的？"

陈浅却在井田对面的一张椅子上大大咧咧地坐了下来，"井田科长，在解释之前，我想知道，你是如何确定运送铀矿的计划已经走漏了风声？"

井田仍旧盯着他的眼睛，"你只需要知道我确定，但不必知道细节。"

"不，没有细节就是不确定。我可以理解为，井田科长怀疑我们当中有奸细，所以才把我们留下，目的就是为了让我们互相攻击，互揭老底，自曝身份。"

井田看着他不说话，陈浅于是又说："我的解释就是此人信口雌黄一派胡言。让你以为只要把我们关在这里，奸细就逃不出你的手掌。"

井田却突然一声断喝："把浅井给我抓起来。"

站在一旁的宪兵立刻上前想要擒住陈浅，陈浅用力一挣，宪兵立刻被挣得退开半步，就这一秒钟的工夫，陈浅已经掏出了手枪，北川景此时和宫本良赶到房间门口，举枪瞄住了陈浅。

"浅井，把枪放下！"

然而陈浅并没有做出过激的行为，而是轻轻退出了枪中子弹，几颗子弹落在茶几桌面上，发出叮叮的响声，之后陈浅就将空枪抛在了茶几上，说："没用的，井田科长，你的力气用错了方向，你在我们这里浪费的时间越多，真正的奸细就离你越远。"

"你给我把话说明白。"

大家大气都不敢出，陈浅却态度轻松地继续说出："真正的奸细已经和真正的铀矿石一起，由你亲手送走了。"

山口秋子坐在车里，望着山原，田野不断地在车窗内后退，而她的思绪也不禁倒退到昨天晚上，那时候陈浅打开房门，对门外站着守卫的宪兵说："忽然觉得饿了，不知道能不能吃一碗秋子小姐亲手做的拉面呢？"

在宪兵将这个消息告知她的时候，她立刻请示了井田，井田笑了笑，说："去吧。亲手给他送进房间，他和你说的每一句话，都要向我汇报。"

等到她端着拉面进入陈浅的房间的时候，陈浅却突然向她发难，一拳击向她的面门，而她如同条件反射般地一闪，陈浅的拳头就擦过了她的脸颊，激荡起她的鬓边碎发，而她手中的盘子只是轻轻晃了一下，陈浅收拳的同时她已经扶住了盘子，面汤竟然丝毫未洒。

陈浅于是从她的手中接过了盘子，说："多谢秋子小姐多次相救之恩，不对,应该是多谢'白头翁'。"

她心里一凛,说:"浅井先生,在这里,说错一句话,都会付出代价。"

陈浅却并没有顾忌,继续说道:"六国饭店,为我留下 1302 房间钥匙的人,就是秋子小姐吧。王老师告诉我说,那天她在丁香花园收信件的时候,要不是你及时叫井田进去接电话,很可能她的身份就暴露了。而在北川丢纽扣那天,也只接触过秋子小姐一个人,他的纽扣却恰好出现在了由佳子的房间门口,这巧合,只能是秋子小姐所为。而你至少不动声色地帮过我两次。"

她于是看了陈浅两秒钟,说:"你的运气不错,胆量也不小。"

陈浅知道她是默认了自己的身份,于是一笑,说:"与深入虎穴的前辈相比,我这点胆量不值一提。"

但是陈浅在说完这句话以后并没有过多拉扯,而是直截了当地告诉她,他之所以选择摊牌,是因为昨天他已经进过井田的房间,他推测井田会转从水路运送铀矿石,而他已经把消息送出去了。但是刚刚他看到 60 师团宪兵分遣队泓野队长带宪兵来到庄园,明面上是打算让泓野来护送由佳子和女眷明天乘汽车回上海的,但是他觉得这个阵仗有点夸张了,而井田会不会是虚晃一枪,实际上是想用汽车运送真铀矿石样本和研究资料!

而她也认可陈浅的说法,因为如果只是护送女眷,不必特地向 60 师团借调宪兵分遣队。于是她和陈浅决定见机行事,两手准备,铀矿石要是上火车,就交陈浅。上汽车,就交给她。而在今天早上,当陈浅注意到泓野接过井田手中的箱子,箱子微微往下沉了一下时,他立即望向了她,她顿时心领神会。所以当陈浅站在车旁手扶在窗口处,看似是向春羊告别时,实际上是向她们传达:铀矿石在井田交给泓野的箱子里,拜托了。

于是她目光坚定地朝着陈浅点了点头。

现在山口秋子观察着车外的环境,车子已经行驶到一条河附近,河上有一条横跨的公路桥,而在桥的不远处,有个农家小屋。于是她又想起,在前一天晚上,她曾在庄园大厅一角打出电话:"曾医生吗?我是丁香花园井田公馆的山口秋子。是的,今日打电话是想跟您预约,明天晚上请您来府上为由佳子小姐就诊,是的,她得了过敏症。"见四下无人,她又压低了声音说道："从庄园下山的必经之路上，有一座石拱桥，桥边有一个农家院子，你设法在那里接应我……"

车子行驶上公路桥的时候，山口秋子已经看到沈寅假扮的农夫正坐在屋门口剥着新挖出土的春笋，于是她立即做出要呕吐的样子，大喊："停车。"

司机于是连忙按响了喇叭，在第一辆车上的宪兵队长泓野听到了喇叭声，从后视镜中望了后车一眼，然后车子就依次停靠在农家小屋门口，山口秋子一下车就到路边干呕起来。春羊和由佳子见状也跟着下了车，春羊上前抚着山口秋子的背，说："秋子小姐，你好些了吗？"

山口秋子喘息着，"我想我需要一点热水。"然后她就递给沈寅假扮的农夫一张钞票，说："请问可以帮我们烧一些热水吗？"见着沈寅走进去，她又劝由佳子接下来的路程很远，可能不容易找厕所，让她去上个厕所，春羊就决定和由佳子一起去。

看着他们都已经离开，山口秋子走向第一辆车，一手扶额，对泓野说道："泓野队长，我有点不舒服，我记得晕车药放在井田先生的箱子里。"

泓野十分警惕地看着山口秋子，并且立刻挡到她的身前阻止她靠近第一辆车，而泓野身边的宪兵全都盯住了她，有人甚至将手按到了枪上。山口秋子并不害怕，执意要去箱子里找，而就在她一转身的时刻，手中拿着一把水壶和一只瓷碗的沈寅已经走到了她身后。山口秋子立马对沈寅使了个眼色，随即沈寅就将装有热水的茶壶掷向泓野，泓野虽然躲开了茶壶，但还是被壶中的热水烫伤。而就在那个时刻，沈寅已经打破手中的瓷碗，用锋利的瓷片直刺泓野的脖子，泓野躲过了水壶，却躲不过沈寅的瓷片，顿时动脉破裂，鲜血四溅，倒地身亡了。

而山口秋子也快速举枪朝着几名宪兵射去，在一旁伸懒腰的万江海回过神来，赶紧躲到第三辆车后。而由佳子这时恰好从屋后走出来，一颗子弹打在她身边的墙上，由佳子吓得一声惊叫，脸色苍白，春羊立即跑出一把抱住由佳子，两人滚至角落，春羊紧紧地将由佳子护住。

最后山口秋子和沈寅且战且退，等到退至院中，秋子一把抓住紧紧抱着春羊的由佳子，冲着院外喊："万江海，叫所有人把枪放下，不然我就杀了由佳子。"

万江海顿时失了神,叫所有的人住手,而由佳子一脸害怕地问山口秋子,"秋子小姐,为什么?为什么你要这样对我?"山口秋子瞪了由佳子一眼,说:"闭嘴。"然后就一言不发地挟持着由佳子和春羊上了第一辆车,并且在出发前,一枪击中第二辆车的油箱和第三辆车的轮胎。有宪兵在他们开走后击中了第一辆车的后窗,万江海连忙勒令:"别开枪,别伤着由佳子小姐。"

但是他却在追了两步后,停住,说:"立刻找最近的电话,向井田科长汇报。"

井田在等到万江海的电话之前,先接到的是一份从上海转送过来的,昨晚从东京发来梅机关的加急电报。井田一接过电报,就看到电报上的内容:东京谷中街道日前电路施工时挖破了山口家的鱼池,鱼池下发现一具女尸,疑似山口秋子小姐。

井田的脸色顿时大变,旁边桌上的电话也在这时响起,井田努力让自己定了定神,可是万江海立即就在电话那头说:"井田科长,出事了。秋子小姐劫持了由佳子和王老师,抢走了您的箱子!"

这让井田忍不住想起刚才陈浅其实告诉过他:"如果我没有猜错,刚刚由您亲手交给泓野队长的那个箱子里,才装着真正的铀矿石。井田科长千算万算,以为假装先让铀矿石上了火车,再把真铀矿石放在亲眷队伍里带回上海最为掩人耳目,尤其这个运送计划是今日刚刚决定的,事先谁也不知道。可井田科长唯独没有算到的是,真正的奸细,就在你的亲眷当中。"

井田于是在沉默了几秒后,问万江海:"你在哪里?"

"我在山脚下的秋河镇。"

"我马上赶来。"

说完井田就撂下了电话,转头对陈浅说:"你刚才说真正的奸细,就在我的亲眷里,看来你早就知道秋子是奸细了,你是怎么知道的?"井田没想到陈浅却在那时向周左使了个眼色,紧接着一跃而起,用一支钢笔的笔尖抵住了他的喉咙制住了他,而陈浅的声音也在他耳边响起:"因为我和她是

一起的。"

接下来的局面，就是井田能预料到的，陈浅挟持了自己，让北川景给他们准备一辆车，离开这里。井田却冷冷地命令北川景："不要管我，立即去秋河镇支援万江海，把铀矿石追回来。"然而北川景却害怕陈浅伤害到他，不敢听从他的命令，而陈浅和周左就这样顺利驾车逃离了庄园。

在路上，井田满是怒气地看着陈浅，说："你真的是'吕布'？你是怎么活下来的？"

"从前的'吕布'已死，我活下来，就是为了继续自己的使命。"

而在前面的周左却忍不住心内的气愤，对陈浅说："杀了他，为顾小姐报仇。"但是车子却在这时刚好驶入一个急转弯，因为惯性，井田的身体甩向一侧，脖子与陈浅的钢笔尖稍稍有了些距离。井田趁机一拳击向陈浅并推开了车门。陈浅伸手欲抓井田，但只抓住了他的一片衣襟。井田已跌出车外并滚下了路边山坡。周左回头看了一眼，手中方向失控，车子晃了几晃，竟冲向路边树林，一头撞到了树上。

挡风玻璃顿时碎裂，在周左的脸上划出几道长长的口子，周左却顾不了这么多，他抹了把脸上的血迹，下车迅速奔向了山坡下的井田，一把抓住他，一拳挥去，将他打出了鼻血，并摔倒在地。

周左并不愿意罢手，又提起他猛揍数拳，边揍边说："打死你，打死你个狗日的，我要为顾小姐报仇。"没一会儿，井田已经鼻青脸肿，跟着周左一起下车的陈浅看着这一切并不劝阻，只是点燃一支烟，看着周左继续一拳一拳地揍着井田，眼看差不多的时候，陈浅吐出一个烟圈，递上一支枪，对周左轻轻说了句："给他一枪吧。"

"不，给他一枪太便宜了他。顾小姐受了多少罪，还有那么多抗日战士，井田手上沾了那么多人的鲜血，我要他血债血偿。"周左吼叫着又一拳一拳地击向井田，井田已经奄奄一息无力反抗，但是周左打着打着，却忽然哭了起来，他说："可是他死一万次，也救不回顾小姐了。顾小姐不见了，顾小姐没有了。"

那天周左到底没有杀掉井田，因为在周左眼泪蒙眬的时候，一阵引擎声传来，正是宫本与两名宪兵驾着摩托车赶来。陈浅只得拉起周左赶快逃跑，在逃跑的时候，周左还一边跑一边对着井田连开两枪，但是井田已经滚到一块大石头后面，周左两枪都未能击中他。

在钱胖子赶来接应的时候，周左一度感到十分懊悔，不断念着："差一点我就杀了他，我一定要杀了他。"

"有机会的。但现在我们得把命留着，我们还有非常重要的事做。不能跟他们纠缠！"陈浅立即宽慰周左，但是他马上就又转入另外一个话题，他说："但是现在有一个大麻烦。昨天我已经向海叔传出了铀矿石将会经火车再从枫江桥转水路的信息，但是中计了，海叔如果照计划去接应，恐有伤亡。"

这时在驾驶位上的钱胖子看了一眼手表，说："来得及，我们这就去通知他们撤离。"

"汽车能快得过火车吗？"陈浅忍不住问。

"汽车不能，但风筝可以。"

没多一会儿，隐藏在枫江桥附近树林里的海叔、小王等中共队员就看到一只风筝飞上了天，海叔确认了风筝上有只手绘的气球，于是说："撤。"

而站在枫江边的钱胖子，一边把风筝线拴在树上，一边说："就是担心井田诡计多端，海叔已经提前布置了预案，让我用风筝传递信息。见到这个气球，他就知道情况有变，会立刻撤退。"

"你和海叔很默契啊，你是中共的老人了吧。"陈浅说。

"加入得比你久一点。代号'弥勒佛'。"

"够厉害的，菩萨啊。"

说话间，几人又上了车，周左却坐在车上难掩悲戚之态，陈浅看了他一眼，问："怎么样？刚才有没有伤着哪儿？"

"没事儿。就是想到何大宝，他虽然不是什么好人，可一直以来，对我还算不错，可到头来……"刚才在离开苎萝度假庄园的时候，周左实际上回头看了一眼，那时候他看到北川景朝着何大宝举起了枪，立即何大宝胸前就多了一个血窟窿，何大宝在临死前，还低头看了一眼自己胸前的血窟窿，仿佛感到有点难以置信，然后就倒地死去了。

"我们跑了，日本人肯定不会放过他的，就算日本人放过他，我们的人

也不会放过。这就是汉奸应得的下场。"

周左于是就叹了一口气，说："回头是岸啊，幸亏我回头了。"

春羊将由佳子放到丁香花园门口的时候，由佳子正闭着眼睛陷入了昏睡，一想到由佳子在一天之内失去了三个信任的人，春羊忍不住摸了摸由佳子的脸，说："到家了，孩子。"

之后春羊就按响了门铃，然后走到暗处，直到看到有家仆出来把由佳子抱进去，春羊才转身准备离开，可是冷不丁地却有一个人拉住她的手就往弄堂里钻。春羊一下就识别出了这是陈浅的气息，她于是很放心地跟着陈浅跑了起来，跑出一定距离的时候，陈浅突然停了下来，而她差点撞进陈浅的怀里，她赶忙退了回来，说："你怎么来了？"

陈浅还在喘息，说："万江海告诉井田，秋子劫持了你和由佳子。我相信她不会真的伤害你们，而你一定会把由佳子好好地送回来的。"

春羊没再说话，陈浅却忽然一下把她抱入怀里，将下巴抵在她的肩膀上，温热的气息再次喷到她的脖子上，她听见陈浅说："我真怕我回不来，再也见不到你了。"

春羊顿时觉得自己的心脏扑通扑通跳个不停，这让她一下子想起之前在车上，山口秋子看了一眼她鬓角上的珍珠发夹，说："我看得出来，他是真心喜欢你。不要担心，他说了会回来找你，就一定会回。"春羊于是抬起手拍了拍陈浅的背，说："我知道不会的。"

陈浅听到这句，就把春羊抱得更紧了，所以在后来陈浅说："其实我早就想好了，一旦为军统夺得铀矿石样本和研究资料，我就彻底与军统划清界限，以后只听令于中共党组织，和你一起工作，并肩战斗。"而春羊摇了摇头，说："不，你还不能离开军统。组织上命令你携铀矿石和研究资料回重庆，继续潜伏。"陈浅感到万分不理解，他只想跟春羊在一起。但是春羊向他解释，日军已是强弩之末，抗战胜利指日可待，一旦抗战胜利，国共必有一战，能否早日结束战争，实现真正的和平，意义更加重大，他这才不情不愿地服从了春羊的命令。

但是陈浅却说："那你得答应我一件事。"然后他看着春羊的眼睛认真地说:"任何时候,都不要不告而别。任何时候。"

春羊那天也盯着他看了很久,说:"好,我答应。"

之后陈浅就又活泛了起来,说:"其实我真的有礼物想要送给你。"

春羊摸了摸头上的发夹,陈浅就说:"这是由佳子做的,还有一个是我亲手做的。今晚,等今晚确定了'白头翁'的位置之后,我去见你。到时候带给你。"

春羊顿时觉得心里十分甜蜜,于是她对陈浅说:"海叔给我安排了一个新的落脚点,在三星坊174号。"

等到井田匆匆赶回上海的时候,就已经知道由佳子中了少量的麻醉剂陷入了昏迷。但是井田仍然不放心,继续问医生:"确定由佳子只是吸入了麻醉剂?没有别的问题?"

"是的。请不用担心。待麻醉药效过后,由佳子小姐就会苏醒的。"

井田这才放下心,朝着病房里望了一眼,病床上的由佳子闭着眼睛,脸色苍白。北川景却在这时站到井田的身边,说:"井田科长,刚刚我去梅机关了解了秋子小姐被害的详情,真正的秋子小姐应该是在离开东京前夜遇害的。而来丁香花园成为管家的这个假秋子,应该是军统特务假扮。要不是您从未见过秋子小姐本人,她也不可能隐藏这么久。不过幸好,她没有伤害由佳子小姐。"

可是井田却并不这么认为,他说:"对由佳子来说,最大的伤害,难道不是欺骗吗?"

"现在王老师也不见了。这只能说明,她也是假浅井和假秋子的同伙。"

井田于是又望了一眼病床上的由佳子,对北川景说:"等她醒来,不要告诉她浅井和王老师的事。并且去打听最近一趟回东京的飞机,送由佳子回去。"

说完井田就和北川景并肩离开,但是走在走廊上,却碰到赶来的宫本良,宫本良向井田汇报:"井田科长,刚刚已经确定,就在昨天晚上,一直被我们监控的米高梅的小猫咪和周左的母亲忽然失踪了。无人知道她们的下落。另外,宪兵队已经找到了那辆被假秋子抢走的汽车,就在十六浦码

头附近。"

井田听完,变得脸色铁青,而北川景在一旁说:"看来,他们根本就早有预谋。"

"封锁一切交通要道,去车站,码头,掘地三尺也要把他们找出来,绝不能让他们活着离开上海。"马上井田就下了命令,北川景和宫本良纷纷领命离去。

井田在他们都离去后抬头望了一眼走廊外的夜空,却一颗星星也看不见,而他也没有看见,在刚才由佳子听到他和北川景离去的脚步声时,微微睁开的眼睛,和眼角滚落的泪水。他只能看到天空中大片的云层,在不断地卷动,堆叠……

从日本人眼皮子底下突然消失的吴若男,实际上此刻正在六国饭店的1302房间,从收音机里接收到一串数字,在本子上记了下来:2154,0376,2263……然后她对照着密码本译出电文,赫然呈现一行字:矿石入手,速来兴茂仓库5号库房接应。"白头翁"。

吴若男忍不住一阵欣喜,但是马上她又惆怅起来,她想起陈浅出发去浙江诸暨那天,本来是好心买了大壶春的生煎来和她求和并嘱咐她撤离的,然而她却在听到陈浅说:"如果把幸福寄托在一个不爱你的男人身上,那就说明你追求的方向错了,你根本不明白自己该为什么而活。"时大发雷霆,并且对陈浅让她在这两天,照常到米高梅上班,两天后她就去六国饭店的1302号房间等消息,万一"白头翁"会有电报来,就不要再回来,到步高里72号躲起来的决定感到非常不满。为什么他们都去执行任务,而她却要躲起来,后来还是钱胖子进来点醒她,陈浅让她躲起来也是任务,因为万一他们离开的时候,井田把她抓起来了,陈浅做事难免投鼠忌器。

但实际上吴若男惆怅的还不是这个,而是陈浅在离开之前告诉她:"如果五天之内我还没有回来,那么我们的'回娘家'行动很可能就失败了,为了你的安全,你要立刻回重庆。"现在她已经等到了"白头翁"的电报,不知道陈浅的情况怎么样?

然而就在此刻,门外忽然传来敲门声。吴若男警觉起身走到门后,从猫眼向外望去，看到门外有人轻轻将帽檐抬高，露出脸来，吴若男迅速打开房门，惊喜地喊了一声："陈浅。成功啦？我真怕你回不来。"

吴若男有些激动地想要靠近陈浅，陈浅却下意识地后退了一步，钱胖子在旁边咳嗽了一声。吴若男于是克制住自己，说："进来说吧。"

等到他们走进来，吴若男就把她刚才译出来的电文拿给陈浅看，在陈浅接过的时候，她忍不住说出自己的疑问："你不是说去诸暨会有铀矿石的消息吗？为什么拿到铀矿石的是'白头翁'？"

陈浅却说："此事说来话长。这样，我和钱胖子先去和飓风队陶大春队长接洽，确定他们几时可以接手护送铀矿石和研究资料回重庆的任务。一旦确定时间，我们就去和'白头翁'会合。"

吴若男随后就惊叹这个一直神龙不见首尾的"白头翁"，居然是个女人，并且是井田家中的管家山口秋子。这让吴若男不禁心生向往，忍不住夸赞道："这可真了不起。"

可是这时候，钱胖子却急吼吼地要走，而陈浅却突然说："等等，我让你保管的东西呢？"

钱胖子明白过来，是那个陈浅让他从重庆带过来的碗，钱胖子于是从衣柜里把它拿了出来，吴若男凑过来看是一只木盒，就问："这是要送给陶大春还是'白头翁'？"

"不是。"陈浅说着伸手去接钱胖子递来的木盒。

吴若男却手疾眼快地夺过去，说："这么神秘，我得看看是什么宝贝。"

"一只碗有什么好看的？"钱胖子却提前泄了底。

吴若男于是打开木盒，把碗取了出来，看着上面有些粗糙的手绘图案，是一片草地上一只吃草的羊，顿时鄙夷道："什么嘛？我还以为是什么宝贝。"

陈浅忍耐着，说："看完了吗？还给我。"

吴若男见陈浅这样，于是决定把碗放回盒子，可是忽然在碗底看到一个名字：春羊。而陈浅这时候却已经从她手中把碗拿了回去，亲手放进了盒子里。吴若男像是明白了什么，她质问陈浅："春羊是谁？你现在到底要去见谁？"

"不是说了去见陶大春吗？"钱胖子赶紧解围。

吴若男却瞪向钱胖子，钱胖子顿时尴尬地住嘴，而陈浅也直接不闪不避地回答了吴若男，"告诉你也无妨。春羊，就是我喜欢的人。本来我早就该把话跟你说清楚的。吴若男，我们都是成年人，再不好受的现实，都得学着承受。"

吴若男其实已经猜到了一些端倪，但是听陈浅亲口说出来，还是觉得心如刀绞，险些站立不稳。但是看着陈浅已经抬起脚要走，吴若男还是咬牙上前一把拉住陈浅，说："陈浅，我不许你去！"

"吴若男，我决定的事，没人能管。"

"巧了，我也是。你喜欢她是你的事，我喜欢你是我的事，也没人能管。"说着吴若男就伸手去抢夺木盒，陈浅用力但没抓住，突然砰的一声，木盒落地，里面刻有春羊名字的碗也应声跌碎。

陈浅看着一地的碎片，顿时愤怒地说："吴若男，我知道我这人不识好歹，辜负了你的一片情意。可我不喜欢你，也没骗过你，我不欠你的。"

吴若男也不示弱，说："好。明天过后，回了重庆，我们不再是搭档，我和你两不相欠。"

随后吴若男就眼睁睁看着陈浅将碗的碎片一片片捡起，装进盒子里，然后拿着盒子一言不发地离去，钱胖子感到很为难，望望吴若男，又望望已经离开的陈浅，最后只得跟着陈浅跑了出去。而在那一刻，吴若男的泪水也终于如决堤河流，汹涌地流淌出来，然后她快速走到衣柜那里，打开自己的箱子，取出里面抄了整整九十九页的《般若心经》，想起母亲曾告诉她，不论她有什么心愿，只要她足够虔诚，当她抄满九十九页心经的时候，菩萨一定会听到，她的心愿就一定会实现。

突然她自嘲地一笑，"妈，你骗我，你就是个骗子。"然后一张一张将那九十九页《般若心经》撕成碎片，抛撒起来，像是下了一场纷扬的大雪。

第二十九章

由佳子在回东京的前一晚，还是忍不住问站在她面前的井田，"哥哥，浅井君、王老师他们真的是奸细吗？他们都骗了我，是不是？"

那时井田刚刚探望过她，打算离开，他本想说什么，最后却只说出了一句："不，他们骗了我，但没有骗过你。没有人会欺骗由佳子这样善良的女孩。"

"可是他们再也不会出现了，对吗？"由佳子仍然觉得十分伤感。

"不重要。你回了东京，这里的人都不会再见到。人生就是这样，一程有一程的相遇，我们总要不断告别，又不断遇见。但你需要始终记住，自己是大日本帝国的子民。"

由佳子就低下了头，井田已经转身打算离开，突然听到由佳子在他身后说："你真的不能跟我一起回东京吗？"

井田没有转身，"你和我谁也说服不了谁，这倔强，是我们井田家族一脉相承的秉性。那么我们祝福对方就好。"

说完井田就离开了房间，只留下一个背影给由佳子。由佳子本来告诉自己不要哭，但她还是忍不住捂住脸啜泣起来，就连一个护士进来换药都没有注意到，等到她平静下来，才忽然看到床头柜上的托盘里放着一个信封，上面是熟悉的笔迹。

于是她赶紧打开，看到里面有一页信纸，还有一张手绘的书签，而在信纸上的内容是：

这一天对由佳子来说，一定是灰暗的一天吧。

浅井君不再是浅井君，王老师也不再是王老师。一度最好的朋友，

转眼间"背叛"了你，甚至没有一声道别。我想过，写下这封信的意义是什么呢？大概是因为，由佳子的善良让我们觉得愧疚。人总是会犯错的，那么认识到错，我们就该忏悔。

是的，浅井君不是浅井君，他叫陈浅。他最好的兄弟死于你哥哥之手，但他自始至终未将这仇恨迁怒于你。不要怀疑他的真诚，冒死去救你的那一刻，他只是单纯地想要救下一个善良的女孩子。

是这份善良，让你和陈浅相遇。

假如没有战争，也许我们可以是一辈子的朋友，那些美好的回忆一定是真的。所以写信的意义除了忏悔，还有期望。那就是我们期望，即使你依然恨我们，也请永远保持自己善良的本性，因为仇恨是本能，而善良是选择。

由佳子，再见。

由佳子看着信，禁不住泪如雨下，然后她迅速扑到窗前，向外张望着，但是除了黑暗，她什么也看不见。于是她又拿起那张陈浅手绘的书签，书签上的背景正是古渝轩的后院，她看着书签上并肩坐在树上的一男一女，那男人幻化成了陈浅的模样，而女孩变成了自己的笑脸，两人相视而笑。

这也是由佳子在离开中国前，最后有关于陈浅和春羊的记忆，由佳子一个回头，而她的笑容，也在丁香花园的铁门关上时，就永远在铁门后定格。

不同于由佳子的伤感，吴若男在第二天起来后，到卫生间去洗了一把脸，可一照镜子，眼睛仍有一些红肿，她长出一口气，努力振作着自己。

突然她从镜中看到自己领口的红绳，她把红绳扯出来，抚着上面的金吊坠，忍不住回想起当初离开重庆的时候，陈浅的外婆对她说："都平平安安的，外婆等你们回来。"于是她定了定神，再看了一眼时间，现在是早上七点钟，她决定出门一趟。

而她要去的地方，就是上次谢冬天帮她找到的她家的老宅。她走进屋里，就一直坐在床上发呆，而桌上母亲那本陈旧的《般若心经》还在，突然她看到桌子上有个抽屉好像没有关牢，于是她走过去拉开了抽屉，看到里面有个袖珍八音盒。虽然积满了灰尘，但只要转动发条，八音盒仍然会转动并响起悠扬的乐声。

而等她拉出八音盒附带的小抽屉时，却意外发现，那里面竟然有一枚钥匙，上面写着数字63。她不明白这是什么含义，但是她马上就将钥匙放回八音盒内，并带着八音盒离开。但是走到街上，她远远就看到了自己和陈浅的通缉令，而在他们旁边又新增加了一个钱胖子。原来在他们失踪后，北川景顺藤摸瓜，发现在古渝轩的那个胖厨师也已失踪多日，北川景知道这肯定不是巧合，而是钱胖子也跟他们是一伙的。

随即她就看到附近有几名特务正在拦下行人检查证件，于是她神色如常地拐进了旁边的一条弄堂，等她到六国饭店的时候，陈浅已经先她一步到达，发现她不在，正在房间里着急地寻找她，而看她进门，又连忙问："你去哪了？"

"你有要见的人，我也有。"吴若男冷淡地回答他。

陈浅忍耐着不和吴若男吵架，但他突然看见吴若男未扣扣子的衣领处，露出外婆送给她的那个金吊坠。吴若男也察觉到他的目光，循着他的目光也望了一眼自己脖子上的吊坠，然后开口说："还记得吗？外婆问过你，我家若男好不好看？"

陈浅没有回答。就如当初在重庆，陈浅没有正面回答一样，所以吴若男自嘲地一笑，说："没关系，做不了外婆的孙媳妇，我就做她的孙女。这坠子，我不会还的。"

其实刚才在老宅发呆的那段时间里，她就已经想清楚了，就如陈浅所说，她以后都要为自己而活。所以说完那一句，她马上就说："我准备好了，可以行动了吗？"

陈浅有点诧异吴若男这前后的反差，但也立即对她说："通知邱科长，我们今天即将送出铀矿石样本和相关研究资料。"

马上城市上空，嘀嘀的电码声就在空中穿梭。而远在梅机关井田的办公室里，他好像听到了这些川流不息的电码声，于是他说："你知不知道时间拖得越久，他们逃离上海的机会就越大？我绝不能容忍这样的失败！"

北川景低着头站在他的面前，说："从昨天到现在，我们已经派出了几乎所有人手，车站、码头、机场，还有各交通要道，全都有设卡布控，他们肯定走不了。"

宫本良却在这时匆匆走了进来，向井田汇报："井田科长。我刚刚去电话局查了丁香花园最近几个月的通话记录。发现一个号码，是属于六国饭店的。"

北川景的话音刚落，又一名特务匆匆跑了进来，"报告，井田科长，刚刚电讯侦缉车在华山路一带搜索到可疑电台信号。"

井田突然想起来，陈浅刚刚到上海，第一站的落脚点就是六国饭店，而六国饭店就在华山路，于是他赶紧下命令："立刻封锁六国饭店！"

陈浅将电台收起来，重新放回卫生间的夹层内，并将植物放回原处挡住。而此时，井田、北川、宫本已经坐车来到六国饭店门口，一队宪兵紧跟着乘坐篷布军车抵达，在六国饭店门口停下，包围了饭店。正准备和吴若男撤退的陈浅似乎听到了什么动静，他走到窗前向下张望了一眼，看到了众宪兵，他知道已经晚了，吴若男也跟着前来看了一眼，顿时紧张起来。

陈浅赶紧在脑海里思索着对策，而楼下井田带着北川景、宫本良直奔服务台，并且让大堂经理把所有楼层的服务员都叫过来。很快一队服务员就站到井田面前，陈浅、吴若男、钱胖子的照片就在他们手中传阅。当十三楼的服务员见到吴若男的照片时，她抬头望向了井田，说："我认得这位小姐。"

"她住在哪间房？"井田立即逼问。

"1302房，是贵宾长包房，但这位小姐偶尔才来。最近几天都住这儿。"然后她又指着照片上的陈浅和钱胖子，说："这两位昨天也来看过这位小姐。"

服务员刚说完，就看到北川景和井田迅速奔向电梯，在奔向电梯前，井田对宫本良吩咐："你带人从楼梯走，包括顶楼，绝不能让他们跑了。"很快电梯就上行到13楼，但是等到房门被打开，井田带着众人持枪冲入的时候，却只看到已经被脱去外衣的一男一女两名服务员坐在床上，被床单反绑了双手，蒙住了嘴，一脸惊恐地发出唔唔声。

"就算他们换了衣服也跑不掉的,这里所有大门都已经被我们封锁了。"

北川景看到眼前这一幕赶紧说,而井田也冷冷地下令:"搜查全部房间!"

可是他刚吩咐完没多久,楼下就传来一声枪响,而在楼下的房间里,吴若男正握着一支枪口冒烟的手枪,从背后将一名刚刚对着陈浅的日本宪兵击毙。在那名宪兵倒地的时候,陈浅定了定神,看到地上此时有两具尸体,第一具是陈浅扮作服务员的时候,看到两名宪兵正在此处一间屋子一间屋子地搜查,于是在吴若男推着布草车经过一个屋子门口的时候,他忽然将一名宪兵推入屋内,一番打斗后,用青龙匕首刺死了他。而刚刚死的这个是他杀死那名宪兵后,打开了房门,却与举枪的宪兵正面遇见,原来这名宪兵刚从另外一个房间出来,似乎听到了这间屋内传来的动静,他持枪靠近屋子。面对枪口,陈浅的瞳孔不由自主地紧缩了,幸好吴若男及时出手。

听到枪声后,井田和北川景快步走向电梯,几名宪兵紧随其后。宫本良也带领大批宪兵从楼梯匆匆向楼下奔去。一队守在酒店后门的宪兵此时正在向楼内跑来,忽然二楼设备房窗户有人跃出,窗玻璃被撞碎。正准备进楼的宪兵奔向了从窗口跳到楼下的那人面前。有人将俯卧在地的男子翻过身来,只见他已经死去,赫然便是刚才被陈浅用匕首杀死的日本宪兵,身上穿的却是服务生的衣服。

而在楼上,井田和北川景已经冲进设备房,那名被吴若男击毙的日本宪兵横尸在地。井田立即走到被撞坏的窗口,望见楼下众宪兵都围在地面的尸体前。井田似乎意识到了什么,他从窗口向不远处的后门口望去,赫然望见已经换上了宪兵制服的陈浅和吴若男已经走出了一段路。

跟上来的北川景也看到了陈浅,说:"是他们!"

井田于是立即举枪瞄准了陈浅,而陈浅也意识到他们被发现了,于是一把将吴若男推到一旁杂物堆后面,同时举枪向井田射去。最终井田那一枪只击中了陈浅身边的弄堂墙壁,而要不是北川景及时将他推开,可能他已经被陈浅打中,他趴在窗口,望见陈浅和吴若男的身影已经在弄堂中跑远,他咬着牙说出一个字:"追!"

陈浅和吴若男从酒店跑出来以后，就匆匆上了一辆事先停在这里的汽车。但是吴若男没想到，从她去老宅开始，她的身后就一直有一条小尾巴在跟着他。

而这条小尾巴不是别人，正是谢冬天。

昨天谢冬天在客运码头，就已经看到码头门口的墙上，到处贴着陈浅、吴若男、钱胖子的通缉令，并且有日本兵正在检查所有离开上海人员的证件。随后他就出现在通缉令前，看了一眼通缉令上的照片，然后给自己点了支烟后离去，因为他已经意识到出现这样的情况，只有可能是陈浅他们已经拿到铀矿石了。而且谢冬天已经拿钱买通了飓风队陶大春的手下，但是从陶大春手下的嘴里，他并没有得到什么实质性内容，只知道昨晚钱胖子去见过陶大春，接着陶大春就吩咐大家，明天有重要行动，让所有人随时待命，并且还安排了明天中午十二点去宜昌方向的船。可明天到底几点行动，去哪儿，陶大春都没说。

所以今天一早，他就开始跟踪吴若男，一直从老宅跟到六国饭店，直到陈浅他们从六国饭店跑出来，他赶紧劫持了一名刚刚从一家银行出来的男子，用枪指住他，让他把车钥匙交出来。而走在前面的陈浅，看了一眼手表，此时是八点半，他舒了一口气，说："还好，有惊无险。"

吴若男看了陈浅一眼，说："你不打算批评我吗？"

"批评你什么？"

"要不是我早上私自出去，就可以早一点离开酒店，可能也就不会碰上井田了。"

"井田一定会对我们穷追猛打，这里不碰上，别处也有可能碰上。要随时做好战斗的准备就对了。"陈浅还在专注地开车，突然他从后视镜中观察到一辆车似乎在跟着他们，他有些起疑，减慢了车速查看，但是在一辆电车驶过后，那辆车已经不见了踪影，于是他加速朝着兴茂仓库驶去。

等到北川景驾车行至一个十字路口，已经无法辨明方向，只得停了下来望向后座的井田，说："前面路口，直行会通往十六浦码头，左转是去兴茂仓库的方向，右转是出城。"

井田的目光随即就从车窗内探了出去，然后他突然望向了左侧，说："十六浦码头是我们的大本营，他要敢在那儿接货，我也很欣赏他的勇气。出城？有我们的关卡等着他。"

北川景立刻明白了井田的意思，于是他直接左转朝着兴茂仓库方向开去。而跟着后面的宫本良却到了路口直接兵分两路，分别直行和右转。

上海晚间的风有点湿润，在下车的时候，吴若男的发丝被风吹得有点粘在脸上，等到吴若男把头发拨到耳后，他们已经走入了五号库房。可是下一秒，当看到提着铀矿石站在库房里的山口秋子时，吴若男下意识地后退了几步，好像刚才的风刮伤了她的眼睛一样，她的眼泪忽然就流下来，突然她说："为什么？为什么当初你一句话都不说，就把我丢在了重庆？"

吴若男的这句话让大家都很莫名其妙，只有山口秋子明白吴若男在说什么，她说："对不起，若男，是妈妈不好。妈妈也想找你的，可我有任务在身，我不能去。"

"你丢下我整整十年了，抗战开始也不过八年，你敢说这十年你连一次去找我的机会也没有吗？"吴若男质问道。

"我想找。但起初是不敢找，怕见了你，就再也舍不得离开。后来是没机会再找……"

吴若男显然不想听这样的话，于是她干脆打断了吴茵，说："你不要再说了。我爹当年丢下我们娘儿俩，一走就是十年，他也总是说，没机会去见我们。可结果呢，他娶了别的女人。我爹对你始乱终弃，是他的错，他抛弃你，你就抛弃我，你和他又有什么不同？可我没有错啊。为什么你们的错，要我来承受？"

吴茵一时失语。

陈浅看着面前的两人，忍不住上前劝慰吴若男，他说："吴若男，你的心情我理解，但是这样的质问没有意义。每个人都有自己的苦衷，你母亲也有权利选择她想要的人生，还有别忘了你自己的身份。你是与母亲久别重逢的女儿，也是一个军统特工。现在站在你面前的人，除了是你母亲，还是'白头翁'。你忘了你昨天听说'白头翁'是女人的时候，对她有多仰

慕吗？"

吴若男仿佛是听进去了，低着头没有再说话。陈浅于是继续说："你母亲深入敌营数年，孤苦坚守才换来今天的成功，她所受的苦，难道不比你更多吗？如果她生下你就是个错，难道非要搭上一生来弥补这个错吗？她选择她自己想要的人生，她建功立业，成为我们仰望的坐标，你应该为她感到骄傲。"

可是陈浅话音落地，仓库的大门忽然就被人撞开，等到陈浅拔出枪的时候，三名宪兵当先一步冲入向众人开枪，沈寅不及反应便被击毙。吴若男还在吃惊，离她最近的吴茵喊了一声"小心"，迅速扑向了吴若男，将她护在自己身下，吴茵因此肩部中枪受伤，发出一声痛呼。吴若男很是关心，可是关切的话却一句也说不出口，只得滚到一旁开枪还击。

子弹来往的间隙中，北川景突然找到机会，迅速上前去抢地上装有铀矿石的箱子。而几乎同时，吴茵也扑向了箱子，两人在争夺的时候，井田突然出现在吴茵的身前，一脚将她踢翻，并用枪顶着吴茵的脑袋挡在自己身前。

井田的这一动作，让陈浅和吴若男顿时不敢轻举妄动，只是举枪与井田他们对峙。

"不想她死的，就把枪放下。"

"井田，放开她。我们的飓风队很快就会赶来。你要是知难而退，我可以放你一条生路。"陈浅也不示弱。

井田却在这时候笑了，说："浅井君，想不到这么快我们又见面了。不对，我现在应该叫你陈浅，是吧？替我把'白头翁'抓出来，又费心把铀矿石送到上海，现在还想把飓风队送给我。你这份大礼，我非常感谢。"

"想使离间计吗？省省吧。三对二，你赢不了。"

"是吗？人家刚刚母女相认，我不信这位小猫咪小姐，能舍得下她多年未见的母亲的性命。"想来井田刚才已经在仓库外听到了他们的对话。

吴茵于是就在此时惨然一笑，说："你错了，在她心里，我这个母亲早就死了。"然后她就冲着吴若男喊道："吴若男，你听着，你爹是将军，你娘是王牌特工，你也不能是孬种。我死了，你要继续完成我未完的任务！"

说着吴茵就出手去夺井田的枪,井田顿时大惊失色,而陈浅借着这个时机,直接朝着北川景开枪,随即北川景左手中枪,手中装有铀矿石样本的箱子就应声落地,但是伴随而来的还有一声枪响,紧接着吴若男就大喊了一声:"妈!"

可是陈浅没有丝毫分神的机会,因为井田在射中吴茵的胸口后,就立即向陈浅开枪,陈浅就地滚开,借助货物遮挡,双方又互开数枪。北川景忽然说:"科长,你先走,我殿后。"井田于是就抱着箱子,在北川景的火力掩护下奔出了仓库。陈浅瞄准井田的背影开了一枪,不料枪中子弹用尽,陈浅正焦急的时候,吴若男说:"这里交给我,你快把铀矿石夺回来!"

井田跑进两堆货中间的通道,却发现尽头是一堵高墙,等到他转身打算另寻出路的时候,陈浅已经堵在了他的面前,他抬头看了一眼夜空,想象着由佳子的飞机即将起飞,飞回日本,飞回东京,飞回他的家乡伊豆,然后他就低下头来看着陈浅的眼睛,说:"我应该相信我的直觉的,第一次在六国饭店看见你,我就应该认出你的眼神。"

陈浅只是冷笑了一声,说:"晚了。"

"对着我的枪口,还能说出这两个字,我佩服你的胆色。其实你的才智谋略,都是世上稀有。不论是以同僚还是敌人的身份,我都敬你三分。只是在中国,像你这样的人太少了。你们注定不是我们的对手。你是曾经赢过我,但赢到最后的,才能算是真正的赢家。"

陈浅笑了笑,说:"井田科长最后这句话,我很赞同。我也很欣赏井田科长的谋略之才。只可惜,你机关算尽,却算错了一招。你以为自己抢回了铀矿石,可那箱子里却什么也没有。"

井田顿时脸上变色,下意识地看了一眼箱子。可是就在这时,陈浅的袖中忽然滑出一把匕首,他一甩,等到井田反应过来开枪的时候,那把匕首已经扎进他的胸口,但是与之相对的是陈浅的右胸也已中弹。

井田难以置信般地望着自己胸口直没刀柄的那把匕首,陈浅捂着伤口,勉力扶着旁边的货堆,对井田说:"在你把这柄青龙匕首送给我的第一天,就已经自掘坟墓了。"

陈浅说完,井田手中的箱子就松脱落地,随后他仰天倒地,气绝身亡,却依旧双目圆睁。但是在他倒地的那一刹那,他已经失焦的瞳孔中映射出那架由佳子乘坐的飞机,在上海的上空渐渐远去。而在机舱里由佳子再次取出春羊给她的那封信,抽出那枚陈浅所绘的书签,喃喃道:"如果这世界没有战争,那该有多好。"

但此时,陈浅也已经支撑不住,跪倒在地。

吴若男看着眼前经过近身搏斗已经被她一脚踢翻在地的北川景,她抓起一根铁棍,对他说:"当日你羞辱我的时候,我就发过誓,总有一天我要亲手杀了你。"说完吴若男就挥起铁棍,然而在铁棍即将接触到北川景身体的时候,他奋力躲过,并抓起一个箱子掷向吴若男,吴若男被箱子击中,撞到了墙上,手中的铁棍也脱手落地。北川景趁机起身掐住吴若男的脖子,将她按在了墙上,吴若男顿时觉得呼吸不畅,但她的眼睛看到窗台上有一块尖锐的碎玻璃,她伸手去抓,始终差了几厘米的距离。

躺在地上奄奄一息的吴茵眼见吴若男抵抗的幅度越变越小,她咬住牙,爬到吴若男身边,伸手抓住一块带钉子的木条用尽全身力气向北川景的脚踝击去。北川景顿时吃痛松手,一脚踢飞了吴茵。吴若男得以喘息,立即抓住玻璃用力扎进北川的脖子,鲜血一下子就喷溅在吴若男的身上。北川景仿佛不相信似的,扭过头来看着吴若男,吴若男于是就奋力拔出再刺一下,北川景这才缓缓在她的面前倒下。

吴若男也顿时脱力委顿下来,但是看着躺在地上已经快没有气息的吴茵,她立即爬到她身边,将她抱在怀中,不断地呼唤着吴茵,说:"妈,钱胖子很快就会带人来的,你不会有事的,你坚持住,妈……"说着她试图按住吴茵身上不断冒出的鲜血,但鲜血却很快渗透了她的指缝。

吴茵却伸出手来,用尽身体里的最后一丝力气,摸了摸吴若男的脸,说:"若男,好样的。你比我想象的,还要勇敢和坚强。"

吴若男已经泣不成声,她抓住吴茵的手,说:"妈,对不起。妈,我不该怨你的……"

"是妈不好,是妈对不起你。我这一生做了好多错事。可人总是这样,在当时都以为自己是对的。我这人就是太执拗了。你不要像我,若男……"

吴茵的话还没说完,她的手已经从吴若男的手中滑落下来,吴若男愣了一下，顿时爆发出哭喊："妈，你醒醒，你不要睡，你跟我说话啊。再坚持一下，钱胖子就来了。"

可是怀中的吴茵却再也没有回应她。她紧紧地抱住吴茵的身体，把脸靠在吴茵的额头上，开始自言自语："我不怪你的，妈，我知道你苦。你是丢下了我，可你也是这世上最疼我最爱我的人。前十年你对我有多好，后十年我就有多难熬。这十年来，我做梦都想着能找到你，要是能找到你，我就绝不会再让你离开。我要陪着你，照顾你。我长大了，我再也不会让你受委屈，我再也不会让人欺负你了。妈，你听到了吗？妈……"

但是吴茵的身体已经在她怀中逐渐冷去了。

第三十章

等到陈浅醒来的时候，他已经在从上海回重庆的轮船上，但是昨夜的枪声却仍在他的耳边响起。他记得在他跪倒以后，努力想要起身，去捡起装有铀矿石样本的箱子。突然他却听到一阵脚步声传来，马上他就被那人一脚踢倒在地。他倒在地上，看到来人正是谢冬天。

原来在路口，谢冬天已经发现陈浅起疑，于是在辨明方向后，就将车子拐进了旁边一条小路。等到陈浅驶过一个路口时，谢冬天的车就又从另一条小路驶出来，远远地跟上了他。

谢冬天看着倒在地上十分狼狈的陈浅，突然笑了，说："好久不见。"

"把箱子给我。"

"你是在求我吗？"

谢冬天居高临下地笑着，然而陈浅已经没有力气跟谢冬天拉扯，他只想拿到铀矿石样本，于是他往前爬了一步，再次说："把箱子给我。"

谢冬天却往后跳了一下，然后他掏出枪对着已经死去的井田开了一枪，说："等回了重庆，我自然会向关处汇报，'燕尾蝶'小组夺取铀矿石险些功亏一篑。关键时刻，是我及时赶到，杀了井田，救了你的命，还抢回了铀矿石样本。你说，当初你要是知道，你费尽心机抢着假扮浅井光夫，到头来不过是为我做嫁衣，还会不会那么得意？"

说完谢冬天就哈哈大笑起来。而在这时，钱胖子及陶大春领着数名飓风队员赶到。他于是就看到谢冬天高举箱子，喊道："铀矿石在这里。"等到钱胖子跑上前来查看他的伤势的时候，他的意识已经渐渐模糊，只是依稀记得谢冬天说："是我冒死及时赶到，击毙井田，救下了战友陈浅。陶队长，我现在命令你护送我和铀矿石返回重庆。"

如今听着船舱里轮船发动机发出嗡嗡的声音,他的脑海里响起的其实是另外一片枪声,那片枪声要早于谢冬天开的那一枪。而那时候钱胖子刚刚与陶大春驾车赶来,就在他们即将进入仓库区域时,只见宫本良不知道收到了谁的消息,也骑着三轮摩托,带着一辆篷布军车驶来,双方顿时陷入了混战。就在飓风队感受到压力的时候,春羊突然驾车从旁边一条小路冲出,她对着钱胖子大喊了一声:"快去接应陈浅!"

陈浅一开始是不知道这一切的,当时钱胖子忽然推开船舱的门走进来,看见他已经醒过来,扶着他坐起来,并给他垫了一个靠背用的枕头,然后又摸了摸他的额头,说:"还好,烧退了。一会儿我去给你煮点粥,先吃点清淡的。"

他却一把拉住钱胖子的手,"你见到她了?她怎么样?"

钱胖子知道他问的是什么,于是坐下来告诉他,"我们快到的时候,被梅机关调用的宪兵部队给拦住了,幸亏她带人及时赶到,吸引了火力,不然我们恐怕很难脱身。但接应了你们之后,我们赶着上了船,不知道她有没有脱险。"在那时候他突然又想起,在去兴茂仓库的前一天晚上,他拿着那只被吴若男摔碎的碗赶到三星坊174号,春羊接过那只碎碗却笑着说:"碎了好,碎碎平安。它要没碎,还不得被我嫌弃死?"

陈浅于是就笑着一把握住了春羊的手,说:"我在重庆等你。等你来了,我就带你去见我外婆,她一定会喜欢你的。"

想着他不自觉地看向船舱外,吴若男独自一人站在甲板上,望着眼前的滔滔江水,她从口袋里掏出那个袖珍八音盒,拧紧发条,八音盒中的小天使就旋转起来,发出叮叮咚咚的音乐声。

钱胖子走进来以后,显然是把"白头翁"已经牺牲的消息也告诉了陈浅,等到陈浅默默走到吴若男身边的时候,吴若男的眼泪无声地落在那个小天使身上。

察觉到陈浅到来,吴若男迅速擦去了泪水,说:"你醒了?"

陈浅不知道该说什么,于是只说了一句:"节哀顺变。"

吴若男听完没有说话,他们两个人就那样并肩站在一起,平静地看着船身破开江水,犁出一层又一层的浪花,突然,陈浅说道:"在我确认'白

头翁'身份的那一天，她曾经告诉我要是完成了任务，她就能去重庆找她的女儿了，而且她还说这一天，她已经等了十年。那时候我还不知道，她的女儿就是你。其实你母亲很爱你。"

吴若男一边抚着手中八音盒中的小天使，一边听陈浅说，然后她突然转过头，"陈浅，我找回了天使，却再也没有妈妈了。你说为什么上天要这样对我？"

陈浅看着她神情忧伤，眼睛发红，他很想伸手去摸摸她的头，安慰安慰她，可是又觉得不合适，于是只能对她说："父母子女的缘分，早晚是一场生离死别。这次的任务，是你和母亲一起完成的，她在天之灵，一定会为你感到骄傲。振作一点，想想我们来的时候，你是如何意气风发。"

吴若男还是垂着头，突然他叫了一声吴若男，吴若男就抬起了头来说了一声："什么？"

"你知不知道你身上最光芒四射的部分是什么？"

吴若男望着他，于是他就说："是你不甘平庸，努力发光的样子。继续乘风破浪吧，吴若男，像你的名字一样，像你妈妈那样，巾帼不让须眉，那才是你。"

这时吴若男就浅浅笑了一下，然后转回了头，冲着底下的滔滔江水喊了一句："肯定不让须眉，也不让你。"

回到重庆，功劳不出意外已经先被谢冬天抢去了，谢冬天不仅被授予了六等特种襟绶附勋表云麾勋章，还被关永山提拔成了军统局的谢副处长。

在表彰大会上，谢冬天看着在台下鼓掌的陈浅，不禁故意抬起了一点头颅，在心里得意地说："我早说过，我一定会赢。"

此后的日子过得既平淡又迅速。吴若男在经历了丧母之痛后，整个人都变得一下子冷下来，这让钱胖子都感到有点不适应，因为他一回到重庆，就想叫吴若男到陈浅家里去吃外婆做的辣子鸡，却被吴若男以一句"我今天先不去了"给拒绝了。然而陈浅却不是十分担心，他对钱胖子说："经一事长一智。我记得我父母过世之后，我才突然懂得了孝顺的意义。吴若男遭受丧母之痛，应该对感情有更深的理解，懂得变冷，学会放下，这是好事。"

钱胖子却不那么认为,他觉得吴若男要是真的放下了,她就能继续开开心心地跟他们去看外婆了。但不管钱胖子怎么认为,时间一转眼就到了八月份。

那时候陈浅正在家里听广播,突然听到:"今天是民国三十四年8月14日,日本政府照会中、美、英、苏四国政府,接受《波茨坦公告》,并宣布无条件投降。这意味着中国人民经过八年的艰苦抗战,终于迎来了抗日战争的胜利……"听着听着,他就望向了桌边放着的他和许奎林的一张合影,默默说了一句:"奎林,我们终于赢了。"

他刚说完,门外就响起一阵急促的敲门声,陈浅赶紧起身去开门,一下就看到了钱胖子站在门口,高兴地说:"胜利的号角已经吹响,此时必须有好酒好肉啊。哈哈。"

但是坐在桌边,陈浅看着钱胖子为许奎林、顾曼丽和龙头哥摆放的三双碗筷,他拿着一杯酒,却感到前所未有的空虚,他说:"我原以为等到胜利这一天,我会欣喜若狂。但这一天真的来了,没想到自己可以这么平静。"

"这就是经历得多了,心大了,事就小了。再说,战争并没有真正结束。日本人一投降,蒋介石的那根想做皇帝的神经就绷直了,内战肯定是箭在弦上,一触即发。咱们都得做好新的作战准备。"

陈浅听到钱胖子这个话音,就知道他这回来肯定是找自己有事,于是立即就问:"组织上回电了?春羊是不是有消息了?"

钱胖子看着陈浅一副担忧的样子,他都不好张口,最后他还是说:"春羊的下落,组织没有回复,我估计是组织对她另有安排,不便告知。"

"组织有什么安排我不想知道,我就想知道她是不是平安。"陈浅一听顿时急了。

钱胖子就赶紧给他降温,说:"别急啊,周左就快来了,说不定他知道春羊的下落,到时候你问问他。"

原来陈浅当初在上海三星坊174号见春羊最后一面的时候,他曾向春羊表示过,周左为了帮助他,已经彻底暴露。而经过这段时间的考验,他认

为周左有能力，也有觉悟，想让春羊请示上级让周左继续跟他去重庆开展工作。

陈浅于是说："周左什么时候来？"

"下周三，他会在朝天门码头附近的袍哥茶馆等你。接下来国民党的目标一定会转向防共剿共，为了应对国民党的明枪暗箭，组织上给咱们重庆派了新的上级。"

"新上级什么时候到？"

"就在后天。"

但是在后天到来之前，钱胖子先陪吴若男在军人俱乐部跳了一支舞，跳完以后，他们就一起坐在一张桌子上，钱胖子突然对吴若男说："那天的表彰会上，我看见蔡将军了，看到你在台上受奖的时候，他还是很欣慰的。"

吴若男却突然自嘲地一笑，说："表彰会之后，他特地陪我吃了饭。这可是他第一次单独陪我吃饭。"

钱胖子不懂吴若男的感受，于是又说："亲自来见证你人生的重要时刻，这不是挺好？说明他还是疼你的。"

"我只知道，只有我变得更强大，才会被人看见。但他想让我跟他走。"

"挺好啊，抗战是胜利了，未必一定要在军统窝着。可以去大部队，还是大有发展空间的。"

吴若男还没来得及说出"我还没想好"，俱乐部里就突然喧哗起来，吴若男和钱胖子循着人声望向门口。只见谢冬天一身笔挺的西服，怀抱着一大束玫瑰花出现在俱乐部门口。

钱胖子就从桌子上跳下来，站在吴若男身边，说："看这架势是冲你来的。"而谢冬天也真的径直就朝着吴若男走过来，然后将手中的玫瑰递给了吴若男。吴若男看着人群的眼神像是涨起的潮水一样，全都漫到她身上，她有点尴尬地说："你……你这是干什么？"

谢冬天却突然动情地对她说："若男，抗战胜利举国欢庆之时，我有一件事想做。我出身不好，从小我就知道，像我这样的人，必须比别人付出更多的努力，才能获得我想要的一切。这些年我奋发图强，矢志报国，立功无数。我做到了。现在，战争终于胜利了，这一刻我特别想找一个人分享快乐，我觉得，那个人是你。因为你一定懂得，我这些年来之不易的快乐。我希望从今往后，我的每一分努力都与你有关，你的喜怒哀乐，也有我与你分享。"

说着谢冬天就单膝下跪，亮出了自己早已准备好的戒指，又对她说："若男，给我一个机会，让我照顾你余生，好吗？"

吴若男从来没想到谢冬天会向自己求婚，所以面对一旁的看客起哄："答应他，答应他，答应他！"的时候，她感到有点手足无措，而在这时她却突然望见了站在门口的陈浅，她充满期待地看着陈浅，然而陈浅并没有走上前来，而是转身离去了。

谢冬天循着吴若男的目光望去，也看到了陈浅离去的背影，而吴若男眼中的光芒在陈浅转身的那一刹那瞬间熄灭，她黯然地将那束玫瑰交还到谢冬天手中，然后说了一声："对不起，我想我还没有准备好接受这些。"就穿过人群离去。

只留下谢冬天尴尬地站在原地，王大葵见状赶紧上来安慰："吴大小姐可能是被吓着了，她说，没准备好对不对。那就还有希望，还有希望。"

谢冬天于是也强行为自己挽尊，说："没关系，我就是喜欢她这股傲气。太容易征服的女人，我没兴趣。"

然而还未离去的钱胖子却突然一针见血地说："谢冬天，不是我说你，你靠着卑鄙手段抢功劳，我们也不跟你计较了。可人得有自知之明，吴若男怎么可能看得上你？真是。"

"钱胖子，你怎么说话的？"王大葵立即冲钱胖子喊道。

"老子就这么说话，老子今天就把话撂这儿，吴若男嫁给谁，也不可能嫁给谢冬天！"

说完钱胖子也大步离开，王大葵有点拿不准了，他说："刚才吴若男为什么一直看着陈浅，她该不会是……"

谢冬天没好气地瞥了王大葵一眼，说："陈浅算个什么东西，早晚我会把他彻底踩在脚下。"

而这个机会也很快就到来了。这天王大葵突然呈上来一张电文，谢冬天一打开就看到：'猫头鹰'即将抵渝启动军统内的中共卧底……

"这是咱们暗伏在中共内部的'蜘蛛'发来的密电。见面具体时间不详，但应该就在今晚，地点是临江门的李记火锅二楼贵宾包厢。"王大葵进来喝了一口水，就噼里啪啦地说。

"你说这个军统内部的中共卧底，会不会是陈浅？"谢冬天从电文上抬起头来问。

"这不好说。这次你回来之后，已经提交了他的不少通共黑料，可关处的态度一直很含糊，毕竟陈浅建功无数，证据不足，还真动不了他。他也知道我们盯着他，短时间内未必敢有动作。"

"寻常人可能不敢，他可不是寻常人。"谢冬天又看了一眼手中的电文后，就将其扔在桌子上，然后又说："安排下去，今晚五点之前，李记火锅，行动队协助围捕。"

而那天围捕的结果，就是王大葵带着特务一路追击，追到火锅店附近的一个路灯处，看到地上有血迹，于是循着血迹继续追捕，最后追到一个院子门口，他对手下特务一挥手，两人举枪掩护，一名特务一脚踹开了院门，众人一齐冲入院中，就看到钱胖子奄奄一息地靠坐在墙角。

"钱胖子？是你？"王大葵感到有点不可置信。

钱胖子却淡淡一笑，忽然举枪对准了王大葵，而王大葵条件反射地对着钱胖子开了一枪。而此时已经跑到不远处的陈浅听到枪声，忽然站立，然后用手掩面，泪水还是忍不住从他的眼眶中流了出来，但他也只允许自己悲伤了一会儿，就继续向前跑去。

可是当所有黑而悠长的夜风冲撞进了他的身体时，他还是忍不住想起，刚才他坐在李记火锅店的包厢里的时候，钱胖子忽然冲入包厢，对他说："快走。"然而特务假扮的伙计已经发现他们要逃，于是迅速朝着他开枪，钱胖子就猛地将他扑倒在地，这一扑，那颗原本要射向他的子弹却射中了钱胖子。他本想带着钱胖子一起逃跑，可是钱胖子跑到弄堂里的时候，却突然一把推开他，对他说："别管我了，陈浅。"

这时他已经发现了地上的血迹,但他还是上前要搀钱胖子,"别说了,我们先离开这里。"

钱胖子却伸手拦住了他,"陈浅,我看我是不成了。你听我说,咱们是兄弟,更是同志。咱们要讲义气,更要守纪律。快走,真当我是兄弟,就不能跟我一起死,你得替我活,替我完成未完的使命。"说着钱胖子口中已经溢出了鲜血,他觉得悲痛难当,说:"胖子,我背你,我们一定能逃出去的。"

"来不及了。"钱胖子说着努力褪下自己的梅花手表,说:"我钱振国不能再为组织效力,这块表,就请你帮我交给党组织,做我最后的党费……"

陈浅一路向前狂奔着,最后他在黑暗中停了下来,大口地喘着粗气,泪水已经在他的脸上肆虐成了河流,他想起钱胖子把那块手表交到他手里的时候,最后对他说:"我这个'弥勒佛'虚有其名,没做成什么大事。可我就认一条,我忠于党,忠于国家,毕生为共产主义事业而奋斗,老子做到了,你小子,也要做到……"

陈浅坐在一张铁质的椅子上,两手分别被铐在扶手上。一只高瓦数灯泡悬在半空,就将他的脸照得惨白。而他只是微眯着眼睛,把目光投向墙上的一面镜子,他知道镜子后面有几双寒光毕露的眼睛。然后他就扯开嗓门喊:"关副区长,共军兵临城下,前方将士正浴血奋战,我们保密局倒好,自己人抓自己人,这怎能不让敌军耻笑啊?"

可是镜子后面没有传来一点声音,反而是铁门在这时打开,发出空旷冰冷的声响,接着是高跟鞋脚步声。马上陈浅就看到邱映霞提着一只箱子走了进来,她放下箱子,坐在了陈浅对面,邱映霞也不看他,打开手中的一本册子念了起来:"刘庆周、付展君、陈北月、李赫、孙塘宇、肖大成……"

陈浅似有不解地望着她。

而邱映霞也没有继续读完,而是问他:"知道这些是什么人吗?"

陈浅摇头。

"这是白公馆处决的第二批中共党人名单,你不想成为第三批名单中的

一员吧？"

陈浅却很快就笑了起来，"邱科长对付敌匪，一直都是这种手段套路吧？"

"当年大名鼎鼎的'吕布'，我们已掌握充分证据，你还不老实交代？告诉我，什么时候加入共产党的，潜伏我局的目的和任务又是什么？"邱映霞仍旧态度十分严厉。

"就算要怀疑我，也轮不到你这位处室下面的情报科长来审讯我吧？这四年来，我这个总务科长一心一意为咱们西南特区做后勤保障工作，谁不知道我陈浅童叟无欺、人畜无害，我知道你们要抓中共完成指标，但拿我凑数实在是牵强了些。"

"总务科……要说这反谍肃特，上上下下也都查了个遍，还真没想到这中共分子竟然是藏匿在最不起眼的特区总务科。"

陈浅却突然嬉皮笑脸起来，说："邱科长，玩笑开大了，快把我放了……你看这米价油价这两天又涨了，一堆事情等着我处理，要不然我们这食堂都要开不了饭了。"

邱映霞不为所动，说："你有没有想过，四年前执行'回娘家'任务，你立下的可是头功。为什么谢冬天晋升为西南特区二处处长，而你却沦为了一个管后勤的。"

"人各有命，我这人就是心态好，管后勤怎么了？后勤服务很重要，吃喝拉撒全顾到，无怨无悔耐平凡，不急不躁活干完，嘿嘿。"陈浅继续嬉皮笑脸。

"那篇关于你的长达五万字的审核报告，我仔细读过，一个天才特工，突然选择甘于平庸，每天都跟些柴米油盐鸡毛蒜皮的事打交道，你觉得我会相信吗？"

邱映霞的话音落地，在镜子后面的一双眼睛这才有了一点反应，它狠狠地盯着陈浅，仿佛要把他撕碎，然后它的主人就开口说："四年了，我就没相信过他。"

而另一双眼睛的主人关永山的注意力却并不在陈浅身上，而是专注地盯着他的紫砂壶里漂浮着的几片茶叶，然后才慢悠悠地开口，"就因为他手上那个疤？"

　　谢冬天不能忘记，四年前，王大葵带着特务冲上二楼包厢，只见包厢内一地狼藉，已经上桌的火锅被打翻在地，那名特务假扮的伙计也横尸在地，就是不见陈浅的踪迹，但是那天回来后，陈浅的手上却多了一道烫伤，虽然陈浅多次狡辩，是那天他特别馋火锅，就自己在家架了锅，准备了木炭，熬了红油，结果没想到装木炭的铁簸箕突然漏了，烧红了的木炭全烫到他手上了，但是谢冬天始终不相信这套说辞。

　　于是隔着双面镜，谢冬天死死盯着陈浅手上的伤疤，然后对关永山说："那天钱胖子要掩护的人，就是他！他手上的疤痕，肯定就是在火锅店被打翻的火锅烫伤的。"

　　关永山看到紫砂壶里的茶叶已经泡好，于是盖上盖子，冷冷地说："你咬了陈浅四年多都不肯放，到头来还是这伤疤的事说来说去，没有半点确实的证据，这次陈浅落网，也是邱科长的功劳，你这位二处处长，是不是也应该反省一下？"

　　谢冬天的脸色于是一下就灰暗下来，而在审讯室内，邱映霞不再提问，而打开了她带进的箱子，取出一只类似电流器的铁盒放到了桌上。

　　"这玩意，你见过吧？"

　　陈浅当然见过，这是成立中美合作所的时候，美国人提供给保密局的电刑仪器，不但体积比原来的小巧了，更重要的是可以控制电流强弱，想让犯人有多痛苦，就能多痛苦。于是邱映霞就拿起电刑仪器上的两只铁夹，分别夹住了陈浅的左右手，但是在拨开电流开关之前，邱映霞说："陈浅，我再问你一遍，你到底是不是共产党？"

　　"邱科长，你弄错了，我不是共产党，我是杜鲁门。"

　　邱映霞看着陈浅仍旧一副嬉皮笑脸的样子，严厉地说："陈浅，我不是跟你开玩笑，你应该知道，很多人都是被这玩意折磨致死的。"

　　"死？我倒是很想体验一下，死是什么滋味……"

　　邱映霞对陈浅的表现感到十分失望，于是她拨开了电流开关。一股电流瞬间穿透陈浅的身体，陈浅如筛子般抖动起来，在他低垂下脑袋，失去知觉前，他的眼前浮现的是周左到达重庆后告诉他的一个画面：

一辆被打得千疮百孔的篷布军车冲入了黄浦江，而江水中，春羊试图从汽车中脱身，却怎么也推不开车门。最终她抬头望向水面方向，望着光明传来的方向，神情宁静，甚至露出了一个笑容。

而在那时，一个炸弹被人抛入水中，砰的一声炸开。

第三十一章

其实陈浅被抓捕，还要源于三天前，邱映霞收到的几封电报。

那时候邱映霞背身立于窗前，望着保卫局外面的街区都处在一片灰蒙蒙的景象中。但是一阵轻微的抽泣声却突然引起了她的注意，她转过身，就望见译电员于娜似乎受到手中一则电报的影响，情绪有些崩溃，她于是大步过去，夺过于娜手中的电报瞄了眼，抬手给了她一记耳光。

于娜顿时止住了抽泣，吓得不敢抬头，邱映霞却掏出块手帕递给了她，说："厦门失守了，我知道你有一个弟弟驻守厦门。"

而这时其他组员也都纷纷望向这边，电讯科一片死寂，能听见的只有不知是谁发出的哀叹声。邱映霞抬起头，朝着他们这边望了一眼，厉声命令道："继续工作！"

电报声、打字声又重新响了起来。这时郭仔走了过来，将几页纸交到邱映霞手中，说："科长，这是昨天截获的电报，电台信号很多很杂，有些是未登记的，还要不要进一步分析破译？"

邱映霞看了几眼，说："兵荒马乱，电话局的通信常常不能保证，那么多私设电台的，就我们这几个人怎么管得过来？继续监视被列为重点嫌疑目标的电台就行了。"

郭仔于是就领了邱映霞的命令离去，而老汤这时候也走了过来，将几封电报交到邱映霞手中，说："刚译出来的，关副区长的电报，一共四封。"

之后邱映霞就拿着那四封电报来到了关永山办公室门口，可惜关永山去开会去了，于是邱映霞只得将电报交给了关永山的秘书吕秘书，并且一直等到吕秘书将电报摆放于办公桌上，确保他没有偷看过，锁上门离开办公室以后才离开。

可是邱映霞刚离开，吕秘书就在走廊里碰到陈浅，陈浅怀里抱着大纸盒跑来，大喊："等一下，等一下……"

吕秘书知道陈浅拿的是生日蛋糕，告诉他关副区长不在，让他下午再来，陈浅却不死心，说："吕秘书啊，为了这个蛋糕，我真是——唉！关副区长一再嘱咐，家国危难之时，生日低调一点，但关太太又交代，五十乃知命之年，生日怎么能不过呢？我买了这蛋糕，都是偷偷摸摸溜进大楼，就怕给人看见了说关副区长的闲话，你要不让我进去，我抱着蛋糕满楼乱转……"

最终吕秘书对陈浅的软磨硬泡无法，于是掏出钥匙，说："行了行了，我给你开门。"但是送完蛋糕，陈浅就迅速离开了保密局，他站在街上的一处阴暗潮湿的梯坎角落，点起了一支烟，抬起头就能看到阳光透过单薄的云层，铺洒而下。

这时一个身影缓缓走到他身后，说："先生，有烟吗？"

陈浅一扭头，就看到四年前他去李记火锅店要见的新上级纪国明出现在眼前，但是四年前那一天纪国明到李记火锅店的时候，王大葵已经带领特务冲进了店里，见此情况，他没有露面，而是选择悄然转身离去了。陈浅于是掏出一盒烟递给他。

纪国明抽出其中一支，握在手心，又顺势抽出另一支烟，说："好久不见了，'虎牙'同志。"

陈浅擦亮火柴，借着为他点烟环顾左右，轻声道："有一名爆破专家，过几天会来重庆与关永山见面。"

原来刚才在陈浅将蛋糕送进了关永山的办公室时，吕秘书本意是让他把蛋糕放在桌子上就好，他却提出万一毛局长来找关副区长谈事，一眼看见桌上的大蛋糕影响不好，于是让吕秘书把屏风搬到茶几前挡一挡，而就在那个空隙里，他拿起桌上的四封电报，逐一迅速扫了一遍，发现电文中提到一名名叫魏敏德的爆破专家即将来重庆。

纪国明一听，把手心那支烟塞进口袋，说："会不会是与关永山的涅槃计划有关？"

陈浅也有同样的担忧。因为此前，蒋介石已经轰炸了上海杨树浦发电厂，后毛人凤又亲手划定了重庆十大爆破区，涅槃计划是重中之重。这个计划是一级机密，但这几年他被排挤到总务科，没有机会接触到，而这次这个爆破专家或许能成为他们的突破口。

可是陈浅没想到，就是这样一次他觉得有效的情报传递，却正是他被捕根源所在。因为在那天晚上，等纪国明回到他们在依仁巷光升陶器店的据点的时候，就赶紧在书桌前坐下，掏出口袋里的那支烟，小心翼翼地剥开，抽出夹在那里面的一张小纸条铺开，然后从身后书架上抽出一本《山海经》，开始将纸条上的字逐一转译成密码。之后他因为昨夜坐了一夜的船太累，就先行休息了，而他手下的杨明远却擅自做主，觉得如今国军人心涣散，保密局的监控也没那么严密了，不顾昨天电台使用超时的风险，让报务员小钟发报，而那时一辆电讯侦缉车正在附近的路面缓缓行驶，车顶的雷达探测器一圈圈转动着，捕捉着穿过城市上空的电波信号。

最终郭仔捕获并确定这就是他们一直在监视的重点电台，然后迅速汇报了邱映霞，邱映霞通过顺藤摸瓜，在第二天的晚上就驱车赶到老汤分析出来的电报发出地点——光升陶器店，逮捕了突然出现在那里的陈浅。

而就在邱映霞到来不久，又一道车灯射出的白光划过窗口，马上谢冬天也出现在店外，但是邱映霞并不想管他，而是用枪口指着陈浅问，"店里的人呢？"

陈浅试图狡辩，说："我只是来替关太太买一样称心的生日礼物送给关副区长，我来的时候店门就是开着的，店里也没有一个人，人到哪里去了，我哪里知道。"

邱映霞显然不相信他的说辞，突然她闻到一股烟味，于是立即推开陈浅进了房间。看见房间内一只搪瓷脸盆里，有一堆已经烧成灰烬的纸正冒着烟。

店门外，正传来杂沓的脚步声，邱映霞重新将枪口对准陈浅，说："陈浅，我再问你一遍，你怎么会在这里？"

陈浅在昏迷中看见春羊就站在他的不远处一直呼唤着他的名字："陈浅……陈浅……"等到他努力朝着春羊跑去的时候，春羊的声音又逐渐变

了，变成绝望的呼喊，然后周围的光亮就变得越来越亮，而春羊也逐渐被这团光亮吞没。

等到陈浅睁开眼睛，他意识到刚才的光亮来自于那盏高瓦数灯泡，而喊他名字的是邱映霞，陈浅随即呕出了一口酸水，邱映霞就将一杯水送到他口边，陈浅喝了几口后，稍微清醒了些。

这时在镜子背后的关永山悠悠地喝了口茶，而谢冬天在中间突然出去一下，又回到了关永山的身边，他说："关副区长，那家陶器店都仔细搜过了，文件和资料大部分已经焚毁，剩下的一些价值也不大，地板下找到了些已损坏的电台配件，确凿无疑此处是共产党的交通站。"

关永山脸上的肌肉略微扭动了几下，然后他就盯着审讯室内，邱映霞逼问陈浅，"陈浅，再问你最后一遍，你是不是去光升陶器店通风报信的？你是不是共产党？"

而陈浅盯着邱映霞的脸，依然不说话，邱映霞就旋转电流器旋钮，将电压值调到更大，更强烈的电流就又进入陈浅身体，很快陈浅的鼻子和嘴巴都开始流血。

这时关永山放下了茶壶，说："邱科长今天像变了一个人啊，我记得她以前最反感用酷刑的。"

"邱科长是急了眼了，她调换了报告，这是可以定性为串通中共的重罪啊，事情败露后，自然是想亡羊补牢，共产党没抓到，却撞见了陈浅，现在只有让陈浅招供，才能完全洗脱她的嫌疑。"

关永山眯着眼，不说话。谢冬天却已经猜透了他的心思，说："如果邱科长有问题，审讯陈浅的过程中，也许会露出马脚呢。"

关永山于是才说："我这算是明白了，你让我看的，是一出戏中戏啊。"

谢冬天于是干笑了几声，就把目光投向审讯室里，而陈浅正颓丧地垂着脑袋，双眼紧闭。邱映霞掏出块手帕，帮他擦了擦嘴角的血，但是在手帕接触到陈浅的皮肤的时候，邱映霞的眼里却出现了一丝难以觉察的痛，而这丝痛是从昨天清晨她在依仁巷看到纪国明推开光升陶器店的门时就开始出现的。

她记得在前一天晚上，电讯处的郭仔抑制不住内心的兴奋将一页纸递给她面前，说："邱科长，有一个可疑信号又出现了。是重点嫌疑名单上的，上次出现时间很短，没来得定位就消失了。"

于是她扫了眼纸上的一串数字符号，就确定这是中共的电台，然而谢冬天却突然在他们说话时不请自来，并且走到地图前，盯着她刚刚根据郭仔汇报圈出的范围看了会儿，说："电台收发报，需要将天线架在地势较高处，所以我认为这一带最有可能藏匿电台的，是位于上坡的依仁巷，邱科长，我的分析对吗？"

她不知道谢冬天葫芦里卖的是什么药，于是只说了一声有道理，谢冬天随后却凑到她的耳边，低声说："明天一早，我们一起到依仁巷实地排查，但此事要保密。"

"为什么？"

谢冬天又神秘兮兮地说："我们西南特区内部，有共产党的人。"

于是今天一早，她就和谢冬天驾车赶到依仁巷，可是她刚到没多久，小巷前方的坡坎处，一个步履匆忙的背影就闯进了她的视线，而她的心仿佛一下被击中了似的，让她完全忽略了谢冬天正在跟她讨论早餐吃些什么，于是只留下一句生硬的"不喜欢吃那些，你自己去吧。"就直接迈开脚步朝着那个背影的方向走去，在那条短短的巷子中，她好像把她前半生的光景又重新走了一遍。

而在那些光景里，她看到自己突然走近了一家名叫东福记的陶器店，看中了摆放在橱窗里的一个花瓶，于是她就走进了店内，而店里有个年轻人正低头坐在陶艺机前，摆弄着一团泥坯。不一会儿，那个年轻人就注意到走进店里的她，于是抬起头来浅浅地笑了，"你要不要来试一试。"

店里的那个她摇了摇头，年轻人却已经站起身，说："来，我教你。"

当店里那个她把双手握在泥坯上，年轻人站在她身后踩动踏板的时候，她看到店里的那个她因过度紧张而不自觉地羞红了脸。但是尝试了好几次，店里的那个她眼前那团泥坯却怎么也成不了型，即使稍稍有了点模样，很快又塌陷成了一堆，在店里那个她正沮丧时，年轻人却突然用自己的手捧住了她的手。她很明显地感受到店里那个她的心动了一下，随即店里那个她就有一搭没一搭和他聊天，向他透露了自己并不是重庆人，只是在这里上大学，而转动的泥坯也在你一言我一语中渐渐被塑成了一只还算像样的花瓶。

店里那个她看到后十分开心，说："我要在花瓶里插上我最喜欢的丹桂。"

"你喜欢丹桂啊，十月的重庆，满城都是桂花香，你会喜欢上这座城市的。"

而马上她就看到眼前的景物轮转，她又走到了朝天门码头，在那里她看到年轻人握着自己的手，江风把他们的头发都吹乱了。

她听见年轻人说："抗日救国，我不能偏安一隅，我必须到前线去。对不起……"

而眼前的自己却倔强地忍住泪水，说："你不用说对不起，你一定要平安，将来也一定要回到重庆，你要记得重庆十月的丹桂花……"

"我会记得，永远记得。分别的日子里，每年这个时候，我都会在花瓶里插上几支丹桂花，看见丹桂，就像看见了你。"

等到她看到自己使劲点头，眼眶中的眼泪也终于被江风吹落下来的时候，她已经追到坡坎下，而那个背影却不见了。她回头望了望，见谢冬天没有跟上来，于是小跑了起来，等到她一口气跑到小巷的拐弯口，终于又找到了那个背影，她急急跟了上去。当她渐渐靠近，终于看到了那人的侧脸，正是她回忆里的那个年轻人纪国明。

但是她却没有了再靠近的勇气，她身体僵直站立着，她看到纪国明来到一家店铺前，推门走了进去。而她抬眼望了一下店铺的招牌，上面写着：光升陶器店。

等到她转身回头的时候，远远看到了慢吞吞向这边走来的谢冬天，谢冬天冲她喊道："邱科长，有没有什么情况？"

她没有任何犹豫就说没有，可是等到她坐在办公桌前，她却心乱如麻，而等到老汤进来，从上衣口袋掏出钢笔，指着分析报告上的文字，说："这个电台频率是14.180MHZ，之前监测到的收发报时间通常在晚上9点左右，每次时间很短，最近发报频率和时长都有所增加，我们基本判定，电台就在这家光升陶器店。"

她的心里猛然一震，然后四肢发冷，僵住了似的，但她嘴上仍然在问："这份报告，除了你还有谁看过？"

"没有了……噢，对了，谢处长一直催着要，我让郭仔送过去了，不知道他有没有……"

没等老汤说完，她就腾地站起身，冲出办公室，赶在谢冬天即将打开这份报告的时候闯进了他的办公室，然后直接伸手抓住报告一角，说："谢处长，刚才我们发现报告中有一个错误，需要重新分析。"

谢冬天并没有松手，而是说："什么错误？"

"技术上的问题，新的报告很快会交到你手上。"说着她就直接从谢冬天的手里夺过报告，并且说："谢处长，你应该了解我的性格，从事电讯工作近十年以来，我最不能容忍的是工作中有任何瑕疵。"

谢冬天一笑，于是松了口："那好吧，我相信有邱科长的技术做保证，这个中共电台必将无处遁形。"

等到她回到办公室就立即掏出火柴将那份报告点燃烧毁，而映衬着火光，她突然说："老汤，我们合作这么多年了，我最信任的人就是你，这次你一定要帮我。"

老汤不理解，于是她立即就说："中共电台在光升陶器店这件事，不能告诉任何人。并且想个技术上的办法，将嫌疑范围转移到别处，重新弄一份报告。"

老汤望着渐渐烧成灰烬的报告，他说："好，我来想办法。"可是在准备离开时，他又忍不住转过身来问："邱科长，能不能问一句，为什么这么做？"

她就看着老汤，说："我也不瞒你，光升陶器店的老板，是我以前认识的一个很重要的人，我不能让他落到谢冬天手上。"

可是她没想到，谢冬天并没有相信她说的话，而是在下班后拨通了电讯处郭仔的电话，在电话里郭仔一五一十告诉了谢冬天之前所有关于依仁巷电台的调查资料都不见了，而关于最后的定位分析是老汤做的，电台的具体位置也只有老汤知道。

所以等她外出回来推门进入办公室的时候，就听见电话铃在响，她还

没开口，电话那头传来了老汤虚弱的声音："王大葵绑架了我，我没扛住，把光升陶器店供出来了……"

说着老汤就在电话里抽泣起来，而她也知道大祸临头，但她还是对老汤说："这不怪你……只是，谢冬天不会放过我们的，你要赶紧离开重庆。"

电话那头就继续传来老汤的声音："从军统到保密局，我干了十几年了，共产党来了也不会放过我，我能逃到哪儿去啊？"

于是她在电话这头沉默起来，过了一会儿，她才满含愧疚地说："是我把你连累了，对不起……"

然而她话还没说完，老汤就在那头又说："不过，我还有一个办法。"

在挂断电话之后，她立即就驱车赶往了光升陶器店，因为老汤在电话里告诉她，只要他们抢在谢冬天之前逮捕光升陶器店的老板，这样不但能将功补过，还能洗脱嫌疑。因为她和谢冬天历来不和，西南特区上上下下都知道，如果她们只是不想让谢冬天独占其功，才调换了报告，性质与串通中共就截然不同了。而那时老汤在电话里明显感受到了她的犹豫，于是老汤又告诉她，保密局接了上头的指令，现在像疯了一样杀共产党，但凡有点嫌疑的都一律枪决，他们伪造报告包庇共产党，加上又是落在谢冬天手上，那是必死无疑了。而老汤在王大葵走了没几分钟就逃出来了，谢冬天应该还没开始行动，所以老汤建议她，既然她认识纪国明，可以把他引出来。

但是等她举着枪走到光升陶器店门口的时候，站在门口的人竟然是陈浅，而光升陶器店的所有人员已经不知所终，眼见着谢冬天也已经带人前来，她只得将计就计将陈浅抓捕。

所以现在看着眼前奄奄一息的陈浅，她继续问："陈浅，你到底说不说？！"

陈浅还是不吭声。

邱映霞于是叹了口气，将电压量调到了最大。在外面的谢冬天反而沉不住气了，他说："这样下去，陈浅的命怕是要保不住了，邱科长不会是想要灭口吧？"

关永山却一脸淡定，说："慌什么，看戏。"

"我说……我都说……我都交代……"邱映霞再次准备拨动机关，陈浅却突然睁开眼睛，有气无力地说。

谢冬天看到这一幕顿时两眼放光，他仿佛等了很漫长的一段时间。而关永山只是感到有些惊讶，于是他放下茶壶，看着审讯室里的陈浅，他仿佛是在自言自语："我在军统二处当处长那会儿，有一个中共卧底张离，还有一个打进我们内部的双面间谍陈山，都是高人，让人防不胜防。现在这个陈浅，到底藏了几把刷子？"

不同于他们的反应，邱映霞听到陈浅这么说，却似乎有些失望，她还是说："说吧。"

"我交代……三天前的上午，我借口到关副区长办公室送蛋糕……伺机偷看到桌上的电报。然后……我察觉到你和谢处长在搞秘密调查，我很好奇被你拿回去的那份报告里，到底有什么？"

"所以，你也偷看了报告？可报告已经被烧毁了，你是怎么看到的？"邱映霞很吃惊。

"邱科长应该还记得吧，'回娘家'任务前的训练课时，我们曾学习过一种还原烧毁了的纸上字迹的试验。"

"你去了我的办公室？"这让邱映霞感到更加震惊。

陈浅继续交代："今天晚上，我本已经回家了，思前想后，还是决定要弄清楚那份报告里有什么。于是我回了大楼，悄悄用细铁丝开了邱科长办公室的门锁，拿到你烧毁的报告后，我就回到办公室，想必邱科长也记得，墨水中含有铁的成分，在纸被烧焦过之后，只要不成为纸灰，在下面铺一层白纸，再撒上镁粉就能置换出其中的铁，铁会以黑色粉末的形式在白纸上显现，这就是被烧毁前的纸上的字迹。"

邱映霞突然冷笑了一声："我当然记得，只是这个试验对镁粉使用量的控制以及手法的要求都非常高，当时只有你成功了。"

陈浅于是跟着笑了，说："所以，还真要感谢邱科长的言传身教呢。"

邱映霞看着眼前脸上挂满笑容的陈浅，她有些不太情愿地问出："所以这几年来，你都是……"

"没错！我已经演了四年，每天都戴着面具生活，人不像人鬼不像鬼，我累了，不想再演了……真的不想再演了……"陈浅突然抢过话。

"所以谢处长的推断没有错，当年你在钱胖子事件中受了伤，那时候你已经是共产党的一分子了。这几年来，你一直深潜在保密局西南特区内部，以特区总务科长的身份为掩护，四处窃取情报。谢处长的线人目击到的那个与中共代表见面的人，手上有疤，分明就是你吧？你是把最新拿到的情报，又向你组织汇报了，是不是？"

陈浅听到这句话却突然沉默了，而邱映霞猛地提高了声音："是不是？"

审讯室内外鸦雀无声，所有人都在等待陈浅最终承认那句话。终于，陈浅清了清嗓子，说："邱科长，你误会我的话了。"

镜子后面的谢冬天一听到这句话却突然傻眼了，他急忙朝着关永山说："是，当然是，我的判断从来就没错过。"

可是审讯室里的陈浅却在说："我说我不想再演了的意思，是我再也不想干这个总务科科长了的意思。"

邱映霞于是就看了陈浅一眼，"你还是不承认你是共产党？"

"我当然不承认，我什么时候说我要承认的？"

"那你为什么要偷看关副区长的电报？又为什么潜入情报科复原烧毁了的分析报告？"

"想知道我为什么要这么做吗？"陈浅有意似的沉默了一会儿，然后他才无力地抬头望向双面镜后他看不到的两张脸，仿佛笑了一下，又说："你们想知道我为什么要这么做吗？因为我要翻身，我要往上爬！所以我想知道，关副区长又收到了什么重要电报，谢处长又在搞什么秘密行动，我想要在这里面找到我一直想要的机会，咸鱼翻身、扭转乾坤的机会！怎么了，这有错吗？党国上下，谁他娘的不是想捞肥差当大官？邱科长你不是？谢处长你不是？关副区长你不是？"

谢冬天一听脸色顿时变了，邱映霞却反而好像变得更沉着了，她说："陈浅，我就知道你没那么容易对付。你只是说了你必须说的，你以送蛋糕为由进入关副区长办公室的事，吕秘书一定会说，你偷听了郭仔交给谢处长分析报告的事，同样也瞒不住，最重要的是，我还会在你办公室找到用来复原烧毁纸上字迹的镁粉。这些事情就算你不交代，我也会全部掌握的。这并不让我意外，这只是你陈浅的正常发挥而已。"

"没错，我一直都是那个代号'吕布'，冒充浅井、深入虎穴、刺杀井田的陈浅。而那个被你们排挤到总务科，鞍前马后伺候着各位长官喝酒看戏逛窑子，甚至连你们太太喝燕窝汤买珍珠粉，都要去买单做假账还要赔着笑脸的，不是真的陈浅！"

"说得好，我就想听这句话呢。"

关永山突然在镜子后面站起身来，谢冬天感受到风向似乎变得不太对，他赶紧看向关永山，说："他这是想造反啊！"

"造反怎么了？共产党就是敢造反，才能把我们打得只能往台湾跑。"

关永山刚说完，谢冬天就看见审讯室里，陈浅像是完全失控了，已经开始挣扎，想要挣脱束缚，他说："要是因为这个挨处分，我认，但你们这些废物自己抓不到共产党，就想让我来背这个锅，老子不认！我要见长官！让我见关永山！"

两名特务连忙过来想要按住陈浅，陈浅一头撞翻了其中一人，另一人再扑过来，陈浅连人带椅子一同撞了上去，审讯室里顿时乱成了一锅粥，邱映霞觉得看不下去，于是起身离开了审讯室。

而关永山也端起紫砂壶抬脚就要走，但是在走之前，他还不忘对谢冬天说："谢处长，这就是你让我连夜看的戏？"

谢冬天窘迫得说不出来话来，于是关永山就扔下一句"明天继续审"就扬长而去。

第三十二章

　　夜已深，陈浅能感受到有雾气从窗户涌入，而在羁押室的窗外是他能想象到的山雨欲来的重庆城连绵的夜色。陈浅就着这个夜色想起昨天在他和纪国明接头回来后，本来要去找谢冬天对账，却在走廊上碰到电讯处的郭仔跑上来，叫住了谢冬天，并把一份文件递到谢冬天的手里，说："谢处长，这是我们一处情报科对依仁巷秘密电台的分析报告。"

　　谢冬天接过报告时瞪了郭仔一眼，郭仔头一低，就缩到一边去了。陈浅知道谢冬天是故意不想让他知道，于是他就装作在一旁整理手上的账本，似乎没注意到他和郭仔的对话。之后，进入办公室，谢冬天的眼睛虽然在看账本，嘴上却在说："对了，你听说了吗？吴若男要回来了。"

　　说着谢冬天有些得意地看着他，原来当初吴若男在面对钱胖子被发现是共产党，追捕途中身亡，而他们"燕尾蝶"小组原地解散，并且陈浅也根本对自己没有情意后，就选择离开军统，跟随她父亲蔡将军上前线去了，这一走就是四年。

　　但是陈浅的反应却很平淡，他说："是吗？"

　　谢冬天就更加兴奋了，说："你不知道？吴若男没跟你联系吗？"

　　"我知不知道，没必要向谢处长汇报吧？"陈浅适当反击。

　　"不管怎么样，我们几个都应该聚一聚啊……只可惜钱胖子不在了。"说着谢冬天还别有用心地瞥了眼陈浅左手的伤疤。

　　陈浅没搭理他，捧着谢冬天已经核对完的账本准备离开了。而那时办公室的大门突然被撞开，邱映霞闯了进来，直接冲向谢冬天。陈浅连忙侧身，想让邱映霞通过，结果还是被邱映霞踩了一脚，陈浅于是装作疼，假装揉脚，却看见邱映霞直接伸手抓住谢冬天手中报告的一角，说："谢处长，刚才我们发现报告中有一个错误，需要重新分析。"

晚上他回去以后，在床上辗转难眠，而想到"依仁巷""分析报告"，陈浅猛地坐了起来，他胡乱套上衣服裤子，就离开了房间。最后就如他今天向邱映霞交代的那样，他趁着那段时间邱映霞外出，顺利潜进她的办公室拿到了那份被焚毁文件，用镁粉将上面的文字复原，然后就得知他们已经锁定了光升陶器店，于是他立即赶去光升陶器店通知纪国明他们撤离，但是里面已经人去楼空，在他还没搞清楚情况的时候，邱映霞就已经举着枪走进了店门。

当陈浅在想这些的时候，外婆已经在家做好了一大盘辣子鸡正等着他回来，由于等的时间太久了，外婆都在一旁打起了瞌睡，突然一阵夜风吹醒了外婆，她瞅了眼院子里的月色，心里不禁忧虑起来："这个憨娃儿，怎么还不回来，辣子鸡热了三遍都凉了。"

这时外面却突然响起敲门声，外婆脸上的愁云顿时消散，兴冲冲跑到门口开门，但是打开门的瞬间愣住了，说："你……你是谁？你找谁？"

而等到陈浅想完这一切的时候，外婆就已经出现在了羁押室的门口，她对着门口的守卫说："你们是什么人啊，为什么要把我外孙关起来？"

守卫一边拿着钥匙看了一眼邱映霞，一边开门，"说了你也不懂。"

"谁说我不懂，欺负我们中国人的，不是日本人，就是八国联军。"

"这都哪年了？老人家你脑壳坏了吧，我们是中国人。"

"中国人？中国人可不打中国人的，是我脑壳坏掉了还是你们脑壳坏掉了？"

守卫被怼得无话可说，外婆就端着一盘辣子鸡走进羁押室内，等到望着陈浅将那一整盘辣子鸡都吃个精光，这才稍许放下心，说："陈浅，你真没骗我，我怎么记得你已经中学毕业了啊？"

陈浅一愣，但是随即他又微笑着配合着外婆说："小阿姊，你又糊涂了，我还在上着中学呢，这里是我们学校的训导室，我就是犯了点小错误才被关起来的，你忘了，上回我放了校长自行车胎的气，不也是被关了一晚上吗？"

外婆却努力在脑海里寻找着记忆，她不知道是怎么回事，感觉最近自

己脑子里的很多记忆，好像突然之间都被人抽走了一样，最终她仿佛终于记起来了，说："这事我好像还记得……"

"所以你放心好了，明天我就回去了。"

于是外婆这才放心地准备离去，而陈浅却在这时突然发现盘子内一堆红辣椒的下面，藏着一只油纸包，连忙捏起那个油纸包，塞进了口袋。

和昨天几乎一样的情形，邱映霞坐在陈浅对面，她的语气依旧冷冰冰的，说："陈浅，希望今天不需要再动用美国人的破玩意儿。"

陈浅的神态很松弛，他说："邱科长，昨天你问了我那么多问题，今天我能不能先问你一个问题？我想知道，昨天晚上邱科长你为什么会去光升陶器店？"

陈浅的这个问题让邱映霞脸色微变，但是她却马上恢复了正常，说："关于这点我已经向关副区长解释过了，是为之前所犯错误的亡羊补牢之举。"

而陈浅却神秘兮兮地说道："其实，我昨天晚上之所以会去光升陶器店，除了给关副区长挑生日礼物的事之外，还有另外一个目的。"

邱映霞就好奇地盯着陈浅。随即陈浅说："吴若男还没离开重庆之前，曾对我提起，说她在邱科长家中见过一只陶艺花瓶，并且你非常珍爱那只花瓶。所以当我复原了被烧毁的报告，发现藏有电台的地址恰巧是一家陶器店，而邱科长又蹊跷地从谢冬天那里抽回报告后，我顿时好奇起来。陶器店，邱科长的陶艺花瓶，这两者是否有什么关联呢？"

陈浅说着一脸玩味地也看着邱映霞，然后他继续说："所以我本想借着商讨订购茶具的机会，到那家店里一探究竟，但因为邱科长的突然出现，并口口声声说我是共产党，这事也没能有个结果。"

"你到底想说明什么？"

"邱科长是否感到奇怪呢，本来定于上午的审讯，为何改到了下午，谢处长也不在了？我可以透露一些，谢处长其实是去搜寻新的证据了。"

"新的证据？"

"不过不是关于我，而是关于你的。"

陈浅刚说完，审讯室的门就被谢冬天推开了，而他的怀里还抱着一个纸盒，随即谢冬天就从纸盒里拣出了一只花瓶，对着邱映霞晃了晃，说："抱歉了邱科长，未经你同意的情况下，趁你上班时到你家中找到了这个。"

陈浅这时却接过花瓶，将花瓶倒置，瓶底的一个"纪"字赫然可见，陈浅故意说："纪？光升陶器店的老板，叫什么来着？"

邱映霞的脑子里就突然闪过那天在东福记陶器店，她看着眼前已经成型的泥坯，突然问纪国明，"那这个花瓶什么时候才能完工？"而纪国明回答她："那还得过一段日子呢，晒坯、施釉和烧窑这三道工序都是必不可少的。"然后她就失落地噢了一声，纪国明明显是感受到了她的情绪，于是连忙又说："要不然这样吧，我先送你一只。"说完他就从橱窗里把她之前看中的那只花瓶拿出来送给了她。

现在看着眼前的这只花瓶，她故作轻松地说："也许我以前刚好买过他制作的花瓶，那又怎样？"

而谢冬天却冷笑着从纸箱里又拿出一只花瓶，这只花瓶的工艺明显逊色很多。随后谢冬天将花瓶倒置，瓶底刻着一个"邱"字，说："这是邱科长的字迹没错吧？"

"互相保留着刻有对方姓氏的花瓶，你们的关系恐怕不一般吧？"

邱映霞沉默了片刻，勉强地笑了下，终于承认，"是，我们曾经恋爱过一段时间，对我的隐私，你们这么感兴趣吗？"

"我明白了，原来邱科长之所以要拿回报告，并非出于争功夺利，而是为了保护自己的爱人啊。"谢冬天却在这时适时道破这个真相。

"我与他相恋已是九年前的事了，这段感情也早就结束了。"

而陈浅却从纸盒里检出几支丹桂，闻了闻，说："两只花瓶里都插着丹桂，这难道也只是巧合？还是你们之间一种特殊的表达爱情的方式？"

"邱科长，看来你们的感情并没有结束，你又说谎了。"谢冬天盯着邱映霞。

邱映霞一听立即拍桌而起，说："我邱映霞从来不会把个人感情带入到工作中，西南特区的每一位同人都能为我这句话做证！今天的审讯，我怕是不胜其任了，剩下的工作，烦请关副区长和谢处长另行安排吧。"

说完邱映霞就要往外走，谢冬天却突然拦住了她，说："邱科长，先别走啊。"

邱映霞却不顾他的阻拦，强行想要推开谢冬天，而这时审讯室的门开了，关永山站在门口。关永山先是说："邱科长先别生气嘛。"然后又对陈浅说："这样吧陈浅，你要不要把昨天晚上发生的事情，再重新梳理一遍？"

邱映霞于是只得听从关永山的话，又回到原位坐了下来，而陈浅深吸了一口气，然后开始缓缓说道："昨天晚上我到光升陶器店的时间是9点10分左右，当时店门半开着，我就觉得奇怪，这个点应该早就打烊了的。我走进去，店堂里没有一个人，于是我上了楼，还是没人，但我发现无论是房间还是阁楼，都有匆忙撤离的痕迹，火盆里还有烧成了灰的文件。这之后，我发现了这只花瓶……"说着陈浅用眼神望了望刻有"邱"字的花瓶，然后又说："我拿起花瓶看了看，忽然听到楼下有声响，刚下楼就撞见了邱科长。"

"那你的意思是，在你到达陶器店之前，纪国明等人都已经逃走了。"关永山听完问。

"正是。"

而谢冬天这时也补充，"从现场看，纪国明撤离得很匆忙，一定是有人刚刚向他报信。而老汤向王大葵招供了他篡改报告的事，但之后老汤逃脱了，想必他会第一时间联系邱科长，据推测那时应该不到9点。"

关永山听完似乎对一切都明了了，他说："你是说，是邱科长向纪国明报信的？"

"谢处长，证据呢？光靠想象可不行。"邱映霞听完情绪有点激动。

"9点左右的时候，邱科长你在哪儿？"谢冬天于是就问。

"我在办公室。"

"谁能做证？"

"于娜，我在走廊见到过她。"

"就算邱科长在办公室，也可以打电话到陶器店。"

"我们这里所有电话的进出都有记录，你可以去查。"

陈浅却在这时候突然打断他们的交锋，"不用查了，邱科长当然不会用电话。"大家的目光突然就齐齐投向陈浅,陈浅却不疾不徐地说:"如果我没猜错的话,邱科长使用了她最熟悉,也最便于隐蔽的方式——电台。麻烦谢处长把昨天晚上9点左右,情报科值班人员截获的所有电报都调出来。"

可是当谢冬天手里拿着一叠截获电报的记录时,他却什么名堂都看不出来。陈浅于是伸出手,从他手中把那份记录拿过来,说:"那份被烧毁的报告中,不但确定了电台地点,收发报时间是每天晚上9点,更重要的是确定了电台的频率。这个频率邱科长一定也记下了吧?而邱科长办公室内,有一台美国军用的TG-5B发报机,大家都以为这只是邱科长平时研究着玩的,但其实这台发报机是随时可以启用的。邱科长很清楚,每天都有大量来源不明的电报被截获,这些电报会被扔到堆积如山的资料中,只要邱科长不过问,根本无人知晓。"

谢冬天还是不解,说:"但那个时间段截获的电报不止一封,怎么认定哪一封是邱科长发出的?"

"邱科长不知道中共电台的密码,发报时只能使用通用的莫尔斯电码,这是很容易破译的。"说着陈浅挑出了其中一页电报,扔到桌上,说:"就是这一封。"

大家都看着那页电报,能看出上面的信息是:你们已暴露,抓捕人员正前往,火速撤离。

"这电报上又没写我的名字,凭什么认为是我发的?"邱映霞也看着那页电报,狡辩道。

"还是当年训练的时候,我观察过邱科长的发报,是我见过触按电键频率最快,黏着时间最短的,另外邱科长习惯用中指和无名指交替发报,力度会稍有变化。这些特征,只要审问下昨天监测信号的值班人员,就能得到印证。如果邱科长还不愿意承认的话,这封电报的最后两个字,更是直接表明了发报人是谁。"陈浅于是直接指着谢冬天最后两组莫尔斯电码,说:"邱科长担心纪国明收到电报后,因为不明电报来源而没有及时撤离,所以留下了一个能让纪国明信任的暗号。这个暗号就是,丹、桂。"

邱映霞沉默了,关永山却突然冷笑了一声,在沉寂的审讯室内,显得

异常突兀。

谢冬天又拿起刻着"邱"的花瓶看了看，说："这下我彻底明白了，邱科长假装要去抓捕纪国明，并不是为了争功透过，而是想要拿回这只刻有她自己名字的花瓶啊。"

"只是她没想到会在那里遇见我，于是趁机演了一出抓捕我的戏码，并将向纪国明报信一事栽赃到我身上。"陈浅趁机补了一句。

关永山万分失望，摇了摇头，说："邱科长，这么多证据面前，你还有什么话要说吗？"

邱映霞却低垂着头，轻轻说了一声："关副区长，我错了。"

关永山哼了一声，说："哪里错了，加入了共产党吗？"

"我错在……"邱映霞却在说完这几个字时突然抬头，眼神也陡然变得凌厉起来，随即她就扑向了准备要走的关永山，谢冬天意识到不好，刚想上前拉开，但为时已晚。邱映霞的手臂已经绕住关永山的脖子死死勒住，另一只手拔出勃朗宁手枪抵住了他的太阳穴，冷笑了一声说："关副区长，您真不应该进来。"

外面的特务已经纷纷赶来，举枪包围了邱映霞。而谢冬天也拔枪指着她，说："原来刚才你要走，是故意把关副区长引进审讯室！"

"谁敢靠近，他就没命了！"

关永山面如死灰，也只好强作镇定，冲特务们直摆手。随后谢冬天就按照邱映霞的命令让手下的特务赶紧去准备一辆车，而邱映霞挟持着关永山，慢慢往门口挪动，谢冬天和特务们只得步步后退。

关永山吓得心都在颤抖，却仍说："邱映霞，你冷静一点……"

邱映霞听到楼下停车的声音，说："关副区长，我们共产党人都是讲信用的，只要你配合，你还是可以回这里，或者是去台湾继续当你的副区长。"

谁也没想到这场审讯最终的结果会是这样，谢冬天最后也只能眼睁睁地看着邱映霞挟持着关永山上了车，紧接着车子就消失在保密局西南特区的大门口。

一路上，关永山开着车，邱映霞始终用枪口指着他的脑袋，她的眼睛却望向车窗前，半挂在天空的太阳像一个煎熟的鸡蛋，黄灿灿的，散发出毛茸茸的光感，让她忍不住想起昨天傍晚她走到光升陶器店门口的时候，夕阳的光照就是以这样的方式打在她的身上，她感受到一丝暖意的同时，就发现店门已经紧闭，她抬起手，想敲门，却又放弃了，而是转而从大衣口袋里掏出一支勃朗宁手枪，上了膛，再塞回口袋。之后她从头上摘下一枚发夹，抽出一根细长的发针伸进锁孔，三两下就打开了门锁。

　　等到她推开门，踏上楼梯时，她一抬头，就看到纪国明正在楼梯口看着她，她突然就露出了一个微笑，说："还记得我吗？"

　　纪国明有点怀疑地看着她，于是她就扭头看了一眼，说："楼下门没关，我听见楼上有声音，就自己上来了，吓到你了，对不起。"

　　"没关系，我只是太意外了。"纪国明随后说。而邱映霞却已经望见了纪国明身后的杨明远和小钟，她说："不请我进去坐坐？"

　　纪国明好像这才反应过来一样，引着她走进了房间，并且把杨明远和小钟都支走了，但是她却在那时敏锐地注意到，之前被小钟挡住的地板上，有一只旧电子管。纪国明不知道她已经看见了电子管，连忙将她引到了离电子管稍远的一张沙发上，说："你坐。"

　　看着她在沙发上坐下来，并且将脖子上的围巾摘了下来，他说："这些年，你还好吗？"

　　"什么是好，什么是不好？"她摘完围巾就抬起头盯着纪国明的眼睛问。

　　"这年头，活着就是好。"

　　"那我不算好。"

　　纪国明不知道她这一句是玩笑还是什么，顿时愣在了那里，她却突然笑了，说："逗你的，你以前不是挺爱开玩笑的吗？"

　　纪国明明显有些尴尬，说："是啊，也许是年龄增长了吧，人就慢慢变了。就比如以前总是一腔热血，为了民族救亡，可以抛下一切，现在觉得开一家小店，过过太平日子，也挺好。"

　　"当年的你，可是个理想主义者，你总对我说，会有一种伟大的信仰，带领着中国摆脱苦难，走向光明。后来我还想，你会不会是共产党呢？"说

完这句话时她不经意瞥向了纪国明的脚边,而那电子管还有一半露在外面,然后她又说:"你真觉得一个人会变吗?"

"你指什么?"纪国明问。

"信仰。"说完她停顿了一下,才接着说:"或者感情……我觉得是不会变的。"

纪国明没有回答她,只是看着她的眼睛。于是她就岔开了话题,说:"你……还是一个人?"

"抗战胜利后,我结婚了。"

接下来是可以预料的一阵令人难安的沉默,她怕纪国明会看出她眼里的难过,于是缓缓站起身,走到窗边背对着他,说:"是吗?那……夫人呢?"

"她……在家带孩子。"

她拉窗帘的手突然抖了一下,为了不被纪国明发现,她选择推开了窗,寒风一下子就灌进来吹动了她的发梢,她说:"这样啊。"然后深吸了一口外面的空气,说:"十月的重庆,满城都是桂花香,正如你当年说的,我喜欢上了这座城市。"

而在她背后的纪国明已经趁这个机会,弯下腰用手将电子管彻底塞进沙发下面,然后他定了定神,也走到了她身边,说:"这些年你一直在重庆?"

她望着窗外已经黑下来的天幕,说:"是啊,毕业后,我找了份文职工作,工作至今。"

"映霞……对不起。"纪国明在这时突然说。

她就转过头问他,"对不起什么?"

但是昨天等到离开时她也没有等到纪国明的回答,所以当她独自在夜晚的小巷中穿行的时候,她突然停下脚步,僵立了片刻过后,掏出了口袋里的枪,她已经下定了决心。但是她正要转身的时刻,身后突然响起纪国明的声音,他在呼唤她:"映霞。"

而她手里有枪,她没法回头,或者说,回头就只能开枪了。所以她只能站着,听着纪国明的脚步声渐近。"你的围巾忘了。"纪国明已经走到了她的背后,将围巾搭在了她的脖子上,说:"天冷了,不要受凉了。"

她没有动,纪国明却在他的背后继续说:"明天,我想去华岩寺看丹桂花。"

说完,纪国明就走了。而她最终也没有勇气转身,等到她不知不觉走到了一处地势稍高的小山坡,回头时恰好望见光升陶器店二楼的窗口还亮着灯,微风吹拂起窗帘,她看到纪国明走到写字台前,将手中拿着的几支丹桂花插进他从书架上拿下的一只花瓶里,而她认出,那只花瓶正是当年纪国明帮她一同完成的那只。

于是她像是瞬间明白了什么,快速赶回了保密局,在接到老汤那通电话,并且听到老汤在电话里对她说你认识纪国明,你可以想办法把他引出来后,她像是终于下定了决心,说:"老汤,你是相信我的,是吗?"

"当然。"老汤的声音从电话那头传过来。

"好,我现在要办一件非常紧急的事,十五分钟后,你再打电话给我。"

挂完电话,她的神情紧张而又凝重,但是她快速起身掏出钥匙,打开身后的一只立柜。从立柜内取出一只发报机置于办公桌上,迅速接通电源,戴上耳机,调拨频率。等到她发报完成,摘下耳机的时候,电话铃再次响起,在电话那端,老汤问她:"邱科长,接下来我们怎么办?"

"我需要你帮我找一个安全的地方,将纪国明暂时安置在那里。而且纪国明马上会去华岩寺,你去接他。"

老汤听着已经有些结巴了,但她并没有任何迟疑,说:"老汤,你仔细听着,接下来我们要做的,是背叛保密局、背叛党国、背叛我们信仰的事情,但我相信,而且越来越深信,这么做是正确的,对我、对你,对重庆,对中国,都是正确的。"

老汤在电话那头沉默了一会儿,说:"说实话,我是无所谓,要是真去了台湾,那么个弹丸之地,僧多粥少,我也没的混。我是替你可惜,以你的技术和才华,前途还是一片光明的。"

"去了台湾又能怎样?现局成败,已成定数,将来也是如此,什么反攻大陆,都是痴人说梦。党内的腐化堕落早已让人绝望,神化党魁,打压异己,贪污腐败,鸡鸣狗盗,一个军人,有数不尽的资产,有几房姨太太,

他能打好仗吗？三反运动搞了，打虎运动也搞了，喊声震天，腐败却愈演愈烈，这个党的精神早已被掏空，党政军都已不可救药。现在兵败如山倒，却要我们摧毁城市，烧毁民房，甚至屠戮百姓，这与当年倭寇所为又有何异？如果还想复兴民族，唯有舍弃现有的基业，我们做不到的，不如让共产党来做吧。"

"映霞，你一向都知道，这么些年来，你说什么我都是听你的。既然这样，无论多凶险，我们一起走吧。"老汤似乎也受到了她的鼓励。

"你先走，我争取在这里再留一段时间。"

"为什么？"老汤问。

"我们里应外合，这样把握更大一些。"

"但谢冬天已经很怀疑你了。我很担心你的处境……"

"我把责任都推给你，他一时也没什么办法。"

最后在电话里跟老汤说完保重以后，她挂断了电话，但是却突然一惊，那只花瓶还在光升陶器店，于是她又快速返回店里，轻轻推开门，空荡荡的店堂映入眼帘，但是等她穿过店堂往楼上去，陈浅竟然站在门口。于是她没了办法。在陈浅接受完第一次审讯的时候，她在办公室里沉思了一会儿，然后她就来到了陈浅家门口，看到陈浅的外婆打开门，一脸紧张地问："你……你是谁？你找谁？"的时候，她对外婆露出了微笑，然后在陪同陈浅外婆端着一大盘辣子鸡穿过羁押室的走廊的时候，她趁着陈浅外婆紧张地东张西望之时，将一只油纸包塞进了辣子鸡下面……

但是在她回忆着这些的同时，陈浅正缓慢地走在保密局西南特区的走廊上，他的脑子里忍不住浮现邱映霞将要离开审讯室之前，她最后望向自己的眼神，而那一眼所包含的千言万语，只有他们懂得。因为昨晚在外婆走后，他站到羁押室的墙角，掏出了口袋里的油纸包打开，里面是一张字条，上面写满了字：

陈浅，以我对你的了解，你应该猜到我会联系你吧。应该说，今天你的戏演得不错，但更让我敬佩的是，你明明已经在怀疑我，却依然扛住了酷刑而一个字都没说。我想你已经意识到，我对你所做的一切，审讯也好，电刑也罢，都是另有目的。虽然你不清楚我的目的到底是什么，但你能确信，这是我对你的试探和考验。你过关了，但一切才刚刚开始。

　　陈浅，在陶器店遇见你的那一刻我就明白，你也是想做和我同样的事情。但谢冬天已经赶到了，那种情况下我只能先将你抓捕。我想你也清楚，即使你再能言善辩，也无法洗清自己的嫌疑。还记得我曾对你说过的话吗，当一名间谍被怀疑的时候，他就已经死了。如果你还想要死而复生，想要完成你的潜伏任务，只有唯一的办法，就是出现一个比你嫌疑更大的人。而这个人，就是我。

　　我也许不太懂你们的信仰，你们的主义，但我相信纪国明，也相信你，两个我最相信的人的选择，我想是不会有错的。不过，怎么找到我才是潜伏中共的证据，还得靠你自己，这也算是我对你最后一次测试吧。如果你赢了，你也不用为我担心，我有办法能逃脱。

　　陈浅最后终于走回了自己的办公室，他关上门，倚门而立，紧咬着嘴唇轻轻说了一句："谢谢你，邱科长。"

第三十三章

　　谢冬天是在一处小山坡上找到被邱映霞挟持的关永山的，而那时关永山正站在山坡上眺望着远方，突然他说："重庆，多么壮阔的一座城市，我还是舍不得啊。"

　　关永山那天其实也没有想到，等到他把车子开到一处人烟稀少的路旁时，邱映霞却一拉车门，说："好，你可以下车了。"

　　这让他感到有点错愕，但是他却突然想起了就在两天前，当他向邱映霞提起他们即将炸毁重庆城的计划时，她就站在自己的面前说，我对党国永远是忠心不二的，而现在居然就是这个人挟持了自己，于是他说："连你也投了共产党，从此以后，我还能相信谁？"

　　"关处，关副区长，我一直以来的领导，你说得好像这么些年你曾相信过谁似的。其实，当你可以无条件地相信一个人，是件很幸福的事，可惜关副区长是体会不到了。"说完邱映霞就再次说，"好了，下车吧。"

　　后来关永山一回头，看到陈浅也在，于是他走到陈浅面前拍了拍他的肩，说："陈浅，我们错怪了你，搞了这么出乌龙，羞愧啊。"

　　"关副区长，看您说的，要没有这一回的披沙拣金、去伪存真，我们也不值得您这么信任啊。"

　　关永山于是点了点头，谢冬天却在一旁提出，他已经下令，全城搜捕邱映霞的下落，一定要将她绳之以法。关永山却摆了摆手，说："别找了，你们没有这个本事……"

　　谢冬天一下子就僵住了，而关永山继续说："不过有人有。"

　　当关永山将车开到路旁的时候，邱映霞忍不住回头望了一眼，那里已经望不见保密局的所在,并且跟着他们的车也被甩得没了踪影,就好像把她的整个前半生的岁月都甩下了一样,但是她却觉得步履前所未有的轻松。

在放走关永山后,她就来到了七星岗,换了一件长风衣,宽檐帽再加上墨镜,几乎换了一个人。可是等到她打算赶往一片民房的时候,她感觉到身后似乎有一双眼睛在盯着她。等她决定放弃前往那一片民房,沿着马路继续前行的时候,她却在街上遇到了吴若男,吴若男一路小跑穿过街,冲过来直接抱住了她,说:"邱科长,真是你啊?没想到吧,我今天才回来,你是我见到的第一个老熟人。"

说着吴若男就直接挽起她的胳膊,又说:"我都想死重庆的美味了,老火锅、小面、水煮鱼、红油抄手、冷锅串串、冰粉凉虾……数都数不过来。你知道七星岗新开的九门饭馆吗,说是生意可火爆了,我一下船,就直接跑过来了,正愁没人陪我呢,你必须陪我一起去。"

邱映霞犹豫了一下,吴若男却开始撒起娇来,说:"别犹豫了,我一个人吃多没劲啊,去嘛去嘛!"

邱映霞抵挡不住她的热情,随即就决定跟她一块去,可是马上她又发现吴若男才下火车,怎么没有行李,吴若男立即说:"行李啊,我找了几个棒棒,直接送我家里去了。这世上唯有美食与真爱不可辜负,既然我找不到真爱,就只剩美食了,哈哈。"

"你还找不到真爱……"

随后她们就一边聊天一边朝着九门饭馆走去,到了店里点完菜,邱映霞看着吴若男,微笑着说:"你真是一点都没变。"

"是吗?也许变了呢,只是你没看出来。"说着吴若男眨巴着眼睛看着邱映霞。

邱映霞就盯着吴若男看了一眼,而吴若男却已经把话题转移到陈浅身上去了,于是她就说:"以前你曾对我说,想做真正的自己,这几年,你做回真正的自己了吗?"

吴若男歪着头,略微想了想,说:"我的梦想没有变,就是与陈浅并肩战斗,共同进退。"

这时伙计已经开始上菜了,邱映霞在这时候去了一趟卫生间,等到她

从卫生间回来的时候，吴若男已经在大快朵颐，说："邱科长，这水煮鱼太香了，我实在忍不住就先吃起来了。不好意思，先吃为敬。"

邱映霞仍然面带微笑，嘴上却说："战火就要蔓延到重庆了，你怎么会这个时候回来啊？"

吴若男嘴里还嚼着，含混不清地说："那我什么时候回来，难道等重庆沦陷了？到时候整个重庆一片火海，如人间地狱一般，我还回来干什么？"

"谁跟你说重庆会变成人间地狱？"

"我父亲，老蔡。抗战前我父亲就跟共产党打仗了，这几年一直跟随着胡宗南转战西北各地，这种事情父亲见得多了，赤匪所经之地，杀戮焚烧、强抢奸淫无恶不作，还要共产共妻呢。"吴若男还在嚼着，似乎一副很无所谓的样子。

"这些你是亲眼所见吗？左眼还是右眼？"

"父亲委任我当他的机要秘书，我虽没有上过战场，但这些都是父亲亲口告诉我的，我当然相信。"

邱映霞看着吴若男，沉默一会儿，又问："你这次回来，有什么安排吗？"

"拯救重庆，义不容辞。"

"川东战场，宋希濂的部队已经一败涂地，还怎么拯救重庆？"

"重庆是党国的重庆，如果真的落入共产党手中，那不如玉石俱焚，别说是飞机坦克武器弹药，哪怕是一间厂一辆车一根钉子一粒米，都不能留下，这就是拯救重庆。"

邱映霞看着眼前吴若男，的确感觉到很陌生，吴若男这时却停下了筷子，说："邱科长，你今天好像胃口不好啊？"

还没等邱映霞回答，吴若男又说："你听说了吗，保密局西南特区内部也有共产党。我听说这名共产党不仅窃取情报，还试图栽赃给陈浅。陈浅是要与我并肩战斗的，他居然污蔑陈浅是共产党，你说这人是不是很可恶？是不是该杀？"

吴若男说着目光如电地注视着邱映霞，而邱映霞却注意到不远处的一桌上有两个特务——雷子和杜三正在监视着她。邱映霞心里有数了，说：

"原来你带我来这里，是有预谋的？"

吴若男却在这时绽放了一个灿烂的笑容，说："当然有预谋，为了这水煮鱼啊。"

邱映霞盯着吴若男的笑容，突然觉得很像一朵腐烂的空心的向日葵花盘，于是她就直接问："老汤是你杀的？"

原来刚才邱映霞去卫生间的时候，突然发现隔壁男洗手间门口有一样发亮的东西，捡起一看，是一支已经裂开了的钢笔。她猛然想起老汤曾从上衣口袋掏出过一支钢笔，与这支一模一样，于是她瞥了眼男洗手间，里面并没有人，她走了进去。等她推开第三间隔间的门时，她的瞳孔顿时放大，因为她看到老汤瞪大眼睛瘫坐在那里，鲜血从嘴巴和鼻子里流出，已经被人杀死了。

"邱科长，以前我觉得你总是能把我看透，看来今天你让我失望了，是我成长了，还是你没有长进呢？"吴若男的语气很轻飘。

邱映霞已经腾地站起，拔枪指向吴若男，说："吴若男，你变了。"

"你也变了呀，谁会想到对党国一向恪守忠诚的邱科长，竟然变成了叛徒，成了共产党？"

"老汤到底是不是你杀的？！"

"其实你绑架关副区长之后，我就一直跟踪着你，不过你还是警惕心很强，想通过你找到纪国明，看来是不可能了，所以我让我的人先埋伏到这里，抓不到纪国明，但你肯定是跑不掉了。"说着吴若男拿起餐巾擦了擦嘴，又说："老汤嘛，是他自己倒霉，他要不是跟踪了雷子和杜三，也不至于送命。"

"信不信我杀了你？"

"邱科长，您是我最敬佩的人，对我也一直关爱有加，您忍心对我下手吗？"吴若男依然坐在座位上，冲她嫣然一笑。

而饭馆里，雷子和杜三也拔枪指向了邱映霞，食客们见状，纷纷丢了碗筷奔逃，正在僵持不下时，邱映霞眼角的余光却突然瞥到一个被往下奔逃的食客堵在了楼梯上的身影，竟是纪国明。邱映霞当机立断，扣下扳机，咔嗒一声，却是空枪。吴若男却笑了，说："邱科长，你真是退步了。"

然后吴若男就伸手从口袋里掏出几枚子弹，手一松，子弹落到桌面。邱映霞意识到刚才在七星岗附近，吴若男跑过来抱住她是另有企图，因为那时吴若男就已经趁她不备，伸手从她的口袋中摸出了枪，然后背在她身后双手麻利地卸了枪里的子弹，然后借机将枪又塞回她口袋。

饭馆的局势是瞬息万变的，邱映霞此时已经注意到纪国明终于挤出一条路，到了二楼大厅，他一眼就看到了自己，在这电光火石间，邱映霞向他递了个快走的眼神。而吴若男已经敏锐捕捉到邱映霞眼中的动作，正要回头，邱映霞却已经抓起筷子，向她双眼猛戳过去。吴若男灵巧地一闪身，筷子刺了个空。

雷子和杜三见状也不敢怠慢，立即向邱映霞开枪，但邱映霞早有防备，身子一低，子弹从她头顶飞过。纪国明却并没有离开，他拔出枪想要帮助邱映霞，但混乱的人群还未散尽，挡住了纪国明的枪口。而吴若男眼疾手快也拔出了枪，向邱映霞开火，邱映霞这次没能再避开，胸口中了一枪，不过她捂着受伤的胸口在地上挪动，想往窗口逃去。

雷子和杜三就赶紧冲上前，可是在他们要开枪的时候，纪国明终于赶上来，开枪击中了他们二人，然后他立即向邱映霞跑过去，并将她抱起，在吴若男接二连三射出的子弹中闪躲到大厅内一根圆柱后。

邱映霞躺在纪国明怀中，她的血流不止，脸色也越来越苍白，她说："你为什么不走？……"

"我会走的，但我要带上你一起走。"

说着纪国明继续举枪对吴若男进行还击，子弹在大厅里呼啸往来，而大厅里的碗碟桌椅的碎片也被打得四处飞溅，突然纪国明发现枪里已经没有子弹了，邱映霞明白他们已陷入绝境，颤抖着向纪国明伸出了手，泪水也从她的眼角滑落，她说："对不起……是我害了你。"

纪国明却紧紧地握住了她的手，"不，是你救了我，得知你站到我们这一边的时候，是我此生最开心最激动的瞬间，我死而无憾了。"

而这时吴若男已经从地面镜子的碎片中，查看到了圆柱后面的情况，她换了弹匣端着枪向圆柱逼近。但是邱映霞却在费尽全身力气，对着纪国明说出一句"我也是……"之后，就在他怀里没有了呼吸，纪国明心痛到无以复加，但他知道自己没有时间了，于是他俯下身，轻轻吻了一下她的额头，就从地上捡起一根断了的桌腿，准备做最后一搏。

吴若男还在逼近。突然她的身后响起连续的枪声，她的肩膀被一颗子弹擦过，手一哆嗦，枪掉落在地。她回头望去，一个用围巾蒙住了脸的女人正站在楼梯口向她开枪，这个女人有一双漂亮而又锐利的眼睛，在她们四目相交的瞬间，吴若男捂着受伤的肩膀，重新躲进了之前隐蔽的地方。

而围巾女人就冲到窗前，一脚踢开窗户，然后示意纪国明跳窗，纪国明无暇多想，抱起邱映霞跃下，迅速钻进了黄包车内，而她自己继续用枪火压制吴若男。

等吴若男听到枪声停了，捡起枪冲出隐蔽区，围巾女人已经不见了踪影，而她到窗前往下看，黄包车也已经远去了。

吴若男发泄似的对着黄包车消失的方向开了几枪，懊恼不已。

纪国明抱着邱映霞渐渐冰冷的身体，一步一步地朝着华岩寺的方向走去，而丹桂也开得越来越繁盛，花香将他们紧紧包裹住，他曾记得邱映霞亲昵地把头靠在他的肩上，他对她说："秋天了，华岩寺的丹桂就要开了。"

邱映霞就点了点头，说："嗯，到时候我们一起去看。"

现在他对着怀里双目紧闭的邱映霞喃喃地说："我带你来看了，你醒醒啊……"可是怀里的邱映霞已经没有任何反应。那天纪国明抱着邱映霞的尸体一个人哭了很久，哭到没有眼泪了，他才把她交到一个友人的手里，让他帮助自己去处理邱映霞的后事，随后他回到那片民宅，房间里的那个戴着围巾的女人见到他回来，立即就站了起来，而小钟连忙在一旁介绍："纪书记，这位就是春羊同志。"

纪国明于是伸手与她相握，说："你好，春羊同志，今天多亏你了。"寒暄过后，他发现杨明远并不在屋子里，旋即他就说："我们的一位同志犯了错误，没有及时撤换光升陶器店的安全接头标记，我一直担心你，后来到底发生了什么？"

如果要搞清楚发生了什么，时间可能要倒回到今天早上，那时候纪国明、杨明远还有小钟刚刚经历过昨夜的一切，三人在一起席地而坐，一夜

未睡。突然小钟走到窗前，将窗帘拉开一条缝向外看，说："观察了一整夜了，这里应该是安全的。"

纪国明于是说："今天上午我还有任务，要与一位成都来的同志接头，陶器店暴露了，我只能去备用地点了。"

杨明远一听，却突然脸色唰一下白了，说："糟了！撤离的时候，我留下来销毁文件，但文件实在太多了，我就忘记把窗台上的棕色陶罐换成红色陶罐了……"

纪国明一下子惊了，因为来接头的同志只有看见红色陶罐的警示，才知道发生了意外，前往备用地点接头。如果他看到的是棕色陶罐，就会以为一切正常，而敌人可能已在店里布下了埋伏。杨明远为此感到忧心忡忡，正不知道该怎么办的时候，纪国明想了一下，决定自己回去一趟，杨明远却一咬牙决定自己回去，因为他觉得之前超时发报导致电台暴露，就是他犯下的错误，他要利用这次机会将功补过。

最后纪国明通过层层考虑后，还是决定将这项任务交给杨明远。但是等杨明远乔装靠近光升陶器店时，他猛然发现陶器店的门是开着的，他心里一惊，再往二楼望去，发现有一个人影站在露出缝隙的窗帘后，那个人正是西南特区的特务小方，杨明远连忙一低头，加快刚刚放缓的脚步，迅速离开了。但是在二楼的小方已经注意到他，于是对着房间里的另一个特务阿山说："对了，根据邻居描述绘制的那几名共产党的画像呢？"

就在阿山去拿画像之际，春羊注意到二楼窗口的棕色陶罐，她放心走进了店里，可是当春羊问出自称是店老板的小方接头暗号："我想要青花瓷的天使风铃。"时，小方愣了一下，春羊立即意识到情况不对，她转身就要往门口走去，可是小方见状却抢先几步拦在了门口，说："等一下，我有话要问你……"

就在那时，杨明远在外面开枪打碎了那个陶罐，突如其来的枪声和陶罐碎裂的声音，把小方吓了一跳，让春羊找到机会绕开他，快速离开。等到春羊走到巷子里，杨明远的身影就从一旁闪出，与她并肩疾行，杨明远边走边问："姑娘，你是去陶器店买东西吗？"

春羊愣了一下，很快回答："我想要青花瓷的天使风铃。"

"青花瓷的没有，有一种云母石的，就是价格贵一些。"

春羊意识到杨明远就是与她来接头的同志，而杨明远却回头望见正追来的小方和阿山，抓起她的手就跑，可是当他们跑进一间破败的旧屋时，杨明远得知店里的人看见了春羊的样子，于是杨明远又独自返回了，但是在悄悄靠近小方和阿山的时候，他不慎踩到一块瓦片，弄出声响，被小方和阿山发现，反被他们抓住，杨明远于是只得将计就计假意叛变，将小方和阿山引到春羊的藏身地点，阿山用枪口顶了顶杨明远的太阳穴，杨明远只得对着废旧的破屋内喊了一声："同志，我回来了。"

可是当小方和阿山跟着杨明远走进破屋后，屋内立即响起一片密集的枪声，随后两条鲜红的血液沿着地面缓缓流淌，而春羊和杨明远手中持枪，依然对着地上已经不动了的小方和阿山。原来在杨明远喊那一声的时候，春羊已经明白出事了，于是她在杨明远推开门的瞬间，把一把枪直接扔给杨明远，然后两个人同时出手，将小方和阿山击毙。

看着地上小方和阿山的尸体，杨明远说："纪书记特地交代，决不能让保密局的人看到你的模样，这关系到你接下来的任务，这两个家伙见过你的脸，那只有死路一条了。"

但春羊还是不放心，上前检查他们的尸体，而小方是趴着倒在地上的，春羊用手将他身体翻过来。杨明远突然觉得小方插在怀里的一只手有些不自然，继而他马上发现，小方怀里露出的是枪把的一角，小方这时突然睁开眼，杨明远心里一惊，立即一个飞身过去推开春羊，但是小方射出的子弹却击穿了他的身体。

被扑到一边的春羊立即对小方补了一枪，而杨明远跟跄了几步后，栽倒在地上，春羊连忙从衣服上扯下一块布，想捂住杨明远的伤口，但鲜血却仿佛是漏了的水囊，从杨明远的身体里一直往外淌，最后春羊只听到杨明远说了一句："要不是我的错误，你根本不会遭遇这些危险，作为一名地下工作者，我不够优秀，我犯了很多错误……"

春羊于是赶紧拉住了杨明远的手，说："不，你很优秀，而且机智勇敢。"但是她的话才说完，杨明远的手已经无力地垂下，停止了呼吸。

纪国明听完这些，长叹一声，走到窗边，他又想到之前在杨明远出门

以后，他一直在房间里踱步等待杨明远回来，可是他们却先等来了老汤，老汤一进来就兴奋地说："纪先生，多亏我在保密局还有些交情过硬的朋友，我打听到了，邱科长已经安全脱身。她应该很快会来这里跟你见面的。"

纪国明也在心里暗自开心，他没想到最后救了他们的人，会是她。

而老汤在跟他们寒暄了一阵后，发现他们都还没吃早饭，就决定出去到九门饭店给他们买一些包子，但是老汤刚排好队，就忽然发现街对面有两个正穿街而过的身影似曾相识，仔细一看，吓得老汤连忙低下了头。这两人正是西南特区的特务雷子和杜三。看着他们向九门饭店走来，老汤紧张得大气不敢出，但他们并没有发现老汤，直接从他身边经过了，但是老汤却听见雷子的一句话："九门饭店到了，我们就埋伏在这儿……"

一个钟头过去了，纪国明和小钟还没有等到老汤回来，纪国明就决定出去看看，但是刚走到九门饭店的楼梯口，就发现里面出事了，而他也迅速从奔逃的人流中发现邱映霞持枪站在二楼的大厅里，他不顾她给自己示警，执意上去救她，可是……

最后纪国明掩着面说："没想到我们的任务还没开始，就有多位同志因此而牺牲了。"

春羊也望着外面漆黑如墨的天幕，说："夜色之浓，莫过于黎明前的黑暗。"

"是啊。天就快亮了。"

纪国明说完就从窗前转回身来，他已经恢复正常，他又问春羊："那后来你是怎么会找到九门饭店的？"

春羊于是坐了下来，说："我按着杨明远给我的地址找到这里，刚见到小钟，就听见不远处传来枪声，小钟说一定是九门饭店那边出了状况，我们紧急商讨了一个营救的方案。"

"你很机智，也很勇敢，选择你来执行这个任务，完全正确。"

春羊却突然一脸迷惑，她说："纪书记，我还是不太明白，我的任务到底是什么，为什么不能让保密局的人看到我的样子？"

"你的任务至关重要，你也是我们精挑细选出来的，各方面条件最合适的人选。任务艰巨，任重道远，你要做好一切思想准备，甚至牺牲。"

陈浅走在回家的路上，手里抓着半瓶在天府酒楼没有喝完的红酒，他一仰脖子喝酒的时候，就能想到今天晚上天府酒楼包厢的门打开时，一身旗袍打扮的吴若男笑颜如花地走了进来，然后她在看了他一眼后，径自走到谢冬天旁边的空位上款款坐下，坐下时嘴里还恰到好处地突然发出一声轻叫，然后皱起了眉。这时候关永山就在一旁说："你们不知道，吴若男今天上午才来报到，下午就立了大功一桩，不过她也因此负了伤。邱映霞劫持了我，你们的车追了没多久都被甩掉了，是吴若男一直追踪着邱映霞，并最终将她击毙。"

关永山说得很轻描淡写，陈浅却明白这句话当中到底发生了一些什么，吴若男却依旧笑靥如花地说："可惜还是没能抓住纪国明，要不然这拉菲，还能喝得更加芬芳。"

陈浅就在这时偷望了吴若男一眼，这个他曾那么熟悉，现在又如此陌生的女人。但是吴若男整晚都当陈浅不存在似的，一直与谢冬天相谈甚欢，视线始终没往他这边看，直到结束的时候，陈浅才看到吴若男朝他这里望了一眼，然后快速转开了视线，豪情万丈地说："我准备好了，为涅槃计划竭尽心力。这是一个英雄的任务，而我吴若男心里，只装得下英雄。"

走着，想着，他忽然听到背后有脚步声靠近，他先是一惊，但很快听出了是谁。于是他找了处台阶坐了下来，然后又晃了晃瓶子后，仰起脖子再喝了一口。

"还没喝够啊？"是吴若男的声音。

"这瓶拉菲，抵得了码头上棒棒半年的工钱了，浪费了多可惜。"

吴若男不屑地望了他一眼，说："刚才的接风宴，我一直没怎么理你，你是不是不高兴了？"

陈浅没回答她，吴若男却接着说："可是你也没理我呀？"

陈浅却只是斜着眼睛看了吴若男一会儿，说："我觉得你跟以前不一样了，一时不知道说什么。沉默是金。"

"怎么不一样了，就因为我杀了邱科长？"吴若男的话就像长江里升起

来一缕雾气一样,风吹一吹就散了。

陈浅突然觉得自己心很痛,于是他说:"杀了她,你就不会难过吗?"

"她现在是共产党,还陷害了你,她罪该万死,我向她开枪时没有丝毫犹豫。"

陈浅于是又喝了一口酒,半响才出声说了一句:"你说得对。"

吴若男看着陈浅这一副颓废的样子,却突然觉得有点气愤,于是她走过去一把夺过陈浅手里的酒瓶,狠狠往地上一砸,说:"蹭半瓶剩下的红酒,一个人偷偷喝两口就满足了,这还是原来的你吗?你变了,我不喜欢现在的你。扭扭捏捏,小里小气,磨磨蹭蹭,完全没有从前的明亮,干练,智勇双全。"

"我就混个闲职,懒散惯了。再说年龄变了,人总是会随着变的。你看,你也变了。"陈浅一副不服气似的样子。

"我是变了,因为我知道,要配得上当年那位刺杀井田的英雄,应该是什么样的女人。而你呢,变成什么样了?"

吴若男说完看着陈浅,而陈浅并没有什么太大的反应,反而说:"我这样挺好的啊,大厦将倾,快活一天是一天。我真想唱个歌,夜上海……夜上海……"她于是突然拉起陈浅的手站了起来说:"走,我想去你家看看。"

但是到了陈浅家,吴若男并没有变得更开心,因为陈浅外婆盯着她,脸上笑开了花,却并没有认出她,于是她说:"外婆,你再想想,使劲想想,一定能想出我的名字。"

外婆眨巴着眼睛,说:"我晓得咯,你就是这个臭小子晚上做梦时喊的那个名字,春……"陈浅却在这时及时打断外婆,让她早点去睡觉,外婆离开的时候,嘟嘟囔囔地说:"我又没得说错,是春……春啥子?"

吴若男瞪着陈浅,"春羊,对吧?她现在怎么样了?"

"她……死了。"

吴若男起先很惊讶,但是沉默了一会儿,她明白了,陈浅之所以变成现在这样,不思进取,没有理想,混日子,真正的原因是她死了。然而陈浅却只是无所谓地笑了一下。

吴若男于是盯着陈浅,"你知道吗,我这次回来其实还有另外一个原因。"

"什么原因？"

"为了你，我想帮你。"

"我可不需要你帮。"

"不，你需要。我跟关副区长谈过，他其实很欣赏你，并且想通过你来打压野心太大的谢冬天。所以我要唤醒你。把你变回来，变成以前那个无所不能的'吕布'。"说着吴若男还踮起了脚，凑到陈浅耳边，"我要让你知道，能改变你的人，不是春羊，而是我。"

吴若男说完，就在陈浅脸颊上吻了一下，陈浅愣愣地站在那里，不知道该作何反应，任凭夜风吹拂着他，等到夜风把他吹得一阵发冷的时候，他发现吴若男早已经离开了。于是他换了一身衣服，朝着江边走去，而纪国明正站在那里等着他，望着眼前滔滔的江水，纪国明忽然说："逝水不回，但有些名字，我们不能忘记啊。"

"是，新中国会永远铭记。"陈浅也望着那滚滚而去的江水说道。

这时纪国明把身体转向了他，对他说："我已经暴露了，不能再做你的上级，组织会安排一名新的上级负责与你联络。"

陈浅看着他，纪国明又接着说："你上次给出的情报非常重要，我们调查过了，那个爆破专家魏敏德是汉中特训班出身，后来在军统西北特侦站任技术专员，因为与站长程慕颐闹翻而负气出走，之后一直下落不明，没想到与关永山还有联系。"

"按电报中所说，魏敏德已经绘制完了关永山所负责的五处目标的爆破方案。"

"你的任务，就是拿到爆破方案。但你的身份安全依然是最重要的，如果没有机会，不要冒险，我们还有后备方案。"

"什么后备方案？"

第三十四章

第二天，面对吴若男，陈浅很真挚地说："你要接的这位，可是全国最顶尖的爆破专家，他可是掌握了涅槃计划命脉的啊，这个立功的机会，能不能让给我？我想借机跟他拉近下关系，因为我想了下，你昨天说得很对，我不能再这么不思进取了，要不然去台湾的名额我都轮不到了。"吴若男听后激动地抱住了陈浅，说："我熟悉的那个陈浅，终于要回来了。"

不过她如果知道陈浅已经事先叫周左等在金陵大酒店，等魏敏德放下行李后，他会带魏敏德到餐厅，然后周左借机进入魏敏德房间的话，她估计不会让陈浅去，但是吴若男已经被开心冲昏了头脑，她立即就答应了陈浅。

所以当魏敏德从白市驿机场的乘客通道里走出来的时候，他第一眼见到的人就是陈浅，陈浅领着他一直到了金陵大酒店，但是一路上魏敏德都是皮箱不离手，并且到了金陵大酒店的房间门口的时候，魏敏德并没有像陈浅想象的那样，放下行李下去就餐，而是对他摇了摇头，说："不了，我有些累了，想休息一会儿。"

说完他就打开房门，走进去将皮箱放到了床边，然后摘下礼帽，脱下风衣，走到一张靠窗的沙发上坐了下来，点了支烟。但在缓缓吐出一股青烟后，他看到沙发旁的茶几上有一份报纸，首页上的大幅广告吸引了他的注意。不一会儿，陈浅在楼底下的咖啡厅就看到电梯门打开，魏敏德从里面走了出来，陈浅赶紧迎上去，说："魏先生，您没休息啊？"

魏敏德微微一笑，指了指手中报纸上的赌场广告，说："玩一会儿。"

陈浅顿时一副心领神会的样子，实际上周左之前就担忧过，如果魏敏德不去餐厅怎么办？那这样他就没机会进入房间了。而陈浅却一副胸有成竹的样子，因为他们已经调查过，魏敏德是一个非常无趣枯燥的人，只有一个爱好——赌博。所以这份报纸是他们事先准备好，放在魏敏德房间的。

于是趁着魏敏德在赌场玩乐的空隙，周左偷偷潜入了魏敏德的房间，他把听诊器按在保险柜上，耐心地拨试着密码，在经过长久地转动着刻度盘后，他终于听到了第三声咔嗒，然后他快速收起听诊器，打开保险柜门，可是他却霎时傻眼了，因为保险柜里什么都没有。

周左还是不死心，他把手伸进保险柜摸了又摸，依然空无一物，他开始有点慌了，心想：怎么回事？没放进保险柜？于是他就环顾了一眼房间，看见床边的那只皮箱，难道还在皮箱里？他又想。然后就几步到皮箱前单膝跪下，从口袋里掏出一根细铁丝插进锁孔，捣鼓了几下打开了皮箱，但是里面多是些衣物、书和日用品。周左于是又把皮箱里里外外翻了一遍，还是没有找到任何文件类的东西，这把他急得额头上直冒汗。

突然，门口就传来开锁的声音，随后一个拿着公文包的男子推开门走了进来，但是他看见房间里一切如常。于是他放下公文包，走到卫生间门口，可是他抓住门把手，门却无法打开。他有些奇怪，手上加了把劲，还是打不开。

而在卫生间内，周左正抓着另一侧的门把手，脚尖死死抵住门的下沿。年轻男子透过底部门缝，注意到里面似有影子晃了一下，他更加疑惑了，蹲下身准备查看。

忽然，外面却传来了敲门声，年轻男子只得先去开了门，门口站着一个女子，她向他微笑了一下说："先生，你好。我是612房间的，可以请你到我房间，帮我个忙吗？"

年轻男子往屋子里望了一眼，没有任何异样，他扭回头，说："当然可以。"

随后卫生间里的周左就听到一声关门声，他这才长舒一口气，擦了擦满头的汗，然后他就赶紧从房间出来，往北极星赌场赶去。

魏敏德的面前堆满了筹码，他全神贯注，兴致盎然。陈浅于是找到机会坐到了周左身旁，两人目不斜视着对话。

"怎么样？"

"没找到，保险柜和箱子里都没有。"

陈浅感到有点失望，但还是说："我们的任务到此为止，你赶紧离开这里。"

周左于是站起身，突然他又坐了下来，说："对了，刚才我听见一个女人说话的声音，有点……"

"有点什么？"

周左摇了摇头，说："算了算了，不可能不可能。"

陈浅站在车旁，一边抽着烟，一边看着天色渐渐暗下来，等到路两旁的街灯逐一亮起的时候，魏德敏终于提着皮箱从酒店里走了出来，而跟在身后的还有刚才周左在房间里碰到的那名年轻人。

陈浅丢了烟，走向他们。魏敏德立即向陈浅介绍："这位是我的助理，骆国栋，这位是陈科长。"

之后是由陈浅开车，直接朝着关永山的别墅驶去，但是在车上，陈浅才知道西北特侦站曾办过一期特训班，骆国栋是魏敏德的学生，跟着他学习过弹药工程，不过骆国栋是一位无党派人士，这次是受魏敏德邀请前来协助他。

没过多久，陈浅就将车子驶进了关永山的别墅，可是当他刚迈进别墅庭院的时候，就听到有琴声从客厅飘来，是他熟悉的乐曲《爱的致意》，更让陈浅感到熟悉，或是震惊的，是这弹奏的技法。陈浅不由一阵恍惚，他几乎是两腿发着飘走进了客厅。

而在客厅里，一位着落地长裙的女子正坐在一架黑色三角钢琴前弹奏着，陈浅只能看到她的背影，以及如蝴蝶般在黑白琴键上飞舞的细长手指。

他知道那女子是谁了，但这是不可能的。而演奏恰好就在这时结束，女子缓缓站起，并转过了身，陈浅看着眼前春羊的脸，仿佛被人钉在了那里，感觉自己的心跳都要停止了。骆国栋也认出了这就是她在酒店遇见的那名女子，但那时春羊已经向沙发上还沉浸于音乐中的关太太微微鞠躬，说："姨妈，好久不弹都生疏了，让您见笑了。"

春羊说完，目光就扫过刚走进客厅的几人，她也看见了陈浅，但她的视线在陈浅身上仅有一瞬间的停留，然后她就离开了琴凳，坐到关太太一侧的沙发上，喝了口水，再没看陈浅一眼。

吴若男此时也盯着春羊的眼睛，这让她忍不住想起那个站在楼梯口向她开枪的女人，那个女人有一双漂亮而又锐利的眼睛，让她印象深刻。但是这时她却注意到陈浅望着春羊的眼神有些异样，立即语气有些酸地说："挺好看的，是吗？"

"我是在想，怎么从没听说关太太还有这么一位外甥女啊。"

突然，二楼书房的门打开了，关永山扶着栏杆跑下楼梯，他和魏敏德互相寒暄了许久，这才拉着魏敏德走到沙发那里，说："介绍一下，这位是我太太李琼芳。"然后又视线转向春羊，说："这位呢，是我太太的外甥女，叫余梦寒，之前一直在上海，因为不堪忍受共匪的胡作非为，特地来投奔我们的。"

余梦寒于是向魏敏德微微鞠躬行礼，吴若男这时却走上来，盯着余梦寒的眼睛，说："余小姐弃暗投明，心有所向，值得敬佩啊。"

"也多亏姨父这样的党国精英，守住了大西南这最后一块自由之地。"

这时关太太却突然插了一句，"说来也巧，你们都是昨天抵达重庆的。"

吴若男听了这句心里一动，却并没有动声色，等到关永山觉得寒暄完了，领着魏敏德和骆国栋上了楼以后，她就开始向余梦寒发难，她假装客套地说："余小姐是从上海过来的？"

"是啊，走香港中转到了重庆。"

"那是跟魏先生同一趟飞机？"

"没有，我上午到的。"

"之前我还查了下香港的天气，说这几天都下大雨，我还担心飞机能否正常起飞呢？"

"没有啊，香港这几天都是晴天，航班也都正常。"

"哦，看来这天气预报真是没法信了。对了，余小姐怎么不早点来重庆啊，现在兵荒马乱的，也没的逛没的玩了。"

……

吴若男的问题没完没了，陈浅意识到她是有意盘问，于是打断了她们

的谈话，走过来说："余小姐在上海经常跳舞吧？不知能否邀请你共舞一曲？"

余梦寒没什么反应，陈浅于是自顾自走到了留声机前，挑了一张唱片放进唱盘，优美的旋律流淌而出，他又走回来说："余小姐刚来重庆，怕是还不适应，不过这华灯一起，乐声一响，歌舞升平，是不是一下子又回到上海了？"

余梦寒懂了陈浅的用意，有些矜持地轻点了下头。于是陈浅就弯起胳膊，余梦寒起身挽住他，两人走到了客厅中央。但是陈浅在看到余梦寒把手搭在他肩膀上的时候，看似平静的眼神中，终究还是有一丝藏不住的讶异，这让他更加确信，余梦寒就是春羊。

而在沙发上望着他们的吴若男脸上却顿时露出了疑色，陈浅于是在余梦寒耳边轻轻说了一句，"这是探戈舞曲。"

余梦寒就很自然地将手从肩上移到陈浅的脖子后。随后的时间里，吴若男一直臭着一张脸，视线却一刻都没有离开过在客厅中央翩翩起舞的春羊和陈浅，去端果汁和可乐回来的关太太突然夸张地说："哎哟，都跳起来了，还是你们年轻人会玩。我们老年人，永远都跟不上你们的节奏。"

吴若男端起杯可乐喝了一口，悄声问关太太，"关太太，余小姐突然来重庆，是为什么呀？"

"她呀，想去台湾。"

但是在舞蹈中的陈浅和余梦寒，还始终保持着礼节，没有一丝多余的言语和眼神交流。可在这轻步曼舞中，他们早已经听到了彼此的心声。

一曲跳完，吴若男不服气，拉着陈浅要再跳一曲，陈浅却摆了摆手，说："累了。"

吴若男顿时有些不高兴，"怎么，厚此薄彼？"

陈浅只好重新站到客厅中央，拉起吴若男的手，两人随着音乐声起舞。吴若男有意贴紧了陈浅的身体，余梦寒并没有什么反应，反而是关太太开心地说："这真是年轻人的世界啊。"

吴若男一听就咯咯笑起来，"关太太，当年我和陈浅在米高梅，只要一下舞池，就是全场焦点，都说我们是天造地设的一对呢。"

"我觉得也是，哈哈。"

最终吴若男跳完，拉着陈浅的手，咯咯笑着坐回了沙发。而楼上书房的门在这时打开了，关永山走了出来，吴若男赶紧说："关副区长，我们又蹦又跳的，没影响你们吧？"

关永山笑了，"那倒没有。陈浅，我跟魏先生还要谈一会儿，时间也不早了，你先送梦寒回酒店。"随后他转了一下头，说："梦寒，你来一下，我跟你说几句话。"

余梦寒点点头，就往二楼走去。

陈浅陪着余梦寒走出铁门，向门口停车处走去。但是在陈浅打开车门，余梦寒刚要坐进去的时候，吴若男却从后面跑了上来，喊道："余小姐，等一下。"

陈浅和余梦寒同时回头，陈浅问："怎么了？"

"晚上天气凉，重庆雾气又重，关太太怕余小姐着凉，让我送一条围巾给她。"说着吴若男将一条绒线围巾递到了余梦寒面前。余梦寒猜透了她的用意，她略犹豫了下，但也只好接过围巾。

吴若男见她拿在手里，说："不围上吗？"

余梦寒就笑了下，将围巾围起。陈浅不明白这其中的意味，但隐隐感觉到不对劲，于是对余梦寒说："我们走吧。"

吴若男却突然上前一步，帮余梦寒将围巾裹得更严实些，只露出一双眼睛，说："这样就不会冷了。"

说完吴若男退后一步，盯着余梦寒的眼睛，她意味深长地说："余小姐的眼睛真漂亮。"

余梦寒浅浅一笑，一低身进了车里。等到车子走远，车内的陈浅和余梦寒始终保持着沉默，只有发动机的嗡嗡声在响个不停。

"你是春羊，还是余梦寒？"终于，陈浅选择了开口。

余梦寒却不说话，陈浅就继续说："正如在上升的曙光之前，这一盏油灯变得如此黯淡。"

"祝太阳万岁，黑暗永远隐藏。"

陈浅就立刻激动起来，他扭回头来，说："同志你好，你到底是春羊，还是余梦寒。"

余梦寒看着他，"你说呢？"

陈浅的眼睛一下子就红了，"都不重要，我知道是你，是你就好。"然后他扭回头去继续开车，又说："你知道吗，这些年我经常做同一个梦，梦见我在冰冷的江水中，不停地游啊游啊，我在找你，但江水浑浊，视线模糊，我看不清你在哪里，时间一分一秒地过去，我依然找不到你，然后……我就醒了，每次醒来，都是浑身冰冷。"

"对不起……"

"为什么不告诉我，你还活着。"

余梦寒又没有回答陈浅，陈浅就继续说："我知道这是组织纪律，但是……你哪怕给我一个暗示也好，至少让我不用一次次在冰冷中醒来。"

终于，余梦寒又说："那天……有人救了我。"

"是谁？"

"是你。"

"我记得，那天车子冲进黄浦江以后，我一直被困在车内，身体随着水流浮浮沉沉，最后失去了意识，但是我也不知道过了多长时间，突然感觉水面的方向有什么东西在发出亮光。于是我又睁开了眼睛，努力朝着那一团闪闪的亮光望去，最终那团亮光渐渐清晰，我看清那是漂浮在水中的珍珠发卡。我突然一下就觉得又有了力量，我就用力撞开了车门，向着那发光的方向游去，最后我游出了水面……"

陈浅将车停在了江边一处无人的码头，他听着春羊的话，像江潮一样一层一层在他心上堆叠，他转头看了一眼坐在他身边的春羊，看着她的嘴一翕一合，春羊说："如果不是你把那枚发卡送给我，我想我不会再睁开眼睛了，所以说，是你救了我。"

陈浅发现自己再也忍不住，于是他禁不住俯身，吻住了她，而此时月光洒向江面，波光粼粼，如同他们一样沉溺于这美好的时刻。当江风再次吹拂起来的时候，陈浅又问春羊，"刚才的问题，你还没回答我。为什么不告诉我，你还活着。"

"如果将来有一天，我们能坦然告诉对方，我还活着，我在哪里，在做什么，这不正是我们从事这项事业的意义吗？"

"不，我不仅要知道你还活着，在哪里，在做什么，我还要天天看着你活着，在哪里，在做什么。"

春羊就甜甜地笑了起来，"天天看，也要腻吧。"

陈浅就捧起春羊的脸，说："我看看，会不会腻？"

春羊却在这时握住了陈浅温暖的手，让自己的脸颊贴得更紧一些，陈浅就把额头靠在春羊的额头上，他说："这个余梦寒的身份，是怎么来的？"

"其实余梦寒才是我的本名，春羊是我参加革命后起的化名。"

"所以你真的是关永山的外甥女？"陈浅有些震惊。

"算是远亲吧。"

"你说的那个养母……"关永山把春羊叫上去以后，陈浅其实偷听到了一点他们的对话，在对话的内容中，关永山希望春羊不要把她的养母被杀害的事实告诉自己的老婆李琼芳，因为李琼芳心脏不好，受不了这种消息的刺激。

春羊于是说："我自小父母双亡，养母是我最亲的亲人，也是我信仰的引领者，是关永山亲手杀害了她。"

"所以你以此来要挟关永山？"

"一旦我姨妈知道是关永山杀了她的亲姐姐，绝不会放过他，而关永山这些年贪污腐化，很多证据都在我姨妈手上。"

陈浅有点担心，随即他抬起了头，直视着春羊说："还是太冒险了，一旦关永山反目，他不会放过你的。"

"跟他周旋一段时间，应该问题不大，他对我暂时还没什么防范，接近他获取情报，还是有机会。"

"那你住进金陵大酒店，也是谋划好的？"

因为晚上在关太太说出吴若男和春羊是同一天到达重庆的时候，陈浅听到春羊为了化解吴若男的疑心，同时还说了一句："还有更巧的呢，我跟魏先生都住在金陵大酒店，我跟魏先生的助理还见过面。"那时候陈浅就隐隐明白了春羊出现在这里的原因。

而春羊自己也随即说:"这或许是另外一个可以接近魏敏德的渠道,现在时间紧迫,任何一个机会都不能放过,这也是我和海叔共同商议的。"

"海叔也来重庆了?"

"他会直接领导我们,你很快就能见到他了。如果有特殊的紧急情况,你可以在梅林南北货市场找到他。"陈浅点了点头。

最后他们在江边再坐了一会儿,在离开之前,春羊突然问道:"这个吴若男是什么来路?"

"在上海执行'回娘家'任务时,我们小组有一名扮成舞女小猫咪的,就是吴若男。但这几年她完全变了,成了狂热而又残忍的顽固分子,我直觉,她会是我们最危险的对手。"

"在九门饭店,我跟她交过手,当时我用围巾挡住了脸。"

"怪不得她要给你围上围巾。她认出了你的眼睛,已经怀疑你了。"

"我会提防她的。"

陈浅隐隐有些担忧,但他还是突然掏出一样东西握在手心,说:"戴上,我想看看。"

等到陈浅松开手,春羊就发现这是她当初丢失的那枚十字发夹,她感到十分惊喜,"你还保留着啊?"

陈浅没有回答春羊,而是将发夹为春羊戴上,然后他突然抱住了她,喃喃地说:"到现在我才终于相信,你真的回来了。"

春羊也抬起手,抱住了他,两个人紧紧相拥着。

第二天一早,吴若男就拉着陈浅爬上了重庆的十八梯,陈浅走在她后面,发现她的心情似乎很不错。而吴若男也在这时问他,"知道为什么叫你来这里吗?"

"你不是说怀念重庆这爬坡上坎的山路吗?"陈浅感到有点不理解。

"这是一方面的原因,更重要的是,我要带你去一个地方。昨天晚上,谢冬天抓捕了一伙正在举行秘密会议的护厂联盟工人代表。"

陈浅一听,心里一惊,却若无其事地说:"这些组织多半有共产党在幕后指挥吧?谢冬天怎么会有线索的?"

"关副区长在护厂联盟中安插了一个代号'狸猫'的卧底。谢冬天设下了埋伏，原本的目标是要参加这次会议的中共头头，我听说是叫海叔。"

陈浅更是心惊，"那抓到海叔了吗？"

"海叔根本没来，把那伙工人代表都抓了。"

"那不是把'狸猫'也抓了吗？"

"是啊，不过有一个人跑了，这人叫何小阳，是中国制钢公司的一名电工。关副区长要我们必须除掉这个人。"说着吴若男掏出一张照片，递到陈浅面前。

陈浅看了一眼，说："一个小电工，跑了就跑了呗，至于这样赶尽杀绝吗？"

"这个何小阳可能知道了护厂联盟中有卧底的事。"

"为什么不活捉？"

"小人物，没有情报价值，活捉没有意义。"

陈浅点点头，说："人都跑了，上哪儿找去？"

"我们有情报，何小阳有一个哥哥，是他在重庆唯一的亲人。他受了伤无处可逃，唯一能找的就是这个哥哥了。"说着吴若男指了指不远处，"前面的一家竹器铺，是他哥哥开的。"

说完吴若男加快了脚步，而陈浅两腿像灌了铅似的沉重，却也只能跟上。

第三十五章

何小阳那天在吴若男砸开何记竹器铺的大门的时候，就已经跳窗逃走了，等到陈浅听见声音，冲进房间的时候，窗框还在轻微晃动。但这时陈浅却突然注意到，一张倒地的竹椅下，有一支钢笔笔套，竹椅旁的矮桌上，有一页信纸，信纸底部被裁去了一条。于是他快速有意挡住吴若男可能投向竹椅和矮桌的视线，并指着窗口，说："跳窗跑了！"

随后他们就在街道上开启了一场狂奔，却不见何小阳的任何踪迹，但是那一天何小阳还是被吴若男一枪就给击毙了。因为等到陈浅和吴若男奔回到石阶那里的时候，吴若男望着眼前的石阶，她觉得这一带何小阳应该很熟，但上坡是民宅，人少，下坡是小吃街，人多，吴若男推测他是往下坡跑了，但是陈浅却觉得不一定，所以吴若男决定和陈浅分头行动，陈浅搜下坡，她搜上坡。

然而陈浅一进入下坡的小吃街，就注意到一家小面摊边，坐着一个穿长衫的背影，正埋着头吃面。这人的坐姿僵硬，长衫像是胡乱套上的，扣子都系错了。有血沿着他的袖口内侧滴落下来，洒在他脚边的石板路上。

陈浅假装没看见，经过了小面摊，继续往前走。突然，一记沉闷的枪声，惊得陈浅哆嗦了下，随即他就听到一声女人的尖叫，等到他回头，马上就望见小面摊上那个尖叫的女人满脸是血，手里还拿着筷子，而坐在她对面的何小阳，已经被一颗子弹穿透了脑袋，脸朝下栽进了面条里。

这时陈浅抬头往山坡望去，就看见吴若男端着一把狙击步枪依墙而立，并向他挥手。陈浅于是在脸上挤出一丝笑容，向她竖起大拇指。趁着吴若男收枪向这边走来的空隙里，陈浅趁机走近何小阳的尸体，他注意到何小阳略敞开着的长衫里面，还穿着工服，工服胸前口袋底部，有一小团黑色陈浅俯下身伸手一摸，手指也染上了黑色，应该是墨水。这让陈浅快速想到何记竹器铺里那支掉落在竹椅下的钢笔笔套，他快速伸手从何小阳胸前的口袋掏出了一支没戴笔套的钢笔，而他突然又想起，在竹椅旁的桌子上的信纸被裁下来了一条，于是他立即又旋开笔管，看见一个纸卷塞在里面，但是他还未及掏出纸卷，就听见身后传来吴若男的声音，陈浅连忙将钢笔握在手中，直起腰，转身对吴若男说："咽气了。"

吴若男上前几步，抬脚踢了踢何小阳，何小阳的身体瘫倒在地，然后吴若男才说："进店的时候你太鲁莽，刚才又太大意，差点让他跑了。"

"好久没干特务的活儿了，生疏了。"

"没关系，慢慢适应，我会跟关副区长说，是你开的枪。"

陈浅嘻嘻一笑，说："那多谢了。"

回去的时候，陈浅和吴若男两辆轿车一前一后行驶着，但是当吴若男的车停在一个路口时，陈浅的车突然追上来，与之并列。陈浅按了两下喇叭，吴若男就摇下了车窗，看见陈浅从车里探出脑袋，对她说："你先回去吧，我去买点东西。"

"买什么呀？"吴若男也适当探出点头。

"我外婆不是脑子糊涂了吗，听说梅林南北货市场新进了一批河南平舆的黑芝麻，我去买些给我外婆补补。"

在得到吴若男的许可下，陈浅就驾着车朝着梅林南北货市场开去，但是没过很久，吴若男正在办公室里翻看着一叠文件，陈浅就已经回来，吴若男抬了一下头，又低下去继续看文件，"芝麻买了吗？"

"买了，还帮你买了包莲子。"说着陈浅就将麻绳系好的一个纸包摆到了吴若男桌上，然后他借机又说："对了，你跟关副区长说了没有？"

"说了，关副区长很高兴，对你越来越有信心了。"

"太好了……不过那个何小阳只是个小角色，这要比起谢冬天的功劳我还是逊色一些啊。"陈浅趁机又说。

"他抓的那些工人代表根本没什么价值。"吴若男不以为意。

"但那些人多少会知道些什么吧，仔细审一审，或许能查出些关于海叔

的蛛丝马迹。"

吴若男这时才听到重点，抬起头看着陈浅，"怎么，你想去调查一下？"

陈浅没说话，脑子里却想起刚才在梅林南北货市场，他与海叔接上头，海叔在展开何小阳留下的纸卷的时候说："昨晚的抓捕看来是意外，我没去的情况下，他们原来没准备动手。"

原来何小阳已经在纸卷中告诉他们，昨晚的会议中，他曾听到其中一名特务说，信号来了，并且还提到手电光的闪灭，那个时间是八点四十左右。根据这些不难知道，"狸猫"就是在那个时候通过手电闪灭的方式给谢冬天他们传出了信号，而何小阳也就是在那个时候，突然被谢冬天发现，在逃跑的过程中了王大葵一枪，但是枪声却惊动了在场的工人代表，在所有人正准备撤离的情况下，谢冬天不想功亏一篑，于是下令将这些工人代表全部抓进了石灰市监狱。

不过目前他们掌握的情况就是，这个"狸猫"事先知道海叔要参加会议，而且现在关永山要灭口何小阳，说明他担心何小阳会听到关于"狸猫"的事，这也更证实了这个卧底的存在。但现在他们还不知道这个"狸猫"是谁，所以陈浅建议，在关永山把这些人放回去以后，不能再让他们参加护厂运动的工作了。但是海叔却持反对意见，因为护厂运动现在正处于最关键的时刻，相当一部分工厂头头都站到了他们这一边，但还有一部分摇摆不定的，受国民党多年的反动宣传影响，对共产党还没有建立起信任，觉得共产党现在是在利用他们，解放后会对他们进行清算，这些被捕的工人代表，都是各厂的骨干，如果现在对他们表现出不信任，共产党就人心尽失了。

所以在经过商议后，他们得出来的结果就是，必须把这个"狸猫"挖出来，而要完成这个任务，陈浅必须要想办法去一趟石灰市监狱，要不然根本无从下手。

吴若男见他不说话，但是心里已经明白了他的意思，于是立即笑了，说："你立功心切，我还是很欣慰的，我正要去一趟石灰市监狱呢，如果你想调查海叔，不如你替我去吧。"

"你去监狱干吗？"

等到吴若男告诉他原因以后,他就坐到吴若男对面,故意伸着脖子十分惊讶地说:"你是说,关副区长是有意把谢冬天支开,不给他去监狱提审的机会?这我就不明白了。"

"关副区长下达的命令是,如果抓不到海叔就按兵不动,但谢冬天擅自行动,一方面有意外的因素,但关副区长怀疑,谢冬天是想借此查出'狸猫'是谁。"

陈浅假意琢磨了起来,然后说:"谢冬天想查出'狸猫'是谁……你的意思是说,谢冬天想挖关副区长的墙脚?"

"这就是关副区长想重用你的原因。"

陈浅恍然大悟般,"我懂了,那……'狸猫'究竟是谁呢?"

"我也不知道,这是关副区长的底牌,他不会告诉任何人的。而这也是我去监狱的原因,关副区长让我装腔作势审讯一番,等到明天,就以没有确凿证据证明他们与共产党有关为由,把他们全部放回去。关副区长很后悔让谢冬天去执行埋伏的任务,不过这至少让他更加看清了谢冬天的野心,这对你有利。"

"你处处想着怎么帮我建功立业,我都不知道怎么谢你了。"

吴若男却甜甜一笑,说:"有你的莲子就够了。"

去石灰市监狱之前,陈浅的车缓缓从荣祥药铺对面经过。他的视线投向荣祥药铺,药铺大门和窗户都紧闭着,窗帘也都拉上了。然而陈浅却在用目光寻找着整个荣祥药铺能用手电光传出信号的地方,突然他望见药铺旁边一间单独的厕所,厕所墙上有一个小气窗。

在他嘴里默念着:"八点四十左右,去过厕所,并且有手电的人……"时,车子已经从药铺门口驶过,等到了石灰市监狱,陈浅和狱警一同走进了刑讯室。狱警递给他一个册子,册子上详尽记录着被捕工人的信息,陈浅迅速扫了一眼,看到随身物品中有手电的一共有五个人,分别是:孙志明,于南永,赖小七,陈西廉和杨成忠。

陈浅又看了一下名录,就说:"第一个,于南永。"随后一名又一名工人代表就被轮流叫进来,然后又退出去。每一位进来的人,陈浅都将他们

的行动轨迹问了一个遍，从他们的口中得知，在会议休息期间去过厕所的共有五人，其中有手电的三人。分别是孙志明，崔君和赖小七。也就是说，"狸猫"就在这三人中间。

等到陈浅再次翻看册子，名单上只剩下一个人，于是他说："还有最后一个，赖小七。"

紧接着狱警就将赖小七押了进来，赖小七和前面的工人一样，也同样被手镣脚镣铐着，但是他头发蓬乱，满脸胡子，低垂着脑袋。陈浅抬眼瞥了一下赖小七，却仿佛有人在他的身体里丢了一个响雷，炸得他声音有些发颤，他说："把头抬起来。"

赖小七慢慢抬起了头，陈浅立即认出了这个人。他记得不久前，外婆将一盘辣子鸡放到了他面前，他大口嚼着的时候，外婆突然说："对了，我孙媳妇呢？"

"你哪来的孙媳妇？"他知道外婆又是在瞎胡说，于是嚼着辣子鸡一脸无所谓地说。

"前几天你还带她一起来看我的，我孙媳妇还买了我爱吃的磁器口麻花。"说着外婆从旁边柜子上拿起一只纸盒，"你看，这是她买的麻花，盒子还在呢，这总不是假的吧？"

陈浅突然瞥见盒子上绳结的系法，心中咯噔一下，他拿起盒子，小心将麻绳解开，更加确信，于是他说："这不是许奎林习惯的系法吗？小阿娣，这个麻花到底是谁买给你的？"

"我孙媳妇啊，她还让我多吃一点，我说我给陈浅气都气饱了，我现在就想骂他，我孙媳妇说啊，你吃饱了才有力气骂他啊……"

外婆一直絮絮叨叨说个不停，那时候他摇了摇头，自言自语地说："这不可能，不可能……肯定只是巧合。"可是等到后面他走到外面，坐在石阶上看着春羊掉落的那枚十字发夹的时候，忽然听到身后有一丝动静，回头一看，一个身影站在黑暗中，像在望着他。他惊呆了，因为这个身影对他来说太熟悉了，于是他朝着黑暗喊了一声："许奎林？"那个身影像是被惊到，拔腿飞奔起来，他立即追了上去。

眼见着就要追不上，那个身影却在下一处梯坎上被绊了一下，摔倒在地。但在身影爬起身的那一瞬间，刚好有一道月光照亮了他的脸，那是一个满脸大胡子的男人，面容有些沧桑，但陈浅依然能认出来，于是他向身影靠近，说："许奎林，是你吗？"

那个身影又迅速退入了黑暗中，低吼了一句："你别过来！"

陈浅迟疑了一下，没有再上前，只是站在原处问："你还活着？是你给我外婆买的麻花？"

然而黑暗中，已经没有了回答。陈浅再上前一步，那个身影已经不见了。现在陈浅一个箭步冲到赖小七面前，扒开他挡在脸上的乱发，叫了一声："许奎林！"

赖小七直视着陈浅，陈浅继续语无伦次地说："你是许奎林，原来那次我没有看错，你没死，你还活着。"

赖小七却并没有陈浅的欣喜若狂，他语气冷漠地说："许奎林死了，我现在叫赖小七。"

虽然赖小七不承认他就是许奎林，但是当陈浅突然吼了一声："'貂蝉'！"赖小七的身体本能般地抽动了一下的时候，他确定赖小七就是许奎林，于是他说："我就知道，你也永远不会忘记'貂蝉'这个代号，不会忘记和'貂蝉'并肩作战的'吕布'！"

在怔了片刻后，赖小七突然冷冷地说："就算我是许奎林，那又怎样？"

陈浅却一把就抱住了许奎林，说："你个哈皮，你活着为什么不告诉我？"然后又快速吩咐狱警，"再去搬一张椅子来，这是我兄弟！"

之后陈浅松开了许奎林，说："奎林，这么多年了，为什么不来找我？"

许奎林别过脸，不说话。陈浅也不觉得尴尬，又继续说："肯定是怕我混得比你好，没脸来见我了，哈哈。"

"混得再好，也是日薄西山了。"许奎林说得很直接。

陈浅愣了一下，但是他从许奎林的脸上得不得更多的信息，于是他就说："怎么现在说话也像那些工人代表似的，这可不像你了。"

"我早就不是过去的我了。"

"也不把我当兄弟了？"

"兄弟，也要看是哪一边的兄弟。"

陈浅一听就捶了许奎林一拳，说："你还真来劲了是吧？我就是你一辈子的兄弟，军统就是你一辈子的组织！你去工厂混混日子，就算参加个什么组织，这都是小问题，交代清楚了，就什么事没有了。保密局的大门，始终向你敞开。"

许奎林却转过了身，"如果我不想再走进这扇门呢？"

"加入军统时的誓言你忘了？需以终身贡献团体，现在这个团体，不叫军统了，叫保密局。"

"那我执意要退出呢？"

陈浅于是也迅速严肃起来，说："后面还有一句是，若有违反纪律，愿受最严厉制裁。"

"那你杀了我啊！"许奎林对他怒目而视。

"奎林，你不要逼我。"

"不敢杀我，那就把我们都放了！"

"放了？我还没审讯完呢。"

"好，你审，我看你怎么审我？"

陈浅望着许奎林深深叹了口气，许奎林的脸就如同一座堡垒，他依旧看不穿他的内心，但刚才在抱住许奎林的那一刻，他突然冷静地思考到一个问题，那就是许奎林为什么会和这些工人在一起？许奎林就算谈不上胆识过人，但他当初对军统的信仰，陈浅是从来没怀疑过的，那也就是说……陈浅不敢往下深想，于是他挥手把狱警叫到身边，在他耳边嘀咕了几句，随即狱警离开了审讯室，而陈浅拿起记录本，语气冷漠，"昨天晚上荣祥药铺的会议，你也参加了？"

许奎林回答是，陈浅于是就说："那你应该听说过海叔咯？"

"没听说过。"许奎林的语气坚定。

"没听说过？你要搞清楚了，是把你们放了，还是送到白公馆，都是一句话的事情。"

"你以为我怕去白公馆吗？"

陈浅走到许奎林的面前，再次试探，说："奎林，我希望我们还是兄弟，只要你告诉我海叔在哪里……"

"还是那句话，我不认识什么海叔。"许奎林不为所动。

陈浅就点了点头，继续意味深长地说："奎林，我说我们是兄弟，其实还有一层意思，那就是我比谁都了解你。"

陈浅刚说完，许奎林就听到外面传来隐隐的狗叫声，许奎林脸色微变，又怀疑是不是自己的幻听，陈浅却笑眯眯地看着他说："你没听错，是纽波利顿犬的叫声，这场面你应该很熟悉吧？"

"陈浅，你终于撕下了虚情假意的伪装，露出真面目来了。"

陈浅并不理会他，继续逼问："海叔在哪里？"

"我不知道！"许奎林再一次语气坚定地说。

而陈浅看着眼前的许奎林，知道即使许奎林就是"狸猫"，这个身份也是绝对保密的，哪怕对自己他也是绝对不会轻易承认的，所以只有让许奎林意识到自己动了真格，他为了保住性命，才有可能供出自己"狸猫"的身份。

陈浅于是更加恶狠狠地说："我再问你一遍，海叔到底在哪里？"

许奎林的声音已经在发抖，但他还是坚持说："我不知道……"

陈浅继续加码，"不，你知道，你不说是因为你和海叔一样，也是共产党！"

而那三条恶犬也越叫越凶，口水都喷溅到许奎林身上，许奎林依旧说："我不是共产党，我不知道海叔在哪里……"

"再不说我就放狗了！"

许奎林于是紧闭双眼，陈浅冲狱警怒吼："放狗！"

狱警手一松，三条恶犬顿时向许奎林扑过去，可就在恶犬将要撕咬住许奎林的瞬间，陈浅突然一个飞身，挡在了许奎林身前。狱警吓得目瞪口呆，连忙奋力收住狗绳，但还是有一条恶犬咬住了陈浅的胳膊，未等到恶犬攻击的许奎林立即睁开了眼睛，看到陈浅想甩动胳膊摆脱恶犬，恶犬的利齿却越咬越紧，许奎林忽然发出撕心裂肺的吼声，猛扑向那条恶犬，竟用手硬生生将恶犬的利齿掰开，直至恶犬的下颚完全被掰裂。

最终陈浅捂着伤口，一屁股坐到了地上，许奎林赶紧过去扶住了陈浅，关心地问："你没事吧？"

陈浅笑了下,说:"没事,这一下算什么,比不上你当年十分之一吧。"然后他又看了一眼许奎林,说:"看来你根本不怕纽波利顿犬啊。"

许奎林就捶了一下陈浅胸口,陈浅咧着嘴喊:"疼、疼……"

最终两人并肩坐在了地上,陈浅开始向许奎林说:"对不起,我骗了你……其实这些年我混得不怎么样,只是个管后勤的,还处处被谢冬天排挤,现在想重新振作,却找不到什么立功机会。刚才我只是吓唬一下你,我得混饭吃啊,跟那条狗没什么区别。"说着陈浅的眼神就望向地面已经咽气的那条恶犬,他明显觉得许奎林也感到有些心酸,就又继续说:"我就想,要是我们'吕布''貂蝉'能再携手,还怕斗不过那个谢冬天?可惜啊,你不愿意回来了。不过人各有志,我也理解。"

陈浅说完看向了许奎林,许奎林的眼神闪动了下,似是有话要说,但他还是将那句话咽进了肚里,但这细微的表情变化,没有逃脱陈浅的眼睛。

那天最终是许奎林扶着陈浅从地上站了起来,而陈浅也趁着那个机会,凑到许奎林耳边低声说:"放心吧,没什么事,关永山就是瞎咋呼,很快就会放了你们。"

许奎林点点头,陈浅就又说:"别忘了来找我,你知道我住在哪里。"

谢冬天气呼呼地进了办公室,一坐下来就开骂起来,"共党的枪管都快顶到脑门子上了,还开这些个官僚会议,耗了我一整天的时间。"

王大葵站在他的身边,立即说:"我听说,陈浅去石灰市监狱了。"

谢冬天立即明白关永山这个老狐狸是故意的,先让陈浅去走个形式审讯一下,肯定审不出什么问题,关永山就顺理成章放人了。而人都放了,所以"狸猫"也没法查了,他忍不住发出一声冷哼。

王大葵注意着他的表情,然后又补充道:"我还听说,本来关永山是让吴若男去监狱的,也不知怎么就换成陈浅了?"

谢冬天一听,立即站起来就往外走,走到吴若男的办公室门口,他焦躁地拍打吴若男办公室的门。在听到吴若男一声进来后,他推开门就直接问:"是你让陈浅去监狱的?"

吴若男却很平静,"是啊,怎么了?"

"若男，当时在天府酒楼你说最想和我搭档，但你回来后这段时间，却成天和陈浅在一起，你不会对他还……"

"还什么？"吴若男站起身，走到谢冬天面前，谢冬天不吱声了，吴若男于是就贴近他，说："不敢问了？"

那种令人心旌摇荡的气息，让谢冬天紧张到结舌，"我……你，你知道我对你……从来没变过。"

吴若男于是就从他身边撤开，坐到办公桌上，翘着腿，说："我当然知道，所以我才会将最好的留给你。"

谢冬天不理解，吴若男却一针见血地捅破了他想要挖关永山墙脚的小心思，并告诉他这样做撼动不了关永山的位置，谢冬天顿时觉得有点难堪，于是说："难道……你有更好的办法？"

"你有没有听说关副区长有一个外甥女突然来了重庆？"

"我听说了，叫什么余梦寒？"

"关副区长还想带她去台湾。可我怀疑，她是共产党。"

谢冬天听了惊愕万分，"什么？这不可能，如果她是共产党，关副区长还带她去台湾，关副区长岂不是成了……你有证据吗？"

"很快就会有了。就看你能做什么了。"

谢冬天盯着吴若男，"你……为什么要帮我？"

吴若男伸腿钩住了谢冬天，语气很软地说："你说我为什么要帮你？"

谢冬天感觉那股心旌摇荡的感觉又起来了，他禁不住想要抱一下吴若男，吴若男却敏捷地伸手一挡，说："你应该先问我，让你去做什么。"

在陈浅他们都在为了"狸猫"的事情费尽心神的时候，春羊刚结束与关太太一起购物的行程回到酒店，但是刚开门进入房间，她忽然就发现窗户开了一道缝，有风吹进来，把不远处的窗帘吹得微微摆动着。春羊顿时警惕起来，而这时风却把窗帘吹得拂动起来，她就发现在窗帘的下端竟露出了一双男人的脚。

春羊有点害怕，禁不住退了两步，但她迅速想了一下之后，还是屏住呼吸慢慢靠近窗帘，伸出手，刚想拽起窗帘，那个人影就飞窜出来，一把

捂住了她的嘴,"别叫!"

春羊呜呜了几声后,看清人影居然是骆国栋。春羊掰开他的手,眼中满是惊恐,说:"你为什么会在我房间?你怎么进来的?"

"余小姐,你别怕,我没有想伤害你。我要你帮我一个忙,就像那天我帮你一样。"春羊突然就想起那天她进入电梯的时候,其实发现了周左的踪迹,在看到骆国栋已经进门而周左还没从房间里出来后,她急中生智,到隔壁告诉骆国栋说自己的浴帘杆子断了,但是她又够不着,刚才看到他进了对面房间,就想请他过来帮个忙。

春羊于是稍微放下些戒心,说:"那……怎么帮你?"

"很简单,我要借用下你房间的窗户。"

春羊明白他是想从窗户里爬出去,于是她说:"你要干什么?这里可是六楼。"

"你不用管我干什么,你只需要答应我,一定不能关上窗,否则我就回不来了,明白了吗?"

说完骆国栋站上窗台,两手扒住窗台上方大楼外墙面凸起的装饰线条,手和脚一同慢慢挪动起来。春羊探出头去,骆国栋已经奋力跨出一大步,一只脚落在隔壁窗台,一只手也同时扒住隔壁窗台上方的装饰线条。然而那却不是他的最终目标,他的视线瞄向了隔壁的窗台,那是魏敏德的房间,于是他重复刚才的动作,到达阳台上后,他稳住身形蹲下身,伸头朝窗户内张望,没一会儿,骆国栋就开始返回了。

春羊于是缩回头,将窗户开得更大了些。而这时,门外却突然传来了敲门声,还伴随着关太太的声音,春羊连忙再探出头,向骆国栋做了个快的手势,可是关太太久久不见春羊开门,还以为她出了什么事,急得朝里面喊要去找服务生开门,万般无奈下,春羊赶忙朝骆国栋做了个等一下的手势,骆国栋点点头。

春羊于是赶忙将窗帘拉紧,跑到门口开了门,关太太一看到她,说:"梦寒,你怎么不开门啊?"

"我……睡着了。姨妈,什么事啊?"春羊看着走进来的一脸担心的关太太。

"刚才忘记了,我想你陪我去药房一趟。你姨父这些年啊,经常做噩梦,也不知道梦见了什么,一直喊德海……德海……就是你养父的名字,每次惊醒以后都是满头大汗,丢了魂一样,真是吓人。最近这噩梦越来越频繁了,有一次我想推醒他,他突然就掐住我脖子,说什么我弄死你、弄死你,哎呀我这口气啊,差点都没回得来……不行了,一想起这件事,我胸口就闷……"

说着关太太的脸色顿时变得苍白,几大步跑到窗口,哗啦一下拉开了窗帘。春羊赶紧追了过来,挡住了关太太的视线,并帮她抚着胸口顺气。而回到窗台的骆国栋吓了一跳,连忙躲到一旁,可是没有了窗台落脚,装饰线条难以承受他的体重,一只脚下的装饰线条开始断裂。

关太太深呼吸了几口,这才缓过气来,对春羊说:"我给他抓过好几服中药,也没什么效果,我想换西洋药试一试,但我也不懂啊,你陪我去看看好不好?"

"没问题,我陪您去。"

说着春羊就跟着关太太一起走出了房间,可是那时骆国栋另一只脚下的装饰线条也开始断裂,但在断裂前,他飞身一跃,双手扒住了窗台,但因为找不到着力点,他的双手渐渐无力,眼看就要滑落。

生死关头,一条浴巾垂落到骆国栋的眼前,同时他看见春羊从窗口探出头来,"抓住!"

到了傍晚,许奎林就从石灰市监狱被放出来了。当陈浅打开门,看着站在门口拿着一摞礼盒的他时,就说:"我就知道你会来的。"

许奎林并没有和他说话,而是径直往里走,说:"外婆,我来了。"

外婆听见声音一路小跑过来,见到是许奎林,一把牵住他的手,分外亲热地说:"你来就来,又买这么多东西。"

外婆的反应让陈浅意识到许奎林在自己不在时候,肯定经常来看外婆,这陈浅感到有点开心又有点内疚,然而走进院子的许奎林已经自顾自地搬了一张板凳摆到院子中间,说:"外婆您坐下,我给你揉揉。"

外婆一边享受着,一边对走过来的陈浅说:"陈浅,你说说你,许奎林

这么好一个人，你干吗要欺负他？"

陈浅以为外婆在说监狱的事，一时不知道该如何回答，马上却又听到外婆说："我都晓得了，是不是你把马蜂窝塞到许奎林包里的？"

陈浅知道这是外婆的病又犯了，于是说："这你还记得啊，这都是多少年前的事了。"

"什么多少年，明明就是前几天的事，你这个娃儿，真是气死我了，那马蜂蜇起人来可是要了命的，该打、该打……"说着外婆站起身，操起笤帚就要揍陈浅。

许奎林跑过来拦住外婆，说："外婆，您记错了，那是好几年前了，我脸上的伤早好了，不信您摸摸？"

外婆摸了摸许奎林的脸，这才相信是真的，许奎林于是就对外婆说："您别生气了，去给我们泡杯老荫茶好不好？"

外婆这才丢下笤帚走了，陈浅和许奎林在院子的台阶上坐了下来，他们都沉默着眺望着远方，而夕阳将他们两人的背影勾勒得柔和起来。

终于，陈浅先开口说："真没想到外婆对你比对我还亲，以前常在外婆房间看到那些吃的用的，我也想过难道会是你吗？我也试探着问过外婆，她一个字也没有透露，你是怎么做到的？"

许奎林得意地笑了，说："我对外婆说，我跟陈浅在玩官兵抓贼的游戏，陈浅当兵，我当贼，你要是说了我来了，陈浅就会把我抓起来。"

陈浅于是也笑了，说："你是欺负外婆糊涂了。"

"也许外婆没糊涂呢……"许奎林说着转头看向陈浅。

陈浅却继续眺望远方，避过他的目光，说："是啊，也许她心里也希望这是场游戏吧。"

"那我们说好，不管以后发生什么，都对外婆说，这只是官兵抓贼的游戏。"

"好，一言为定。"

陈浅说完，两人就再次陷入了沉默，突然许奎林从怀里掏出了一个小瓷瓶，陈浅看着，问："这是什么？"

"这是兔耳风，俗称刀口药，能止血生肌，有助伤口愈合。把外衣脱了，我给你敷上些，毕竟你是为了我才被狗咬伤的。"

"也是我下令放狗的，我这算是活该吧？"

许奎林扯下陈浅的外衣，说："是活该。"

陈浅笑着，抬起头，望向院子上方那片窄窄的天空，许奎林一点点挖出膏药，细致地敷在他的伤口上。突然，陈浅说："当年，你是怎么从日本人手上逃出来的？"

"逃出来？我可没那么大能耐。是我爹托了上海一个落水当汉奸的朋友，花了一笔重金，换回了半死不活的我。"

"为什么不回重庆？"

"回来干什么？每天告诉大家，我是怎么被几条狗吓死的？"

陈浅觉得心里很是愧疚，说："那这几年你干什么去了？"

许奎林敷药膏的手指停了一下，似乎是在回忆，然后说："在香港待了一阵子，我爹想让我学做生意，我哪是那块料啊，把本钱全部赔光以后，我想回家了，但还是不敢回重庆，就在成都又混了几年。后来我爹身体不行了，我必须回来，为了不被人认出来，我买了一个已经死掉的人的身份，还照他的样子蓄起胡子，就是那个赖小七。我爹走的时候，家底也基本上掏空了，生计都成了问题，实在没办法了，只能到处找活干，去电力厂一开始就是铲煤的，后来才跟人学做电工，多亏以前上学时物理还不错，很快就上手了。"

"你能去参加那个会议，说明你干得不错啊。"

"是工厂的生活让我重获了新生。"

"怎么个重获了新生？"

许奎林的手指彻底停了，他望着陈浅，狡黠地说："又想来套我的话？"

"我知道重庆的工厂、码头、学校都被共产党渗透了，组织工人运动，宣传共产思想，难道你真的被赤化了？"

"我不是共产党，不过我奉劝你几句，国民党气数已尽，你也应该为自己想想退路了。"

许奎林收起药瓶，这时外婆端着茶回到了院子里，看着他们，说："你们在干啥子噢？"

"我们在玩官兵抓贼。外婆,你看我像抽到了什么?"许奎林笑着说。

外婆看了看许奎林,又看了看陈浅,说:"我看你像兵,陈浅是贼。"

"外婆你说反了,我是贼,陈浅是兵。"许奎林笑着假装纠正外婆。

外婆却说:"今天是兵,到了明天,也许就成贼了。"

"外婆,你真是一语道破天机啊,哈哈。"

陈浅说完,大家就一起笑了起来,但是这些笑容又能维持多久呢?

第三十六章

"我看奎林就是比你懂事。"

外婆在望着许奎林的背影渐渐远去后,突然嘟囔了陈浅一句,然后就往院子里走去,留下陈浅独自一人站在门口,望着路灯一会儿把许奎林的影子拉长,一会儿变短,这时一条黑影从一旁闪出来,到了陈浅跟前。

"浅哥,怎么办,还跟着他吗?"来的人正是周左。

陈浅往许奎林离去的方向望了一眼,"继续跟。"然后他就收回眼神放到周左脸上,说:"参加会议的那些人,你都认全了吧?"

"我都认得了,我这人最大的缺点就是记性好。"

陈浅就点了点头,"尤其要留意许奎林和那些人之间的联络往来。"

"明白。"

说完周左也走了,陈浅怔怔地站着,望着空空的街道,不知道为何突然觉得心里很不好受。

街道有些黑,周围一片寂静,骆国栋独自在街道上行走着,忽然他听见身后有人喊:"骆先生!"骆国栋回头就望见是春羊,于是说:"余小姐,你才回来啊?"

"是啊,陪我姨妈买了药,又一起吃了晚饭。"春羊回答完,看了他一眼,又问:"你的事情都办完了?"

骆国栋微笑了一下,说:"谢谢你,要不是你我命都没了。"

"怎么谢我?"

看着春羊略带着一丝狡黠的表情,全然没有了之前的惊慌,这让骆国栋有些意外,说:"你希望我怎么谢你?"

"至少告诉我，你是怎么进到我房间的吧？"

骆国栋于是也很坦诚，告诉春羊是他昨天找前台服务生聊天，趁服务生不注意，偷拿了她房间的备用钥匙并拓了模，然后还掏出了钥匙交给春羊，并向她道歉，但是春羊却比较好奇他爬到窗外到底是干什么去了。

骆国栋一听，神情立即变得严肃起来，他说："我觉得你还是不知道这事比较好。"

"不可告人的秘密？"春羊试探性地问，但是骆国栋却丝毫没有一点想要松口的样子，春羊于是又说："你不愿说的话，我可以猜吗？"

"那是你的自由。"

春羊于是就猜起了有关骆国栋从窗口爬出去的秘密。首先她说："你的目标是魏先生的房间，你是想偷东西？不对，你能拓我房间钥匙的模，要进魏先生的房间也不难吧？直接偷不就行了，何苦冒着摔死的危险爬窗呢？我知道了，你是想要偷窥，但偷窥什么呢？"

骆国栋一听沉下脸色，说："余小姐，你的好奇心我可以理解，不过你没必要为此惹上麻烦。"

但春羊并没有察觉到他的不悦，于是继续又说："你在钻出窗户之前看了下表，我注意到是 6 点 27 分，如果我没记错的话，这几天魏先生都是 6 点 30 分左右回酒店的，你要卡在魏先生进入房间前到他窗口，所以你想偷窥的，一定是魏先生回到房间后才做的一件事。所以我猜，你想窃取魏先生的图纸。"

骆国栋一听，立即停住脚步，厉声道："余小姐，这样乱猜下去，对你没好处。"

春羊并没有如他所愿，而是继续说下去，"你的反应倒是让我觉得我并不是乱猜。另外，这两天我陪我姨妈一起逛街，听说了不少事情呢。我听说魏先生的方案，其中不少是骆先生的功劳，但这两天魏先生好像把你这位助理完全撇开了。所以你想把这些凝聚了你心血的图纸偷出来，但魏先生的图纸从不离身，回房间后，会藏在一个特别隐秘的地方。我猜你之前已经找过但没有找到，所以你必须亲眼目睹他把图纸藏到哪里，这样你才好下手。不过我不懂的是，就算你拿到了图纸，接下来打算怎么办呢？"

"余小姐，看来你和我想象的不太一样。"说着骆国栋站定下来，他的目光也从上罩到春羊的身上。

可是春羊还是一副无惧的目光，似乎已经把他看透了，过了一会儿，骆国栋就在她的目光中败下阵来，他说："是魏敏德先背信弃义的。他制订的方案对TNT炸药的需求量太大，关副区长无法满足，而我重新设计了深孔爆破和预裂爆破相结合的方案，完美地解决了问题，但没想到魏敏德为了独占其功，有意将我撇开，这几天他去了几家工厂实地勘察，却将我扔在酒店。"

"所以你才想到要窃取他的图纸。"

"不是窃取，那些本来就是我的方案，只是因为我无法到工厂，不能落实到具体图纸上。"

"我姨父愿意为这些图纸出一大笔钱，所以你觉得只要拿到图纸，就可以私下和我姨父交易？"

骆国栋突然觉得有些愤愤，说："魏敏德坐地起价，所要的金额比原来涨了一半，我只要以原来的价格和你姨父谈判，他不会不答应的。"

"你现在已经知道魏先生把图纸藏在哪里了？"春羊问得很直截了当。

骆国栋却冷笑了一声，说："余小姐，你为什么知道这么多？"

春羊却依然一副狡黠的样子说："我姨妈嘴巴不太牢靠，什么都跟我说。"

骆国栋也不傻，于是说："余小姐跟我说了这么多，难不成你也想要图纸？"

"我对图纸也不感兴趣，我想要的是钱。"

"你想要钱，应该跟你姨父说啊，他有的是钱。"骆国栋看着眼前的春羊，不知道她葫芦里卖的到底是什么药。

"他有钱却不会给我一分，但你能给我。"

"我？我凭什么给你钱？"骆国栋既觉得迷惑，又觉得有意思。

"等你和我姨父达成交易拿到了钱，我要其中三成。"

"如果我拒绝呢？"

"只要我告诉了魏先生，你的计划就全泡汤了。现在人人都只求自保，

我可不想去台湾过穷苦日子，你不是也一样吗"

"你威胁我？你就不怕我将你灭口？"骆国栋突然目露凶光，伸手掐住春羊的脖子，将她推到墙角。

春羊奋力挣扎，但挣脱不开骆国栋的桎梏，于是她竭力吐出一句话，"杀了我，你更没机会拿到图纸……"

"你到底是什么人？难道你是共产党？"

然而就在骆国栋问出的那一刻，砰的一声枪响，一颗子弹射击到骆国栋的脚边，春羊望过去，不远处举着枪的正是陈浅，他说："放开余小姐！"

骆国栋连忙松开了手，春羊就抬手给了骆国栋一记耳光，并飞快地对他说道："虽然你知道图纸藏在哪里，寻找时机下手又是另一回事了，你需要我的帮助。而且魏先生很快就要将最终稿的图纸交给我姨父，你的时间不多了。"

说完陈浅已经举着枪走到了他们身边，他的枪口依然警惕地对着骆国栋，说："发生了什么？"

春羊于是抢着说："没什么，骆先生，我是很敬佩你的学识，但我对你并没有那样的意思，请你尊重我。"

骆国栋以为春羊是在掩护他，于是说："对不起。"

陈浅立即领会到了春羊的意思，不再追问，春羊于是趁机说："陈科长，你是来找我的吗？"陈浅就收起枪，从怀里掏出一只文件袋对着春羊晃了晃，说："关副区长让我拿些东西给你。"

骆国栋却站在那一直看着他们，春羊于是客气地对骆国栋说："骆先生，我不生你的气了，你走吧。"

到了夜里，金陵大酒店的咖啡厅里空空荡荡的，春羊坐在角落里看了陈浅一眼，就打开了他带给自己的文件袋，从里面抽出了几页纸，发现是前往台湾人员的身份登记表。陈浅于是递给她一支笔，同时压低声音对她说："你不该擅自做出这样的决定，这很危险。"

春羊就一边填写，也一边压低声音说："情况出现得很突然，我必须抓住这次机会，没有时间了，骆国栋也许是我们最后的机会。"

"你的计划是什么?"

"我会帮助骆国栋拿到图纸,然后伺机夺走。具体计划,我会和他再商议。"

陈浅却显得有点担心,因为他们对骆国栋这个人的背景完全不了解,春羊这么做实在太冒险了。春羊看出了他的担忧,说:"他今天爬楼时差点摔死,这是我亲眼看到的,所以我相信他的话。"

"我会和你一起行动。"

"不行,你的出现,会让骆国栋怀疑的。"春羊立刻拒绝。

"我想和你并肩战斗,我必须和你并肩战斗。"陈浅不依不饶,春羊却抬起头朝着他甜蜜地笑了一下,说:"我们现在就是在并肩战斗。"然后将填好的表格递还给陈浅。

陈浅知道自己该离开了,于是就在起身的刹那,他伸手扣住了春羊的手指,但是马上就松开了。而自从与他们分开就回到房间的骆国栋,一直蜷缩在床上,到了半夜,他好像已经睡着了,但又好像进入了梦魇,他满头是汗,脑袋左右晃动着,喉咙里发出呜呜的声音,终于,梦醒了,他猛地睁开了眼。

而一个人影坐在黑暗中,正在看着他。骆国栋一下惊坐了起来,冲着黑暗喊了一声:"你是谁?"

"我。"是一个女人的声音。

骆国栋慌乱地拧开台灯,刺眼的灯光一下照亮了吴若男的脸。骆国栋立即说:"你、你怎么进来的?"

"我能让你进春羊的房间,难道没办法进你的房间?"吴若男说着就笑了。

骆国栋擦了擦额头上的汗,稍微平静点,说:"你来干什么?"

"计划进行得怎么样了?"吴若男也不绕圈子。

"我都按照你的要求做了,还差点送了命。"

"余梦寒相信你了?"

"是,她相信我了,她很聪明,不好对付,为了让她相信我,我使出了浑身解数。现在她提出想跟我合作,帮助我弄到图纸。"

吴若男有些兴奋，说："余梦寒承认了她的目的是图纸？那你有没有问她到底是什么身份？是不是共产党？"

"不，她只说是为了钱。我还没来得及问，你们那个陈浅突然来了，而且我觉得即使问了她也不会说的。"骆国栋如实回答。

"陈浅？他找余梦寒干什么？"吴若男觉得有点奇怪。

"我不知道，他以为我要伤害余梦寒，开了一枪警告我，多亏余梦寒帮我解围了。我的任务完成了，你什么时候放了我妹妹？"

吴若男却冷笑起来，"刚才，你梦见你妹妹了？"

"她在哪里？你答应我只要骗过了余梦寒就放了她的。"

"余梦寒什么都还没承认，我怎么放了她？"

骆国栋听吴若男的语气就知道她明显是想赖账，于是他说："那你到底要我怎么样？"

"继续按你们的计划进行，余梦寒的目的一定是图纸，只有人赃俱获的那一刻，你的任务才算真正完成。"

骆国栋看着吴若男那张冷若冰霜的脸，说："我凭什么再相信你？我妹妹到底在哪里？"

吴若男于是从口袋里掏出一团手帕丢给了骆国栋，说："这是你妹妹给你的。"

骆国栋又有一股不好的预感，等到他拿起手帕打开，里面竟然是一根血淋淋的手指。他吓得惊叫一声，手帕和手指都掉落在地上，他嘴唇哆嗦着，"你、你拿她怎么样了？你答应我不伤害她的，你拿她怎么样了？"

吴若男却很淡定，说："放心，死不了。她想逃跑，我只能给她一个小小的警告。"

骆国栋赶紧从床上爬起来，他走到吴若男的脚边跪下，哀求般地哭喊着："你不要再伤害她，我求求你，你想要我干什么，我一定照做，你不要再伤害她……"

"那就帮我找到余梦寒是共产党的证据！"

"'狸猫'，你听清楚了，今天晚上就行动……人虽然放了，但要给他们一个警告……"

第二天早上,陈浅侧着身子站在关永山的门口,听到的就是这样的一段话,但是那时候吴若男刚好经过走廊,陈浅连忙直起了身体。

吴若男用充满狐疑的眼神看着他,说:"找关副区长啊?"

陈浅就挥了下手里的文件袋,说:"是啊。"然后他就敲了敲关永山的房门,里面传来一声"进来",然后他就在吴若男的审视的目光下进入了关永山的办公室,从文件袋里抽出春羊填写的表格交给关永山。关永山并不上心,只是瞄了一眼,就不屑地扔到一旁。

陈浅赶紧凑过去,说:"关副区长,您猜我那天在监狱见到谁了?"

"谁?"

"我见到许奎林了,他居然还活着。"

陈浅说的时候紧盯着关永山的脸,想从他的表情变化中捕捉到一些信息,而关永山当即大吃一惊的样子,陈浅看出有一些刻意的痕迹,然后他听到关永山说:"许奎林没死?"

"他现在是大溪沟电力厂的工人,和那些工人代表一起被抓了。关副区长,那些工人为什么都放了啊?"

"还能怎么办,白公馆、渣滓洞都关不下了。"

"其他人放了也无所谓,我就担心许奎林。他是老军统的人,又贪生怕死,万一落到共产党手里,我们以前的那些底细岂不全都暴露了?"

"北平站的徐宗尧都投降了共产党,哪还顾得上他这种小角色啊。你不是跟他交情不错吗,怎么现在倒又不肯放过他了?"关永山突然盯着陈浅反问他。

"就因为交情不错,这关键时刻,我不更得表明态度,站定立场吗?"陈浅也回答得滴水不漏。

关永山就点点头,"你的立场,我历来是放心的。"

通过以上的一番试探,陈浅回到办公室以后,越来越相信自己的判断,许奎林有问题!但是他同时又在思考,关永山在电话中说让"狸猫"今天晚上行动,会是什么行动呢?他一直想到傍晚,办公桌上的电话突然响起,他在接起电话后,里面传来周左虚弱的声音,然后他就快速挂断电话,开

车往火麻巷赶去。

因为接到那通电话以后,他突然想通,关永山所说的能达到警告作用的行动到底是什么,那就是暗杀工人代表于永南。因为周左在电话里告诉他,从昨晚开始他就按照陈浅的盼咐一直在跟踪许奎林,但是在今天下午的时候,他看到许奎林买了一把榔头后,就到火麻巷的豆花摊吃豆花饭,许奎林吃完豆花饭后却并没有急着离开,而是视线落在了街对面,周左就循着许奎林的视线找去,看到一户建在山坡上的房子,有石阶与街道相连。等到天色渐晚的时候,周左忽然看到有个人沿路而上,踏着石阶向房子走去,周左认出了那个人,正是陈浅让他认过的参加会议的人之一,名字叫于永南。这让周左的心中警铃大作,许奎林买了把榔头,又一直在等于永南,他想干什么一目了然,但是这时有两个挑着滑竿的从周左面前经过,一时挡住了他的视线。等周左再望向许奎林时,许奎林已经不见了踪影。周左于是立即攀到一处高地,四下张望,正焦急万分时,他突然发现身后有一个被夕阳拉得长长的影子,手里握着的正是他刚才看见的榔头。周左刚要转身,榔头已击向他的脑袋,他顿时眼前一黑,栽倒在地,等到一个棒棒将周左拍醒以后,已经是傍晚,周左顾不得头上的伤口,立即就给陈浅打了电话。

想完陈浅就一个急刹将车停在路边,他飞身下车,一路奔跑到于永南的家门口。他看到一扇破旧的木门半开着,屋里似有灯光闪动。陈浅稳了一下气息,掏出枪,侧身走了进去,屋子里悄无声息,但是他脚下却突然被什么绊了一下,定睛一看,竟然是个躺在地上的人。陈浅立即蹲下身,随即认出来了这个人正是曾审讯过的孙志明。而如今孙志明瞪着一双黯然无神的眼睛,脑袋旁有一摊血,显然已经死了。

陈浅正在疑惑中,忽然听见屋里有脚步声,正向他而来,陈浅赶紧闪躲到一侧,等那身影靠近,举枪抵住他的后脑勺,但是陈浅却立即认出了他,叫了一声:"老于?"

于永南不敢动,说:"是,你是谁?"

陈浅就收起枪,说:"我是海叔的人,你不要回头。"

于永南点点头,听见陈浅又问:"出什么事了?"

于永南视线指向地上的孙志明，说："孙志明想暗杀我，多亏一位工人朋友救了我。"

"工人朋友？"

就在这时，里屋传来说话声，"老于，就用床单好了。"陈浅一眼瞄去，是许奎林抱着什么正往这里走。陈浅于是立即低声对于永南说："别说我来了。"然后躲进旁边的小屋。

许奎林走近，并没有发现陈浅来过，而是直接将一团床单扔到尸体旁边，说："来，我们一起把尸体裹起来，这样好背一些。"

在于永南和许奎林一起将床单铺到地上的时候，陈浅忽然听到于永南问："真不明白，孙志明为什么要突然对我下手？"

然后他又听见，"这次把我们抓了又放，敌人肯定不甘心，暗杀这种行径，可以达到恐吓与震慑我们的目的，让我们不敢再有动作。"

外面，于永南就点了点头，进一步说："对了，那你怎么会怀疑上孙志明的？"

"开会那天晚上，他去了趟厕所，我就在他后面。他在里面待了很长时间，关键是他根本没有用厕所。厕所很简陋，只有一只大缸，而且必须往上一步站到木台阶上。那天下了雨，外面地上都是水，但木台阶上却没有他的脚印。"

"也就是说，孙志明就是利用在厕所那段时间，向他同伙传出了信号？"

"是的。"许奎林用床单快速地包裹着尸体。

"那他除了开会那天呢，还有什么可疑的地方？"于永南好像还是不太懂孙志明为什么这么做。

"厂里很多人知道他养了个唱小曲的女人，花销很大，那些钱都来路不明。我怀疑他很久了，尤其是我们被捕又被释放后这几天，我一直在跟踪他。"

"既然怀疑他，你怎么不早点说？"

"我没有证据，而且那天我被审讯过以后，你们都知道了我以前给军统干过，说了你们也不会信我。"

"以后你就是我最信任的人。"

说话间，他们两人已经将尸体包裹好，许奎林瞅了眼窗外，天已经黑了，他们得找个地方尽快把尸体埋了。但是两人刚准备抬起尸体，许奎林忽然闻到了一股熟悉的味道，提着鼻子嗅了嗅，于永南问："怎么了？"

许奎林却做了一个稍等的手势，然后他循着气味，慢慢靠近了小屋门口，他又嗅了嗅，更确定气味就是进入了这间屋子里。许奎林手握住门把手，推了下，没有推开，更用力地推了下，门依然不动。这时于永南赶紧跑了过来抓住他的胳膊，说："这里面是我们的人，不该管的事，你别管。我们走吧。"然后就将他拽走。

陈浅长长地舒了一口气，与海叔一起坐在马路边。但是海叔的目光一直望着远处的南山，此时夕阳已经西下，天边只留下一抹红彤彤的晚霞。陈浅这时看到海叔被夕阳映红了的脸上有了一丝笑容，然后海叔就从铺在地上的纸包里拿起一颗花生剥了壳，将花生仁丢进嘴里吃得喷香，同时说："刘邓大军浩浩荡荡，即将抵达南岸，解放重庆指日可待了。"

陈浅却把目光转向天边那一抹晚霞，说："老于遭暗杀的事，我觉得有些蹊跷。"

海叔还在吃着花生，说："孙志明暗杀老于其实还有一个更重要的原因，是因为老于已经怀疑他了。老于曾暗中调查过，在药铺厕所的气窗窗沿上发现了指纹，窗沿很高，一般情况下不会有人把手放到上面，很可能是'狸猫'在用手电传出信号时，为保持身体平衡而将手扒在上面。而那个指纹正是孙志明的。"

"孙志明察觉出老于在查他了？"陈浅感到有点惊讶。

"应该是，我让老于侧面询问过他，估计是打草惊蛇了。保持警觉性是好的，但也要相信我们的同志，老于还是很有经验的。"

"可许奎林毕竟是老军统的人。"陈浅还是感到不放心。

"王蒲臣你知道吧，是军统得力干将，但解放北平他照样立下了大功。许奎林虽然隐瞒了姓名背景，但进入电力厂两年多来，他的表现一向是积极的，大家对他评价都很高。许奎林以前是你的搭档，你怎么反倒对他有偏见了？"

"不是我有偏见……只是，我太了解他了，所以会有一种直觉……也许是我错了吧，我也希望我错了……"

海叔继续剥着花生，然后转换了话题，"明天我们有一个非常重要的会议，你留意下关永山那边的动向，如有异常，春羊知道怎么找到我。"说完海叔就拍了拍身上的花生碎壳，站起身，对着即将消退的夕阳说了一句："苍山如海，残阳如血，大决战的时刻到了。"

但是那天陈浅望着海叔的背影在夕阳中走远，他依然难以祛除心中的担忧，随后他再次抬头望了一眼天边的那抹晚霞，晚霞已经彻底消退了。

天色一暗，街上的路灯就都亮起来，关永山缩着身子坐在后座，两只眼睛却一直观望着车窗外五光十色闪烁的霓虹。

这时一辆公共汽车在不远处的站点停下，有几名乘客下了车，关永山的目光落向其中的一名乘客，看着他走进了一条巷子，关永山的手也正要推开车门，但他忽然看见公共汽车上有一个穿灰色长衫的男人，他的身体一下子就僵住了。虽然那个男人只露出了侧脸，但是关永山还是认出了他，禁不住轻叫一声："德海？！"

然而公共汽车很快就远去了，灰色长衫也随之消失在了黑夜中。关永山的脸色苍白，喃喃了一声，"难道是我看错了？"

许奎林走在巷子里，一边走，一边将一枚硬币高高抛起，又伸手接住，望着硬币在空中翻滚，他突然想起当年北川景在牢房中掏出一枚硬币，叮的一声，硬币被抛向空中，他盯着那枚硬币听到北川景说："人头，'吕布'死。花，'貂蝉'死。"

想到这些他觉得心中一痛，伸出手去却没接稳，硬币一下从手中滑落下去，沿着马路牙子滚动起来。许奎林弯腰追着硬币，不料一个黑影突然出现在他眼前，一脚踩住了硬币。

黑影捡起了硬币，凑着昏暗的路灯看了看，说："日本的？"

许奎林直起腰，说："没错，当年北川景就是用这枚硬币定了我的生死。"

关永山看着许奎林，轻轻地笑了，说："没人能定你的生死，除了你自

己。"说完关永山将硬币抛给许奎林，许奎林接个正着，然后他听见关永山说："孙志明死了？"

"是，我杀了他，老于对我的怀疑也解除了。老于还将我引荐给了海叔。"

"这颗弃子，也算是死得其所了。你在哪见到海叔的？"

"他就在刚才那辆公共汽车上。"

这让关永山一下就想起刚才在公共汽车上看到的那个穿灰色长衫的男人，他突然嘀咕起来，"海叔……德海？海叔……德海？怪不得，原来是他，我没看错，原来真的是他……原来他就是海叔……"

许奎林觉得关永山的反应有些莫名其妙，但是关永山很快平复了下情绪，又说："海叔有什么动向？"

"后天下午两点将举行重庆市工委扩大会议，重庆地下党的核心要员都会参加，会议由海叔组织领导，老于帮我争取了一个名额，会议地点在兴荣机电厂。"

关永山兴奋不已，说："这是一网打尽的天赐良机啊。不过他们连地点都告诉你了？"

"地点是保密的，只有很少几个人知道，但今天老于让我去兴荣机电厂的机加车间检修电路，这个车间和厂里大部分车间一样都停工一段时间了，检修电路我猜是为了会议做准备。"

"你分析得不错，我会安排人将兴荣机电厂层层包围。但你有传出信号的好办法吗？"

"我观察过，厂里的锅炉还在正常使用，就在机加车间旁。重庆的烧煤杂质多，燃烧起的煤烟呈黑色，我会伺机将硫酸钾和松香丢进锅炉，烟会变成白色的，只要您看到白色的烟，就是我给出的信号。"

关永山看着许奎林，目光中满是赞许，突然他说："许奎林，你还记得两年前，我在香港找到你的时候吗？"

"记得，您说以后我就是在黑暗中蛰伏的'狸猫'，我要咬断那些共产党的喉咙，用血洗掉我当年的耻辱！"

"枕戈尝胆，一雪前耻，只要将共党的领导力量摧毁，所谓护厂联盟也将不攻自破，涅槃计划的实施也就再无阻力了，属于你的日子也就要到了。"

"我期待这一天很久了。"

关永山就拍了拍许奎林的肩膀，然而许奎林突然说："关副区长，我有一个问题，陈浅……"

关永山不解，"陈浅怎么了？"

许奎林忽然犹豫了，摇了摇头，说："没什么……他是我当年的搭档，我有些挂念他。"

"无需挂念，你们很快就又能并肩而战了。"

第三十七章

　　陈浅是在清风茶楼跟关永山的牌局上得知孙志明并不是真正的"狸猫"的，但是那时候他已经没有了时间懊悔，因为关永山已经安排好了人手，只需等待"狸猫"发出消息，就可以采取行动，而他现在最需要做的就是想办法尽快通知到海叔。

　　所以他看了看自己手中的牌，再看看牌桌上的谢冬天，还有吴若男，他突然皱起眉头，故作懊丧地说："手气太背……"然后他就站起身，假装自己要去打个电话，扭头对身后的吕秘书说："我去打个电话。吕秘书，你帮我摸一副牌吧，也顺便帮我转转运。"

　　吕秘书说完好，陈浅就走出包间，朝着茶楼尽头的电话走去，电话通了以后，陈浅就立即说："喂，关太太啊，我陈浅啊……在浇花啊，院子里的君子兰都开了吧？……好，下次我来欣赏……对了，余小姐在您这边吧？"

　　等到电话里传来春羊的声音，陈浅继续装模作样地说："还是去台湾的手续，现在麻烦得很，所有家眷的资料都要交政治部审查……"边说着边抬眼望向走廊，看到除了包间门口站着的两名特务，再没有别人，他立即侧过身压低声音说："通知海叔立即停止会议，火速撤退。"

　　陈浅说完这句话，他就听到身后有脚步声传来，他没有转身，反而放开了声音，说："你带上我跟你说的那些材料，到沙坪坝军事委员会政治部，找档案处宋处长签字盖章……对，我都打过招呼了……"

　　然后陈浅挂了电话，回过身，吴若男已经走到了他近前。她说："给谁打电话啊？"

　　"哦，给余小姐。"

吴若男眉眼不动，又说："什么电话啊，比打牌还重要？"

"余小姐去台湾的手续还有点问题，我交代几句。怎么了，牌不打了？"

吴若男这才回头望了一眼，说："吕秘书是山东人，根本不会打血战到底，赶紧吧，就等你了。"

陈浅说了一声好嘞，就跟着吴若男回到包厢，麻将桌上，就开始了一轮又一轮洗牌。但陈浅看见吕秘书一直在窗前张望，等到最新一轮洗牌开始的时候，他看起来已经有些沉不住气了，而吴若男也看了下表，说："关副区长，时间已经过了，怎么还没信号？"

陈浅也偷偷看了下表，他在盘算春羊的时间。不同于他们的急躁，关永山慢悠悠地斜眼望向窗外，声音沉着地说："四风缺东风，且要手中待。'狸猫'不会让我失望的……"

但在这时，一名特务敲开了门，他冲着吴若男说："吴科长，您的电话。"

陈浅在包厢里，看着吴若男走出去，不久之后谢冬天也跟了出去，他心里有些不安，但是等到他们回来的时候，他还是装作沉着地说："这麻将不打了吗，哎呀，我这牌风刚好转了些……"

但是大家的心思早已经不在麻将上了，因为陈浅马上听到吕秘书说："关副区长，预计的行动时间过去二十分钟了，会不会出了什么状况……"

看着关永山脸上也显现出焦虑，谢冬天于是就在这时恰如其分地开口说："关副区长，今天您坐镇指挥，必是雷霆万钧，不过我想我们行动处也应整装待发，如果关副区长需要，随时接受调遣。"

关永山最后也不得不阴着脸点点头。

很快，陈浅就在楼上看着谢冬天开着车，载着吴若男离去。而在车内，吴若男望着窗外飞逝而过的街景，催促谢冬天，"快，再快一点！"

这也不能怪吴若男催促，那是因为她怕万一去迟了，就抓不到余梦寒了。原来吴若男刚才接到的是王大葵的电话，王大葵在电话里告诉她，他今天一直跟着余梦寒，她先是从酒店到了关副区长府上，离开后，又一路到了南山下。

吴若男好奇余梦寒去南山干什么，王大葵却紧接着告诉她，看余梦寒

去的方向，应该是往慈母堂。但是山上的人少容易暴露，王大葵拿不准他还要不要再跟上去，所以特地打电话向她请示。吴若男就告诉王大葵别跟了，她马上过来。

但是吴若男刚挂完电话，谢冬天已经走到了她身边，问："怎么了？"

"刚才陈浅打电话到关永山家，紧接着余梦寒就离开了。"

谢冬天眼珠一转，也意识到有问题，可能是陈浅让余梦寒通风报信去了，但吴若男紧接着却告诉他，通过王大葵说的余梦寒往南山的方向去了，她推测关永山正在等待的'狸猫'，或许此时就在南山。

谢冬天顿时双眼放光，说："也就是说我们能比关永山抢先一步赶到那里？"但谢冬天说完又有些犹豫，"要不要……还是告诉关永山一声？"

"怎么，还是不敢跟关永山争功？关永山为了保全自己，必定要想方设法保住余梦寒，到时候我们可就没机会了。"

谢冬天顿时咬紧牙关，说："好，哪怕孤军奋战，我们也拼了。"

但是车子抵达南山下的山道，谢冬天正要跟着一起下车，吴若男却制止他，"我先上山。"

谢冬天不解，吴若男又对他说："今天恐怕有一番恶战，我需要一样东西。"所以等在那里的王大葵和其他几名特务，最终看到下车的只有吴若男，而谢冬天的车很快又启动离开了。

举着望远镜站在窗口的吕秘书突然激动地喊起来："白烟！我看到白烟了！"

关永山听到这句，腾地站起，冲上前夺过望远镜，望着远处山顶升腾起一股异常醒目的白烟。关永山本以为白烟会从兴荣机电厂升起，没想到会是南山，于是他不禁发出感慨："共产党果然是狡兔三窟，居然跑到南山上去了，你们觉得应该是在南山的什么地方？"

"慈母堂！今天是布道日，人群密集，适合隐藏，又便于逃匿。"吕秘书立即回答。

关永山点点头，立即吩咐："集合人马，立刻出发！"

黄奕龙带领着特务们从茶楼大堂蜂拥而出，陈浅跟在他们后面，担心与忧虑在他心中交织成一片，但他此刻别无选择，只能上了自己的车，并跟上前面关永山的车。

而此刻正在上山的吴若男抬头望向慈母堂的上空，一道白烟正缭绕而上，她忍不住说："'狸猫'终于还是传出了信号。"然后她又低下头快速往慈母堂赶去。

那天在慈母堂做弥撒的很多人，都突然看到了锅炉房一冲而起的白烟，而后不久，又听到慈母堂的老钟楼里忽然传来了一阵洪亮而急促的钟声，当当当、当当当……响彻教堂上空。

敲钟的不是别人，正是春羊，因为吴若男在进入慈母堂的弥撒厅以后，就已经发现了春羊的踪迹，最终在慈母堂的钟楼附近，拦住了春羊，她说："余小姐，你在这里干什么？"

"我来做祷告。"

"余小姐，你别跟我装糊涂。"

春羊蹙起眉，说："什么意思？"

吴若男却突然伸出握拳的手，慢慢摊开手心，里面是一枚沾着血迹的木十字架，说："让你们这些共党开口，也并不那么难啊。"

原来吴若男在进入慈母堂的时候，就碰到了一个刚加入共产党没多久的小党员小杜，她将一把匕首抵在小杜的咽喉处，威胁小杜说出了实情，并杀害了他。

春羊还是强装镇定，"我不知道你在说什么。"

"中共地下党正在这里开会，这枚十字架是会场的通行暗号。如果我没猜错的话，余小姐身上应该也有一枚一模一样的吧？"

春羊说了一句"莫名其妙"就想绕开吴若男离开，吴若男却伸手拦住了她，准备搜身，可是在拉扯之际，另一名中共党员小金突然赶来，分了吴若男的心，春羊于是趁机打算逃走，但是吴若男却立即对小金一刀封喉，然后转身就将春羊扑倒。倒地的瞬间，春羊迅速找到机会将藏在手套里的木十字架扔进了草丛。吴若男从她的身上搜不到十字架，于是命令赶来的王大葵等将春羊抓了起来，并关进了慈母堂的仓库，那时候春羊瞪着吴若男，说："吴若男，你有没有想过这么做的后果是什么？"

吴若男并不害怕，反而目光冰冷地盯着她，说："别以为我没在你身上找到木十字架，就会相信你跟共党没有关系。你为什么这么害怕被关起来？是不是因为这样，你就没有机会通知你们的人逃跑了？"

说完吴若男就离开了仓库，王大葵迅速关上木门，并用铁链缠绕住门扣，再用一把大铁锁锁上。春羊在仓库里使尽了浑身解数，门外的铁锁始终纹丝不动，春羊感到一丝绝望，但她不肯放弃，在仓库的杂物堆中继续翻找着。突然她看见了一根生了锈的短铁棍，她将铁棍握在手中看了看，又抬头望了眼天花板，天花板上有一块像是可以移动的板子，这让她明白了这根铁棍的用处。而她马上也发现在仓库靠墙的地方，有一架人字梯。

春羊搬来了人字梯，爬了上去，移开天花板，她就看见那里面有一座木结构的脚架通向高处，春羊于是两脚踩在脚架上，双手攀着奋力往上爬。因为刚才找到那根铁棍的时候，她就明白她被关押的地方，是教堂的老钟楼。等到她爬到顶部的时候，果然看见一只生了锈的大铁钟被丢弃在这里，而她手中拿的铁棍，正是敲钟的钟槌。

春羊握紧了钟槌，奋力地一下下砸向大铁钟，当当当，当当当……

在连续不断的钟声里，正在主教公署楼二楼开会的中共人员终于意识到这是有人在警示他们，于是大家用最快的速度迅速收拾好东西准备撤离，这时却嘭的一声，活动室的门被撞开，是一名值守人员跑了回来，他气喘吁吁地说："小杜和小金都不见了。"

刚刚会议到中段的时候，海叔和许奎林就不见了，派出去寻找的老于和龙江还没回来，现在又有两名同志不见踪影，纪国明意识到事态紧迫，于是立即吩咐："快，大家快走！我们暴露了！"

有两名工委委员率先冲出了活动室，却不料砰砰两声枪响，两颗子弹分别击穿他们的心脏，分毫不差。

"两个，命中！"在主教公署楼活动室对面的楼顶上，谢冬天举着望远镜，愉快地欢呼着。

刚才在下车之前，吴若男告诉谢冬天她需要的那样东西，就是斯普林菲尔德步枪。当他从急匆匆赶来的谢冬天手里接过扳机杆时，她快速将其卡入卡槽，然后安装上弹匣和瞄准镜，一把狙击枪就在她手中麻利地组装完成。然后她的手指轻抚着扳机，那熟悉的感觉让她兴奋。

现在听着谢冬天报数，端着枪的吴若男嘴角也微微上扬。马上谢冬天又举起望远镜，说："五个目标同时出现！目标一，十点方向！"

吴若男寻找到目标，扣动扳机。

"目标二，十二点方向！"

吴若男娴熟地退下子弹，重新上膛，移动枪口，再次扣动扳机。随即教堂上空响起一片连绵的枪声，被惊起的飞鸟穿破灰蒙蒙的天空……

等到陈浅和关永山赶到的时候，走廊上已经横七竖八地躺着五具尸体，要么是头部，要么是心脏，每一具尸体都是被一枪毙命的。

关永山抬眼看向谢冬天，"那几个人，是你击毙的？"

"不是我，是吴若男。陈科长，没想到吧，我们风云叱咤的女特工又回来了。"谢冬天说的时候有意望向陈浅。

"我真正没想到的是，吴若男竟然在财务科待了那么久。"陈浅于是也在说话的时候把目光投向吴若男，但是那目光里没有一点温度，然后他又说："现在的你，才是真正的你。"

关永山于是立马就说："吴若男，当初闹着要去财务科的也是你，怎么现在又想复出了？"

"党国有难，我怎敢偏安一隅？"

关永山点头称赞，"但你们怎么会知道工人联盟在这里开会的？"

"其实，是王大葵跟踪了……"谢冬天马上说。

吴若男却突然打断他，"王大葵跟踪了一名工人代表，这个人之前就被谢处长重点怀疑过，果然他正是与会者之一。"

谢冬天正不理解吴若男为何不提起余梦寒之时，走廊一头传来脚步声，有几名特务就将余梦寒带了过来。陈浅的心一下揪紧了，但是他的目光却只在春羊的身上停了一下就收回了。而关永山看着余梦寒一副惊魂未定、神情憔悴的样子，立即上前假装关切地说："梦寒，你怎么也会在这里？"

余梦寒显得很委屈，泪眼婆娑地说："姨父，我本是来慈母堂祷告的，马上要去台湾了，我希望这一路上平平安安的，不要再有灾祸，可没想到在这里偶遇了吴小姐，吴小姐竟一口咬定我是共产党，还把我关在旧仓库

里。"关永山略带责备:"若男,今天你歼灭了数名中共,居功至伟,但对于梦寒的怀疑,你是不是太武断了?"

关永山说完,吴若男突然走到余梦寒身前,朝她深鞠一躬,说:"是我错怪了余小姐,我向余小姐深表歉意。"

吴若男态度陡然转变,让在场的人感到有些始料未及。但关永山还是顺势打起圆场,说:"梦寒,若男立功心切,一时判断失误,你也别放在心上了。"

余梦寒抹了抹眼泪,点头没再说什么。但这时,楼梯口又响起咚咚的脚步声,黄奕龙和两名特务揪着一人到了他们面前。这是他们抓住的一名因为摔断腿而未跑掉的工委委员孙立伟。

关永山看着眼前满脸是血,眼睛被打肿得只能眯起条缝的孙立伟,走上前问他,"海叔也跑了?"

孙立伟摇着他被打肿的头颅,说:"不知道,海叔没跟我们一起。"

"海叔没来开会?"

"海叔来了,后来他和许奎林离开了会场,好久都没回来,纪书记安排了两个人去找他们,结果只回来了一个,那人说许奎林是叛徒,把海叔绑架了。"

"许奎林在哪里绑架的海叔?"

"锅、锅炉房。"孙立伟朝着那冒起白烟的地方指了指。

陈浅抬头望向锅炉房的烟囱,又看了眼半开着的木门,有烟雾从里面弥散出来。他身后突然响起谢冬天的声音,"原来许奎林就是在这里弄出了白烟。"

"谢处长,你今天已立下赫赫战功了,搜寻海叔下落这种差事,就别跟我抢功了吧?"

"我不抢你的功,只是我也很想一睹'狸猫'的真面目呢。"说着谢冬天掏出枪,上前一脚就踹开了木门,但是他除了看见屋子中央横陈着老于的尸体,除此以外一个人也没有。谢冬天咳嗽几声,挥手拨开烟雾,说:"许奎林呢?海叔呢?怎么都不在这里?"

陈浅不说话,他走上前,看着屋子里留下的杂乱无章的痕迹,他能根据刚才孙立伟说的话想象到这里发生的情况，肯定是老于和另外一名同志在锅炉房找到了海叔和许奎林的踪迹，但是那时候海叔已经被许奎林打晕绑起来，所以许奎林就借机威胁老于把枪放下，但是老于在佯装放下枪的时候，却突然又抬起枪口，但他的速度没快过许奎林，顿时被许奎林的枪射中倒地，枪也落到了一旁。而另一名同志立即挥舞着木棍冲上来，于是许奎林的枪口就迅速转向他，同时一脚踢开老于的枪。倒地的老于呕出一大口血，但他还没有死，于是他在许奎林要扣动扳机的时候，猛扑向许奎林。许奎林被扑倒，连续扣动了扳机。老于的身体于是被打穿了几个血洞，他用尽最后力气将许奎林压在身下，同时对另外一名同志喊道："快跑，让大家知道许奎林是叛徒！"

见陈浅一直在屋里东搜西找，谢冬天在锅炉房转了一圈，就回到门外，看着眼前泥地上数排杂乱的脚印，他蹲下身，盯着脚印看了一阵，嘴角忽然浮起了一丝冷笑，然后他用眼神示意守在门口的王大葵跟他走。王大葵不理解他要往哪去，他说："看见地上的脚印没有，沿着脚印找。"

"地上的脚印很乱啊……这几排是逆向锅炉房的，我们是不是顺着这些脚印找找？"

"不。"谢冬天捡了根树枝，蹲下指向其中一排脚印，说："这才是许奎林离开锅炉房时留下的脚印。"

王大葵也蹲了下来，说："不对啊，这排脚印是向着锅炉房去的，怎么会是离开时的呢？"

谢冬天用树枝指了指另外的脚印，说："你看这些脚印，脚尖浅，脚跟深，这都是正常行走留下的，但这排脚印却是脚尖深，脚跟浅。"

"这是为什么？"

"许奎林想将我们引向错误的方向，所以他在离开的时候故意倒着行走，留下了向锅炉房去的脚印，但他无法改变行走的习惯，导致了脚印是脚尖深脚跟浅。另外，他的脚印整体比一般脚印更深，他是背着海叔走的。"

王大葵循着谢冬天所指的脚印望去，说："应该是往神职人员生活区去的，那可有的查了。"

锅炉房的烟雾渐渐散去，陈浅绕到了锅炉后面。他注意到地上有一件闪闪发亮的东西，走过去一看，是一枚硬币，陈浅立即认出了这枚硬币。

　　不过让陈浅感觉到有些疑惑的是这枚硬币居然是竖立在地面上的。于是他蹲下身，更仔细地观察。突然他用两根手指捏起硬币，原来硬币是卡在石板地面的一道缝隙里，继而他发现这块一米见方的石板地面的一头，固定着一个圆形铁环。陈浅走过去抓住铁环用力往上提，一整块石板被抬了起来，一道通往地下的石阶在扬起的灰尘中显现出来。

　　陈浅突然明白，硬币是许奎林故意留下的，他通过这个只有他们能读懂的暗号，在向他指路。陈浅心里有些忐忑，他沿着石阶往下走了几步，看见石阶下面有一条蜿蜒曲折的通道，然后他又回头将头顶的石板重新合上，地下室内顿时变得漆黑一片。

　　陈浅用打火机点亮一小簇火，掏出勃朗宁手枪握在手中，继续前行，穿过了一间又一间石屋，忽然，他发现前方有一间石屋内似有光亮，他灭了打火机，向着光亮的方向走去。在钻过一道低矮的石门后，他来到另一间石屋，发现光亮是来自墙壁烛台上的一支蜡烛。影影绰绰的烛光，照亮了蜷缩在墙角的海叔，此时海叔已经醒来，听见他的脚步声，立即抬头，用眼神向陈浅指了指身旁阴影内的角落。

　　这时许奎林手里拿着一支蜡烛，从角落里走了出来，他叫了一声陈浅。陈浅微微一笑，他的手一抬，将硬币抛给了许奎林，说："你的。"

　　许奎林接着就听见陈浅说："真没想到这锅炉房的地下竟然还别有洞天。你是不是以为，把海叔藏在这里就万无一失了？"

　　许奎林听完愣了一下，接着大笑起来，说："陈浅，你还没明白吗，我就是'狸猫'啊。"

　　"你是'狸猫'？"陈浅一副感到不可置信的样子。

　　许奎林不急不慢地点亮手上的蜡烛，插上烛台，然后转过身来说："你真把我之前说的那些话当真啦？那是骗你的，我不能向任何人透露身份，包括你，所以我只能那么说。"

　　看着陈浅仍然将信将疑，许奎林就又说："你看见白烟了吗，那是我传出的信号。现在我任务完成了，海叔也抓到了，可以告诉你了，我就是'狸猫'，我和你一样，都是关副区长的人，保密局西南特区的人。一日入军统，终身为军统，青浦训练班时的誓言，我可一句也没有忘。"

陈浅听完这才好像有些信了，说："我当时就怀疑'狸猫'会不会就是你，但你装得也太像了。"

"我这工人先进分子演得还不错吧？"说完许奎林还模仿起自己当时说话的样子，而模仿完他又笑得直不起腰，陈浅也跟着他一起笑，但是陈浅却突然瞄见许奎林的腰间插着一把枪。笑了一阵后，陈浅眼神看向地上的海叔，问许奎林，"他就是海叔？"

许奎林刚说完没错，不料他话音未落，陈浅突然飞起一脚，踢飞了他腰间的枪，然后拔枪指着他，说："许奎林，别以为我看不穿你的把戏，你是想和海叔演一出双簧吧？"

"什么？"许奎林对陈浅这突如其来的举动感到不理解，而地上的海叔也同样感到很困惑。

"你谎称自己是'狸猫'，诱使我放松警惕，然后趁我不注意暗中偷袭，这样你就能救海叔出去了。"

许奎林这才明白陈浅的意思，又气又好笑，说："陈浅，你是跟我开玩笑吧？"

可陈浅眼神凌厉，让许奎林意识到他是动了真格，许奎林慌忙解释："陈浅，你想想，如果我是共党，是想帮海叔逃跑，为什么要留下硬币给你指路？"

"也许硬币只是你无意中掉落在那里的。"

"我是为了你啊陈浅，你忘了那天晚上你说的话了？只要我们'吕布''貂蝉'再联手，还怕他谢冬天？我费尽心机布下那些脚印，引开了谢冬天，不就是为了告诉关永山，抓捕海叔是你和我的功劳吗？"

"好啊，那我把海叔带走，你先留在这里。"陈浅说着从腰间摸出一副手铐，哗啦啦响着。

"陈浅，你连你最好的兄弟都不相信了吗？"

陈浅上前一步，"如果你说的是真的，应该不会介意在这里多待一会儿

吧？抓住海叔的功劳，也少不了你的。"

陈浅正准备铐住许奎林的手腕，没想到许奎林却突然从背后又拔出一把枪，对向陈浅。陈浅有点慌，急忙说："许奎林，把枪放下！"

许奎林怒目圆睁着，说："你把枪放下！我明白了，我终于明白了……陈浅，你说我演戏，其实是你在演戏吧？"

"我演什么戏？"

"你才是共党，你是关永山身边的内鬼！"

"你有什么证据？"

"那天晚上在老于家，我闻到了一丝治伤药兔耳风的气味，那气味是从小屋里飘出来的，我想进去查个究竟，但老于阻止了我，他说里面有人，是我们的人。而在那之前的一天，我刚好给你敷过这种药，怎么会那么巧？小屋的那个人，就是你，是不是？当时我就有过怀疑，但我不敢相信，因为我深信你陈浅对党国、对军统的信仰是不会动摇的……但我错了，那个人就是你，你就是共党！"

许奎林在嘶吼下扣动了扳机，但陈浅的枪比他更快。已经步入教职人员生活区的谢冬天和王大葵却突然听到锅炉房那边传来两声发闷的枪响，意识到自己找错了方向，于是快速返回。而许奎林这时低下头，看见自己胸口的一个血洞，他还想再举起枪，却控制不住身体向后栽倒，枪也飞到了一旁。

陈浅望见他身体抽动着，嘴里呕出大口的血，对他说："你说得没错，我是共产党。"

"陈浅……我没想到……"

"如果你真的了解我，就应该懂得我为什么会做出这样的选择。"

"我本以为……我终于证明了自己……"

"你可以有更好的方式来证明你自己，可惜你走错了路。"

"走错了路……我真的走错路了吗……"许奎林说着又呕出一大口血，陈浅不忍再看，掏出把小刀，割断绑住海叔的绳子。

海叔得到松绑，立即问："为什么要救我，接下来你准备怎么办？"

陈浅又看了眼还在抽动着身体的许奎林，把小刀扔到海叔脚下，说：

"我会告诉关永山,你偷偷藏了一把刀,割断了绳子,然后夺了许奎林的枪将他打死,又挟持了我,之后逃走了。"

"你觉得这番说辞关永山会相信?"

"我会想办法让他相信。"

"想办法?你根本没有办法,就算关永山不把你抓起来审问,他也不会再相信你了,你会成为棋盘上的一颗弃子,一颗没有用的弃子!你不应该救我,你的任务也不是救我!"

第三十八章

  陈浅已顾不上海叔的反对，拽起海叔准备离开，许奎林却在这时竭力支撑起自己的上半身，艰难地喊出了一句"陈浅"，陈浅就停下了，这时陈浅听到许奎林像呓语一样的声音，他说："青浦训练班，我们宣誓，投身革命……青春无悔……不求流芳百世，但求死得其所……难道我们的誓言……我们的理想都错了吗？"

  "背弃和践踏我们的誓言和理想的，是早已民心尽失的国民党反动派，可惜你没有看清，你执迷不悟，甚至助纣为虐。你知道今天你害死了我们多少位同志吗？你的双手沾满了人民的鲜血，你死有余辜！"

  "陈浅，如果你早点告诉我这些……也许……也许我会听你的，你知道我总是相信你……现在……一切都晚了。"

  陈浅听着觉得一阵锥心之痛，许奎林还在继续说："我活不了了……你要还念及一点兄弟之情，再给我一枪吧……"

  陈浅沉默了一会儿，轻轻说："好。"

  陈浅举起枪对准许奎林，可他的手不受控似的颤抖起来，许奎林还在说："好想再吃一口……外婆做的辣子鸡……"陈浅选择闭上眼睛，咬紧牙关扣下了扳机，然后地上的许奎林就再也没有声息，陈浅不忍再多看一眼，他拾起地上的枪递给海叔，"快走！"

  也就在这时，他们同时听到地下室通道口方向传来脚步声，陈浅知道是谢冬天回来了，他握紧了枪，打算跟他们硬拼，海叔却按住他的手，"陈浅，听我的，朝我的腿开一枪。"

  "什么？"

  海叔声音很低，却很坚定地说："把我击伤，交给关永山。"

"海叔，我不能……"听着脚步声已经越来越近，陈浅显得十分焦急又心痛。

"大决战马上开始了，但破厂行动的爆破图我们还没有拿到，关永山的目标是哪些工厂？破坏方案是什么？如果不能掌握这些情报，我们真的只能在一片废墟瓦砾中迎接解放了。陈浅，我命令你，继续你的任务，向我开枪！"

陈浅眼中已经泛起泪花，说："我们就要胜利了，我却要眼睁睁看着你……"

"你不要看我，你要看着那光明，光明就要来了，我和你不过是在不同的地方，一起迎接那属于我们党，属于我们国家的光明……"

等到再一声枪响的时刻，谢冬天和王大葵已经冲了进来，一眼就望见手中握着枪的陈浅，枪口正对向半跪在地的海叔。而海叔的腿上中了一枪，挣扎着还想举枪还击。看见他们进来，陈浅立即一个箭步上前，将海叔手里的枪踢飞，同时把他踹翻在地，做完这些他才扭头望向谢冬天，说："谢处长，你怎么才来啊？"

谢冬天没说话，眼睛望向了躺在墙角一动不动的许奎林，有点惊讶，"许奎林……死了？"

"许奎林大意了，没发现海叔偷藏了一把小刀，海叔干掉了许奎林，我也差点没了命。"

谢冬天将信将疑，看了看陈浅，又瞅了瞅海叔。王大葵走到许奎林身前，俯下身看了看，又伸手到他鼻孔下探了探，说："还有一口气。"谢冬天立即三两步到了许奎林跟前，托起他的脑袋，狠狠抽打他的脸，"许奎林！许奎林！"

许奎林缓缓抬起了眼皮，就听到谢冬天问："许奎林，是谁朝你开枪的？"

许奎林嘴唇动了动，却吐不出一点声音，谢冬天又说："用眼睛指给我看！"

许奎林的眼珠就动了下，谢冬天追着许奎林视线落向的方向看去，正是陈浅，陈浅站在那里，只觉得背脊发凉。谢冬天立即兴奋起来，"是陈

203

浅？你说是陈浅朝你开枪的？"

但许奎林用最后一丝力气摇了摇头，视线绕过了陈浅，指向他身后的海叔，然后许奎林的脑袋在谢冬天的手中垂了下来，谢冬天知道他已经死了，有些失望地站起身，对王大葵说："把海叔带走！"

陈浅却走到许奎林身前，合上了他没有闭上的双眼，他知道许奎林是在用他最后的生命保全自己。

"都说共产党的嘴比铁还硬，你们说，关副区长亲自上阵，能撬开海叔的嘴吗？"谢冬天望着不远处的凉亭内，关永山和海叔相对坐于一张石桌，忍不住问。

但是此时没有人搭理他，大家的目光都集中在凉亭内，等待进一步的发展。大家能看到海叔双手被铐着，因为失血过多，他面色有些惨白，但他还是强打起精神，对关永山说："关永山，你是要送我去渣滓洞呢，还是送我去西天呢，给个痛快话吧。"

关永山却笑了下，说："其实，有一个地方，你一定更想去。"说着关永山眺望着山下的重庆城，不由得发出感慨："现在的重庆，到处是共产党啊。"

"可不是，刘邓大军快要抵达南岸了。"海叔语带讥讽。

"德海，你还是当年的老样子啊，傲头傲脑，顽固不化。"

"既然你这么了解我，看来我们没什么好聊的了。"海叔丝毫不客气。

关永山却并不生气，语气温和地说："要说你们共产党最让我佩服的，还是情报工作，无论是国军各系还是政府各部，处处潜伏着你们共产党的人，你说这仗还怎么打？甚至连我们保密局内部，都有不少共产党卧底，连保密局都保不了密，还叫什么保密局？"说完关永山自嘲地笑了下，把目光聚焦到海叔身上，试探似的说："德海，我这西南特区，也有你们共产党的人吧？"

海叔没有回答，反而笑了。

关永山明白他为什么笑，于是也跟着笑起来，"按理说，你我的关系不应该一见面就谈公事，我们还算连襟呢，我应该叫你一声姐夫。"

提起多年前的往事，海叔脸上的笑容一下就挂不住了，"要是新月活着，你叫我姐夫，兴许我还会应一声，可惜新月死了，被她所谓的妹夫亲手杀害了。"

"你们都以为是我杀了新月，其实你们都错怪我了。"

"错怪你？抓捕新月的人难道不是你？"

"确实是我。但其实……新月并没有死。"

这话犹如晴天霹雳般，海叔张着嘴，许久才说出，"你、你说什么？"

"行刑那天下着大雨，五名共党要犯站成一排，新月也在其中。两颗子弹打穿了她的身体，督刑官确认她已经死了……一直到深夜，雨还没停，我接到了一个电话，是运尸车司机打来的，我给了他一笔钱，本是叫他给新月置一座墓，不至于抛尸荒野，他跟我说新月没死，还有一口气。"

"后来、后来怎么样了？"

"我连夜将她送到医院，一番抢救后命是保住了，不过因为脑缺血时间过长，大脑受了些影响，失去了记忆，她忘了自己是谁，忘了你，忘了所有人。我将她安排到了一户农户家中，每个月会寄一笔生活费过去，那家人对她也很好，她身体渐渐好转了些，虽说恢复到从前是不可能了，但多少想起了一些过去的事，尤其是和你的。"

海叔的声音到这时终于颤抖起来，"她现在在哪里？"

"迁都重庆的时候，我把新月和农户一家也带了过来，安置在了长寿县，坐船过去一个多小时就到了。农村的条件是差了些，不过一家人也算和乐融融。"说着关永山从口袋里拿出一张照片，递给海叔，"这是她的近照，照片总不会说谎吧。"

海叔颤着手接过照片，照片上是一位衣着简朴的中年女子，身形有些瘦弱，梳得整整齐齐的头发夹杂了不少银丝，眼角也有了浅浅的鱼尾纹，但眼睛里依然透出灵秀与坚韧的神采。海叔再也控制不住，抽泣起来，"新月……是新月……是我的新月……"

南山此时刮起了风，风把海叔的悲泣卷到了陈浅他们耳中，谢冬天又忍不住说："你们看，海叔好像撑不住了。"

这回吕秘书回答了他，"嘴可以比铁硬，但人心可都是肉长的。"

谢冬天听完瞄了陈浅一眼,但陈浅脸上仍然没有丝毫表情,他还在静静地观望着。而在凉亭内的关永山见到海叔的情况,继续说:"这件事我没有告诉任何人,包括琼芳。"

渐渐地,海叔也从震惊中平复下来,"你……为什么要告诉我这些?"

"我希望看到你们一家能再团聚啊,姐夫。"关永山说着,再次从上衣口袋抽出一支钢笔,徐徐转动笔套,"我知道,在西南特区,在我身边,就有共产党,把他的名字写下来,我就告诉你新月在哪里。知道了名字,我暂时也不会动他,等到了台湾之后,再派人慢慢收拾。所以你们的人也不会知道,是你把名字告诉我的。"

海叔直愣愣地盯着关永山转动笔套的手指,关永山瞄了眼目光有些呆滞的他,拿过了他手里的照片,将照片翻了过来,背面向上摆在他和海叔之间的石阶上,"德海,马上就是你们共产党的天下了,为了打下这片江山,你们死了那么多人,眼看就要坐江山了,这个时候送了命,实在是不值得。以你的级别,以后大小也能有个官当当,你们一家的日子肯定是越过越好的。"

关永山说完将钢笔轻放到照片上,"德海,就写在这张照片后面好了。"

海叔侧目望了一眼石阶上的照片和钢笔,照片的一角被吹风吹得微微抖动着。在凉亭外的陈浅看见海叔拿起了钢笔,像是准备要写字,可是马上他又看见海叔的手腕一抖,钢笔直直刺向了关永山的脖子。关永山眼疾手快,扣住了海叔的手腕,大喊起来:"快来人!"

听到呼救声,陈浅就跟着谢冬天他们一起赶忙朝凉亭奔去,那时海叔手上再一使劲,力道压过了关永山,笔尖慢慢刺进了关永山脖子。而这时陈浅看到跑到半程的吴若男突然停了下来,她拔枪瞄准了海叔。随后他看见一颗子弹擦破空气从自己的眼前掠过,击穿了海叔的额头。但他的脚步没有丝毫犹豫,他跟着谢冬天还有吕秘书一起跑到了关永山的跟前,看到关永山捂着流血的脖子,狼狈不堪,而海叔消瘦的身体倒在地上,被山间的风轻轻吹拂,神态安宁而又坚毅。

那天的最终,陈浅看着吕秘书开车载着受伤的关永山离去,但他没看见,在车里,关永山拿起那张照片又看了眼,吕秘书在前面开车,从后视镜中注意到,"关副区长,这张照片您让我请照相馆师傅做过的,会不会被他看出来是假的?"

关永山的目光还盯在照片上,"他未必看得出来照片是假的,但是他不会写一个字是真的。"

说完,关永山就将照片抛出了窗外。

陈浅开着车,能听到春羊在后座低低的抽泣声,突然他听到她说:"这就是黎明前的黑暗吗?"

陈浅继续打着方向盘,"海叔说,光明就要来了,我们不过是在不同的地方,一起迎接那属于我们党,属于我们国家的光明。"

听了这句话,春羊在后座没有声音,他知道她在擦眼泪,于是又说:"没想到,吴若男会变得如此冷血……海叔的牺牲,我也有责任,如果我能早点引导她,也许她不会成为这样的人……"

"这不能怪你,人生的道路,每个人做出自己的选择,也必须为自己的选择付出代价。"

陈浅却感到前所未有的痛心,"那么多同志死在她手上,她的罪恶罄竹难书。"突然他像是想到什么,"对了,吴若男对你态度的变化有些蹊跷,以我对她的了解,就算她知道做错了,也绝不会轻易道歉。明天的行动,你确定有把握吗?"

"我确定!"

此时吴若男一直在山上静静地看着他们的车子越驶越远,最后已经看不见踪迹,她才转过身,然而这时王大葵突然跑过来对她说:"谢处长说,请你去见一个人。"

吴若男随即就跟着雷子走进仓库,看见被折磨得血肉模糊跪在地上的孙立伟。吴若男有些意外,"关永山不是下令将他处决了吗?"

"那个什么国防二厅的,我没花几个钱,就让他把人交给我了,我费了点小力气,果然有新收获。"说着谢冬天用一只脚尖将孙立伟那张惊恐的脸抬了起来,"把你刚才交代的再说一遍。"

孙立伟被吓得瑟瑟发抖,"我说、我说……今天开会之前,我经过走廊的时候,无意中听到海叔和纪国明的谈话,他们提到了……金、金陵大

酒店。"

吴若男顿时心中一动，俯下身盯着他，"金陵大酒店？还有别的吗？"

"好像说什么……什么图纸，会在那里完成交接。"

"什么时间？"

"这我就没听清了。"

"海叔已经被我们逮捕了，按照你们的程序，顶替他的人会是谁？"

"我真不知道啊，我的级别打听不了这些，能、能交代的我都交代了。"

孙立伟战战兢兢地说完，他望向吴若男，吴若男却看都不看他一眼，直接对站在一旁的王大葵和雷子做了一个手势，他们二人立即上前将孙立伟拖到了外面。听到外面传来的惨叫和枪声，吴若男的脸上没有丝毫波澜。反倒是谢冬天站到她身边，"你就这么轻易就放过了余梦寒？"

"余梦寒敲没敲钟，证明不了她是不是共产党，不如先放她一马，让她继续下一步的行动。"

谢冬天点点头，吴若男就问："骆国栋妹妹那边情况怎么样？"

"放心，明天我会亲自看着。"但是说完谢冬天还有一个疑问，在犹豫了一会儿后，他又说："当初你拒绝了我的求婚，后来却又和我在一起，究竟是因为什么？"

"因为我爱陈浅。"

这个回答让冬天瞠目结舌。

"我爱陈浅，但其实我对他的身份一直有怀疑，我不敢面对，更不想与他成为对手，所以我选择了逃避，这就是我为什么要去财务科当一名会计。"

"那……那你为什么要做我的女朋友？"

"我知道你怀疑他是共产党，你会不断明察暗访，揪住他不放，所以我想，只要跟你在一起，我就能得到我想要的真相，到时候，我可以选择帮陈浅，也可以选择帮你。"

"我真没想到……"

"没想到是吗？其实你应该高兴，我之所以敢这么告诉你，说明我已经不爱陈浅了，我选择的是你。"

听完这些谢冬天不知道自己是该喜还是该忧，吴若男却在这时一把搂住他的脖子，亲了他一下，"明天的行动，如果让陈浅撞到我的枪口上，我会毫不犹豫扣下扳机。"

谢冬天于是也顺势抱住了吴若男，那一刻，他仿佛觉得自己终于拥有了这个女人。

到了晚上，吴若男把一张金陵大酒店的平面图铺在桌子上，她已经根据孙立伟的交代，再结合骆国栋提供的盗取图纸的计划，制订了行动方案。

按照吴若男的方案，第一步，在明天三点之前，他们必须提前到酒店附近埋伏，因为明天下午四点，魏敏德会向关永山递交最终版的爆破方案图，她会在三点左右去酒店接他，所以余梦寒和骆国栋的行动，会在下午三点之前开始。

第二步，差不多两点多的时候，骆国栋会到魏敏德房间，以自己在爆破方案设计中遭排挤为由，与魏敏德理论争执。接下来，余梦寒就会登场，以她的项链掉落进水池管道内为由，请魏敏德去她房间帮忙。这时，房间里就只剩下了骆国栋一个人，而他是知道图纸藏在哪里的，等到他拿到图纸后，会装进文件袋，从窗户中扔下。

第三步，余梦寒在魏敏德帮她拿回项链后，就会立刻离开房间，来到花园，等到四周没有人注意她的时候，立即从身后的花丛中拿到那只文件袋，夹进她假装正在看的《良友》杂志中，然后离去，但事实上，余梦寒拿到的是他们事先准备好的假图纸。

第四步，就该轮到他们上场了，因为余梦寒不知道自己已经中计，拿到图纸后她会回到酒店，接头者会在酒店的某处或某个房间等她。但海叔被捕后，顶替他去酒店的人是谁，见面地点在哪里，他们都不知道，所以大壮必须要跟紧余梦寒，同时不能被她察觉。

最后一步，一旦确定余梦寒与接头人见面地点后，大壮立即电话通知她。

到了行动当天，一开始一切都是按照吴若男的计划有条不紊地在进行的，但是等到吴若男接到大壮的电话，她带人冲进余梦寒的房间，以为要将余梦寒和与她接头的人员人赃俱获时，数支枪口对准的却是空荡荡的房间。

吴若男顿时有些蒙，"人呢？是这个房间吗？"

大壮也蒙了，"我明明看见她进来的。406，没错啊。"

立即，吴若男就注意到被风吹动的窗帘，她快速走过去，哗啦一下掀起窗帘，果然窗户是开着的，她探出头往下望，底下三楼306房间的窗户是开着的，她顿时明白了一切，咬着牙说："他们翻窗跑了，但应该还没跑远，给我搜！酒店大楼还有附近都要搜个遍，无论如何把人找出来，死的活的都要！"

特务们齐声称是后，飞快离开了。吴若男也快速离开，来到410骆国栋的房间门口，抬手拍门，但是她拍了许久，里面都没有人回应。吴若男于是立即踹开门，但是面对空荡荡的房间，一个难以置信的答案跃入她脑海，她顿时脸上一阵惨白，"不、不可能……"于是在下一秒，她立即抓起电话拨打，没一会儿，电话接通了，她迫不及待地说："魏教授，我是吴若男。请您检查一下爆破方案的图纸……"

魏敏德在电话那头没有明白吴若男的意思，吴若男就重复了一遍，"请您检查一下图纸……是否安全。"

然而魏敏德却一副笃定的口气回答她，"图纸藏在一处只有我知道的地方，你尽管放心。"

吴若男突然歇斯底里般吼了起来，"我让你去检查，现在！马上！"

魏敏德被吓了一跳，然后立即按照吴若男的吩咐去检查了，而吴若男在这头抓着话筒的手却止不住地颤抖，听筒都几乎要被她抓碎了，她越不敢相信，却又越觉得那个噩梦般的预感正逐渐真切起来。电话那头窸窸窣窣了一阵后，终于传来了魏敏德慌张失措的声音，"图纸、图纸不见了……"

吴若男眼睛一闭，没有说话，抓着听筒的手无力地垂下。魏敏德的声音在听筒里嗡嗡响着，"是谁拿走了我的图纸，这是我全部的心血啊！这太不可思议了，藏图纸的地方只有我知道啊，到底是谁偷走的?！你听见了吗？"

吴若男于是选择啪的一声挂断电话，紧接着拨打了另一个号码，等到电话接通后，吴若男咬牙切齿地说："谢冬天，杀了骆国栋的妹妹，将她碎尸万段！"

但是吴若男在听完谢冬天的回答的时候，她只感觉身体一阵发虚，说："什么？……是谁劫走的？"

"不清楚，但这伙人应该是混袍哥的。"

听着谢冬天的声音像风一样从话筒里传来，吴若男气得将手里的听筒砸了个粉碎，"废物！都是废物，我也是废物……"

春羊在从酒店出来之后一直疾步如飞，直到钻进一处地势隐蔽的无人街角，才稍稍缓口气。忽然，身后有个声音喊她，"余小姐。"

春羊回头就望见是骆国栋。骆国栋跑上来还有些惊魂未定，但还是忍不住喜悦地说："太好了，你也安全脱身了。"

余梦寒就笑着说："一切如我们的计划。谢谢你最终回心转意，帮我们拿到了爆破方案图。"

"不是我帮助你们，而是我纠正了自己之前犯下的错误。"

春羊听完，犹豫了一下，还是说："我可不可以问你，是从什么时候开始，你决定要反戈一击，同我们站在一条战线上了？"

"你救我的时候……"骆国栋说的时候，仿佛又看到了春羊从窗口扔出那条浴巾的样子，于是他接着说："吴若男绑架了我妹妹，也全然不顾我的死活，只是为了引你上钩，而在你救我的那一刻，我看到你眼中的善良与仁爱，你只是想救我，救一条性命，无关党派无关主义，这让我意识到你和吴若男，以及魏敏德、关永山之流绝非同类，那天晚上我一遍遍地告诉自己，不管出于什么原因，如果我真的与善良和正义为敌，我会成为历史的罪人。"

春羊听到他这么说，感到十分开心，于是向他伸出手，"我为你做出的正义的选择而高兴。"

骆国栋也向她伸出手，这时，他们听到一阵汽车发动机的声响，一辆

轿车飞速驶来，急停在了街对面。车门打开，骆国栋就看到妹妹向他飞奔而来，骆国栋也赶紧奔了过去，一把将妹妹抱在怀里，安慰着她，"没事了……没事了……"

最后骆国栋的妹妹牵着骆国栋的手走到周左面前，"哥，就是他救了我。"

"多谢英雄！"骆国栋不无感激地说。

周左笑了下，"答应你的事，我就一定会做到。"然后周左拍了拍车门，"车就交给你了，带着你妹妹，快走！"

目送着汽车消失在他们的视线以后，春羊和周左也打算迅速撤退，但是此时周左已经看见对面五名持枪的特务正向他们冲来。

在酒店的吴若男听到枪声，精神顿时为之一振，她先奔到窗前确定了下方向，随即冲出了房间。而在街角的春羊和周左不断举枪向特务还击，但是他们枪中的子弹很快就打光了，而剩下的特务听见他们枪声停了，开始包围过来。

就在那千钧一发之际，一辆轿车飞驰而来，一个急刹停下，轮胎青烟腾起，在地上拖下两道长印，而在车窗内伸出一支枪口，对着特务们连连开枪。

剩下的几名特务顿时中枪的中枪，逃窜的逃窜。而陈浅就立即将轿车掉了一个头，从车窗伸出脑袋向春羊和周左喊道："快，上车！"

春羊于是立即扶起受伤的周左，快速钻进车里，陈浅回过头准备踩下油门，却突然看见一个身影冲到了车前，那个身影不是别人，正是从酒店赶来的吴若男。

吴若男站在马路中间，也看见了挡风玻璃后的陈浅，她举着的枪此刻也瞄准了陈浅。陈浅一咬牙，踩下了油门，轿车向吴若男冲去。吴若男眼中的泪霎时涌了出来，她想要扣下扳机，但最终还是放弃了。而就在快要撞上她的瞬间，陈浅也忽然猛打方向盘，轿车最终绕开了她。

吴若男还是被惊得连退几步，跌倒在地，差点被一辆刚好经过的轿车撞倒，她爬起身后，举枪对着司机，一把将他拽下了车。这时，之前逃窜了的两名特务也跑了回来，吴若男说了声："上车！"

　　几人飞速钻进车里，吴若男猛踩油门，追上尚未消失在视线中的陈浅的车。

第三十九章

吴若男那天还是没有追上陈浅的车,因为在她即将追上的时候,被一列载满败退国军士兵的卡车车队挡住了去路。

吴若男将身子探出窗外,朝车队大喊:"让一下,保密局执行任务!"卡车上的士兵却大骂起来:"你要逃命,我们就不要逃命啊?"

大壮这时焦急地说:"等到车队全部通过,车子肯定不见了,那该怎么办?"

吴若男看了一眼慢悠悠通过的车队,说:"我知道有一个人,陈浅绝对不会丢下不管。"

说完她就立即掉转车头来到陈浅外婆家门口,下车以后,吴若男小声地向几名特务吩咐:"我一个人进去,你们散开,守在附近,一旦有人靠近,立刻抓捕。"然后她就走到门口准备敲门,却发现大门是虚掩着的。她赶紧握紧了枪,轻轻推开门,房间里飘来说话的声音。

她轻步穿过院子,来到门口,发现声音原来是来自收音机里的评书,"……薛丁山望见前方一把九曲歪把红伞,红伞下一匹桃红马,马鞍轿上端坐一员女将……"

吴若男站在外婆门口听着,眼泪忽然就夺眶而出,那悲伤与绝望又渐渐转化了成深深的恨。她抬起枪口,隔着门朝里面连开数枪,木门被打穿了数个枪孔,收音机的声音也没有了。

屋里顿时变得一片死寂,吴若男又有点不相信自己做了什么,她声音颤抖着叫了声:"外婆……"里面没有人答应,吴若男就走过去,手一推,吱呀一声门开了,然而屋里却没有人,只有柜门、抽屉都半开着,外婆应该匆忙离去不久。

吴若男不知是悔还是痛，她抬手摸了摸脖子上那条外婆当初送她的金坠子，扯断扔到了地上，"外婆，我赢了……还是输了？"

此时陈浅外婆正在一间简陋的小屋内转悠着，自言自语："这里什么都没有，我怎么给你做辣子鸡啊？"而周左喝了一口水，对陈浅说："也真是险，我带着外婆刚走没一会儿，还没出巷子口呢，就听见有汽车来了，我赶忙拽着外婆躲到了墙后，果然是吴若男那些人。"

原来是陈浅把车开远后，为了把吴若男引开，他让春羊和周左先下车了。陈浅于是拍了拍周左的肩膀："今天干得不错，立了大功。"

周左立刻得意起来，"那是，自古袍哥最义气，从来窑姐少情意。"

"又来了是不是？自我改造，忘了吗？"

周左嬉皮笑脸着说："没忘，没忘。"

外婆还在东瞅西瞧，陈浅连忙走过去扶她坐下，给她揉着肩，说："小阿娣，就委屈你在这里先住几天了。"

"是不是我们以后不能回家了？"

"当然不是，很快我们就能回家了，而且从此以后，再也不会有战乱，再也不会有欺压，我们的家里天天都是欢声笑语。"

"这么好啊……不、不行，还不够好。我外孙媳妇呢，在哪儿啊？"

陈浅就笑起来，"我不是跟你说了吗，她一会儿就来。"

"你又骗我，看我不揍你。"说着外婆就满屋找笤帚。

陈浅赶紧说："没骗你没骗你，她今天真的会来，她叫春羊，一会儿你就见到她了，真的！"

外婆顿时就乐开了花，但是等春羊把图纸传给组织赶过来的时候，外婆却倚靠着床栏，已经睡着了，陈浅想上前叫醒外婆，春羊拦住他，"算了，就让外婆睡吧，以后有的是见面机会。"

而在这样的夜里，注定有人是无眠的。关永山的太太李琼芳正在收拾细软珠宝等物品，忽然发现抽屉内有一封信，她一脸疑惑地打开信封，看到里面有一张从书本中撕下的残页，看内容分明来自于《基督山伯爵》。除了这张残页，另外还有一封信，正是春羊所写：

姨妈，当你看到这封信的时候，我应该已经离开了，你大约已经知道，我真正的身份。抱歉我没能亲口跟你说一声告别，也无法向疼爱我的姨妈完全坦诚。是的，这张书页，来自于我养母钟爱的那本《基督山伯爵》，而这本书，多年前就已经在你家的书架上，成为关永山的珍藏。

李琼芳看到这里脸色突变，她匆匆走到书柜前，找到书柜里那本《基督山伯爵》，迅速翻看了一番，发觉里面有张书页被撕毁，书页上还有一些星星点点的陈年血迹。而春羊信中夹带的那张残片，恰好就是缺失部分。

李琼芳的手不禁有些颤抖起来，她又接着看春羊的信件：

　　是的，我的养母也就是你的姐姐，正是关永山所杀。我无意清算旧账，亦不为私仇而来，我只是希望你能明白，有国才有家，总有一些感情，超越立场，超越功名，成为世代相传的永恒。我愿为这永恒而奋斗。

看完信，李琼芳手中的书掉落在地，关永山这时从楼下走向楼上卧室，"琼芳，行李收拾得怎么样了？"李琼芳立即把那本书捡起来藏到身后，对着走进来的关永山说："永山，我害怕。"

"怕什么？共军离我们至少还有一百里呢。"

李琼芳欲言又止，"你……真的要留下吗？"

"你以为我不想走？毛局和徐远举区长都说了，是委员长钦点让我留下来收拾残局，我没的选。你把能带的都带上，到时间我亲自送你上飞机。你走了，我才能心无挂碍。"

"你留下来，是不是跟梦寒偷走的图纸有关？"

"你也听说了？秘书真是多嘴。共产党挖墙脚的功夫太厉害，专挑亲戚来卧底，我们也是防不胜防啊。余梦寒这个丫头就是书读得太多，中了共产党的毒。"

"难道秘书不说，你就不打算告诉我了？"

"我不说，是不想让你担心。你知道了又能怎么样？你也不能替我把图找回来。"李琼芳不说话了，关永山就关切地问："是收拾累了？还是舍不得重庆？"

最终，李琼芳还是鼓起勇气，向关永山开口，"有一件事在我心里埋了很多年……我想问你，关于我妹妹……"

关永山意识到她要说什么，又看到她藏在身后的书，立即沉下脸，"余梦寒跟你说了什么，是吗？"李琼芳刚想接着问，关永山却打断了她，"你相信她的话吗？"

"我……"

关永山这时就转过身，走到墙角的保险柜前，打开保险柜，有一把枪摆在一只铁盒上面。关永山将铁盒和枪一起端了过来，李琼芳瞥见那把枪，心里一惊，猜不透关永山要做什么，头也不敢抬。

但关永山拿起了枪，又缓缓把枪放下了，他打开铁盒，里面满满的都是金条，他把铁盒塞到李琼芳手里，"你带上。"

李琼芳顿时愣住了。关永山却语调平和地对她说："万里江山都要改名更姓了，这世界上唯一不会变的，就是家人。过去的很多事情，我也是身不由己，但无论如何，我们才是一家人，你说是吗？"

关永山说完，就握住了李琼芳的手。李琼芳还有点心有余悸，"你……不给自己留点？"

"我留什么？我这辈子攒的一切，还不都是为了给你和孩子留的。"李琼芳一时不知道该说些什么，关永山于是又说："所以，余梦寒说的那些，你还相信吗？"

李琼芳迟疑了下，摇了摇头。关永山就微笑起来："那就好。"

第二天，西南特区，谢冬天一屁股坐上了关永山的椅子，两只脚翘到了桌子上，"关副区长的位子，果然坐起来比较舒服。"

吴若男斜了他一眼，"可惜，坐不了几天了。"

"不会啊，运到台湾继续坐。你说，一个余梦寒是家里的外甥女，一个

陈浅是身边的亲信,都是共产党,用重庆话说,关永山这叫尖脑壳栽密头,栽得深了。"

"爆破图丢了,陈浅和余梦寒跑了,你有什么好沾沾自喜的?"

谢冬天被怼得有些尴尬,只好说:"你说得对。"吴若男却在这时问:"B计划执行得如何了?"

"我已经把所有人都派到了大溪沟电力厂,严加布守。"

"想办法把市内所有与电力行业相关的工程师、技术员、工人,全部集中到大溪沟电力厂。"

"这些人现在都等着共军进城呢,我们根本指挥不动啊。"

"指挥不动?那就全部抓起来,关进大溪沟电力厂!局座有令,厂房、设备、工人、专家,我们带不走的,也决不留给共产党,要让黑暗笼罩重庆!"

谁也没想到解放的日子这么快就要来临。

但在解放的前一天,重庆街头所有店铺都关了门,只有街上不时有军用卡车载着一车车的神情迷茫颓丧的国军士兵经过,等到偶尔有路人看见这一幕,他们窃窃私语,既有害怕,更多是按捺不住的兴奋。

而春羊却看见贴在墙上的反共标语多已残破不堪,被寒风吹着哗啦作响。忽然,有几张掉落的标语,被卡车扬起的风卷起,追着车尾飘飘落落,而春羊在看了几眼后,就朝着鹅岭公园的方向走去,最后迎风登上了揽胜楼,她望着奔流不息的浩渺江面,远处万家民居,层见叠出。远处还不时传来隆隆炮声,像是胜利的号角,这一切都让春羊心中涌起无限感慨。

忽然,她听见身后一个声音喊她,"梦寒。"

春羊回头一看,竟是关太太,她立即警觉地往关太太身后张望,关太太却已经走了过来,说:"你放心,你姨父……关永山他没有来。"

春羊这才收回目光,说:"你怎么知道我会来这里?"

"我听新月说,以前喜欢和姐夫来鹅岭公园揽胜楼,这里视野开阔,是俯瞰两江交汇的绝佳地。你们快要胜利了,这么有意义的时刻,我想也许你会来这里。"

"你收到我的信了？"

关太太点点头，却有些回避春羊的目光，春羊立即读懂了她眼中的意思，然后她听见关太太说："我一个女人，无依无靠，而过去的事……唉……"

春羊也不知道该说些什么，于是说："人各有志，只希望你的选择能问心无愧。"

春羊说完，便想离开。关太太却叫住她，说："等等……梦寒，我有事情想告诉你。"

春羊就停下了脚步，望着她。关太太说："你知道涅槃计划还有B计划吗？"

春羊顿时惊住了，脱口而出："什么？"

"我无意中听到关永山偷偷在电话里说，一旦大规模破厂行动无法实施，就集中剩余力量炸毁电力厂。说是之前有二十吨TNT被悄悄运到了大溪沟电力厂，就是为B计划做准备。他们决定在人员没有撤离的情况下直接引爆，让电力厂以及所有的技术员、工人一起灰飞烟灭。"

春羊听了很是心惊，但又将信将疑，"是关永山在负责这个B计划？"

"不、不是，他现在被免职了。"

"你为什么要告诉我这些？"

"我希望能减轻些他的罪孽……还有我的。我本想去新月墓前看她的，又觉得无颜面对……对了，今天下午三点，电力厂就要封锁了，如果你们想有所动作，最好尽快。"

"TNT藏在什么地方？"

"五号仓库。"

关太太说完，见春羊沉默着不说话，于是她说："天色不早了，我要回去了。"说完关太太就转身离开。

春羊望着关太太的背影，还是有些伤感，于是她叫了一声："姨妈……"

关太太回头朝春羊勉强笑了下，挥了挥手，"下次再见面，不知道是什么时候了。"

一辆篷布卡车驶来，停在了大溪沟电力厂门口，王大葵带着几名特务围了过来，就看到大壮从车厢里跃下，指挥车厢里的人逐一下车。王大葵看着鱼贯而出的人群，问开车的大壮，"多少个？"

"三十多个。"

"就这么点啊？"

"实在找不到人了，整座重庆市，电力工程的、热工程的、机械工程的专家、技术员，甚至退休好几年的老工程师都带过来了，还有送电线路工、配电线路工、汽轮检修工、油务员等等，所有跟电力厂有关的人员，全都找来了。"

他们正说着话，一辆轿车和吉普车一前一后开进了厂里，谢冬天从车里探出头来，"有多少人了？"王大葵立即一路小跑过来，"工人有七八百，各类技术人员、专家大约两三百，加起来一千多人了。"

谢冬天于是就看了看表，"差不多了，马上全厂封锁，不准进也不准出，每个出入口都要安排布守！"然后他又把头缩回车里，继续往前开着，望着车窗外工厂的景象，他忍不住感慨："真是兵败如山倒啊，共军挺进的速度比我们预想的还要快，我看是撑不到今天晚上了。"

吴若男却坐在他旁边说："完成了任务，我们还能在共军占领重庆之前找时机撤往成都。"

谢冬天忽然停下了车，吴若男望见他眼神闪烁着，似乎有话要说，还是问他："怎么停车了？"

谢冬天有些局促不安起来，脸上堆着笑，手却已经伸进口袋，随即他又亮出了那枚戒指，说："若男，你已经拒绝我两次了，但你也知道，我是不会放弃的，不会放弃爱你，不会放弃触手可及的幸福，若男，嫁给我吧！"

吴若男愣住了，"可今天这日子实在是……为什么要在今天？"

"因为我希望和你是在重庆，是在党国的重庆终成眷属，如果错过了今天，就再也没有机会了。"

吴若男淡淡笑了下，没有回应他。谢冬天不安起来，"若男，难道你还……"

吴若男于是就看看谢冬天，再看看他手里的那枚钻戒，像是突然下定了决心一样，"好，我接受。就像你说的，这是党国重庆的最后一天了，我接受。"吴若男说着，泪水在眼眶里打转，谢冬天只以为这是感动的泪，于是他为她戴上戒指的时候，手都有些微颤。

最终谢冬天捧起吴若男的手，深情凝视着戒指闪耀出的光彩，"若男，你知道这一天我期盼了很久很久，遗憾的是，这样的时刻却没有玫瑰，没有美酒，也没有亲朋好友的祝福。"

"那就把这大溪沟电力厂最后的爆炸声，当作是为我们祝福的礼炮，就把那熊熊烈火，当作是为我们绽放的烟火吧。"

谢冬天似乎很赞同吴若男的话，直点头，说："你说得对。"吴若男却在这时抽回了手，说："开车吧，时间不早了。"

没一会儿，谢冬天就将车开到了仓库门口，大壮这时抱着一只铁皮箱，跟在他们的身后，仓库的门一打开，大壮就赶紧把铁皮箱轻放在地上，向谢冬天和吴若男掀开了盖子。谢冬天走过去从中拿起一只雷管瞧了瞧，"国防二厅把不能带走的武器弹药尽数销毁，差点把雷管也全部引爆了，好不容易找到这最后一箱，真是自乱阵脚啊。"

吴若男却毫无废话，直接说："引爆器什么时候到？"

"这种美式雷管，必须用美国人的发电引爆器，国防二厅的引爆器已经被毁了，我们从中美合作所调了一台，一会儿就送到。"

"等引爆器到了，立即布线准备爆破。"

陈浅正在纪国明的住处与他谈话，这时门外却突然传来几声敲门声，等到陈浅打开门，一个小报童站在门口，将一枚发夹交给了他，说："一位姐姐叫我给你的。"

陈浅一看就认出是春羊的发夹，他连忙问报童，"那你知道给你这枚发夹的姐姐去哪了吗？"

小报童摇摇头，就走开了，陈浅站在门口，看到发夹里有一张纸条。

与此同时，大溪沟电力厂内，大壮正提着一台引爆器走进仓库，但是

他一眼就发现地上那只铁皮箱不见了,他脸色顿变,扭头跑出了仓库。

等到穿着一身工装的春羊和周左走上一条通往码头的小路的时候,前方忽然传来一阵吵闹,几个特务正在对一辆拖煤渣的板车进行检查。他们搜查得很仔细,用铁铲戳进煤渣里又翻又搅,看里面有没有藏什么东西。春羊顿时紧张起来,对周左说:"他们发现雷管丢了。"

"走另一条路。"

可是周左往后一看,另几名持枪的特务正往他们这边匆匆赶来,现在前后的路都走不了,周左急了。春羊却沉着地环顾四周,前方不远处有一条小的岔路,岔路尽头是工具间,工具间旁边,有好几座煤堆。春羊眼神指了指工具间,"那里有人吗?"

"那个工具间早就不用了,没人。"

"我们先把雷管藏起来。"

于是他们两人合力,推车一拐弯,直奔煤堆而去,但等到他们在铁皮箱上面覆盖上煤块,重新推起推车,回到之前那条路上时,没走几步就被一个特务叫住了,"那个戴帽子的,跟我来!"

春羊意识到特务是在喊他,她低声对周左说:"我会尽快想办法脱身,一会儿我们还在工具间碰头。"说完春羊朝着特务们走去。

实际上特务是叫他们去三号机组的机修车间,把里面那些旧机器搬走,但是春羊远远地就看见了谢冬天和吴若男,她赶紧把头低下来,然而却听到谢冬天拿着一张电力厂地图在说:"你们几个,东北片区的燃料间、电气间、除灰室,挨个搜查一遍,不能有任何遗漏。还有,千万不能让厂里的人知道雷管的事。"

几个特务就从春羊的身边跑过去,春羊就把头低得更深了。虽然特务们都领了任务散去,谢冬天依然显得焦虑不安,"难道厂里还有共产党的人?如果不能按时引爆,就怕我们都撤不出重庆了。"

"只要共军没有占领电力厂,哪怕坚守到最后一刻,也必须完成任务。"

谢冬天看了眼吴若男坚硬如铁的眼神,不敢辩驳。这时春羊已经在特务的带领下走到谢冬天和吴若男的身边,但是他们似乎都没有发现她,春羊松了口气,快步向前走去,可就在此时,身后突然传来吴若男的声音,

"站住!"

特务和工人们都停下脚步,特务头子刚想问怎么了,吴若男却已经快步上前,一把推开他,走到春羊身后。吴若男掏出枪,对准了春羊,"转过身来!"

春羊没有动。吴若男就一把打掉了春羊的帽子,春羊的长发顿时披散了下来。

"转过身来!"吴若男再次说。

春羊知道逃不掉了,缓缓转身,凛然地望着吴若男,吴若男看着她那张熟悉的面孔,说:"余梦寒,或者应该叫你春羊?"

谢冬天有点吃惊,"她怎么会在这里?"

但是他立即挥手,示意特务头子将其余工人们都带走。吴若男就伸手托起春羊的脸,甩手就给了她一耳光,"是你偷走了雷管?"

春羊忍着疼痛不说话,吴若男就一把捏住她的下巴,"雷管在哪儿?"

春羊瞪着她,"你开枪吧,我不会说的。"

"怎么就你一个人?那个爱你的陈浅呢?"

"迎接解放,他有很多工作需要做。"

"你以为你和陈浅的好日子就要来了是吗?"

"不只是我们的好日子,是全中国人民的好日子就要来了。"

"可惜你看不到了。"

春羊瞥见了吴若男手上的戒指,说:"看来,你也找到了真心想嫁的男人。"

吴若男感觉被戳中痛处,又甩手给了春羊一记耳光,"我唯一难过的是,不能让陈浅亲眼看着我杀了你。"

说着吴若男就掏出了枪。谢冬天拦住她,"留着她的命,或许有办法让她开口。"

"你还不了解他们共产党吗?就和海叔一样,她到死也不会说一个字的。还不如就满足她最后的心愿吧。"

吴若男手指用力,扣下扳机,春羊已经闭上双眼,准备慷慨赴死。忽然,一辆卡车呼啸着向他们冲来,吴若男大惊,掉转枪口,对着卡车开枪。

谢冬天也赶紧掏出枪射击。

挡风玻璃被击穿了数个弹孔，但依然无法阻挡卡车的前行，春羊立即闪躲到一旁，卡车径直向吴若男撞去，谢冬天一个飞身，推开了吴若男。

卡车里的周左就猛踩刹车，卡车急停在春羊身旁，春羊迅速跃入车厢。这时，更多的特务听到枪声已经赶来支援，子弹追着卡车车尾，击出了火花。

但卡车势不可当，冲向工厂大门。但卡车油箱被击穿了，正在不断地漏油。周左竭力控制着方向盘，可后面一辆轿车和一辆吉普车已经追了上来。

周左望见油表显示的油量在不断下降，终于，在发出一阵吭哧吭哧声后，卡车停了下来。跟在后面的轿车和吉普车也都停下，谢冬天和吴若男等人下了车，正准备向卡车靠近。

就在这时，一辆黑色轿车从马路旁一条巷子里冲出来，一支枪口伸出窗外，连续向特务们开枪。吴若男等人被打了个措手不及，连忙找掩护躲避。轿车急停在卡车旁，陈浅探出头朝周左和春羊喊道："上车！"

周左和春羊分别从驾驶室和车厢下了车，飞速钻进了轿车内。陈浅一边开着车，一边回头问春羊和周左，"你们没事吧？收到了报童送来的纸条，我就立刻赶过来了。"

等到后视镜里已经不见了谢冬天他们的车，陈浅才敢稍稍放慢了车速，问道："那箱雷管现在在哪儿？"

"藏在了煤堆里。"春羊回答。

陈浅有些担心，周左于是问："解放军还有多久能到？"

"天黑前能进入市区……但如果被吴若男他们找到了雷管，这点时间足够他们引爆 TNT 了。"

"我们之前在码头那边出现过，我看见他们把那一带设为了重点搜索区域。"周左说。

"雷管藏在那里很不安全，随时有可能被发现。"陈浅说。

春羊快急哭了，"周左你就不应该救我，摧毁雷管才是首要任务。"

"我总不能眼睁睁看着吴若男向你开枪吧？"

"我一条性命,能换取电力厂一千多人的性命,还有所有的机器设备,我愿意!"

"你要是死了,我怎么向浅哥交代?顾曼丽死了你知道我有多痛苦吗,我不想让浅哥也承受这样的痛苦!"

"可现在怎么办?"

陈浅开着车,听着他们你一言我一语,立即大声吼道:"你们别吵了!"然后他深呼吸了一口,紧皱着眉头,说:"让我想想办法。"

谢冬天放慢了车速,转头对旁边的吴若男说:"雷管不在卡车上,那一定还在厂里。"

吴若男却像是没有听到他的话一样,依旧瞪大眼睛四处张望着,想找到陈浅的车。忽然,吴若男听到有一个方向传来汽车轰鸣,她立即说:"那边!"

谢冬天立即加速追了过去,果然,陈浅的车从另一条马路窜出,距离他们很近。吴若男举枪伸出窗外,连续开枪。顿时汽车的两个后车胎都被击中,瘪了下去。

吴若男看到陈浅车速不断下降,最终方向也难以控制。终于,轰隆一声巨响,失控的轿车撞到了墙上。陈浅的头重重磕在方向盘上,一道血沿着脸颊挂了下来。但他还是探出窗外,继续向谢冬天的车开枪,但没一会儿,枪里的子弹就打光了。

吴若男和谢冬天望见车里没有了动静,一起下了车,和大壮等人呈合围之势,数支枪口向陈浅的车逼近。

等靠近时,吴若男看见陈浅还想再发动汽车,却怎么都打不着火了。

第四十章

　　大壮等几名特务将被反绑了双手的陈浅和春羊推搡进了配电室，吴若男看了看表，命令大壮："你们继续搜雷管。"

　　等到大壮带着几名特务离开后，谢冬天将陈浅和春羊按坐在一张长凳上，两人肩并着肩，"你们还有一个人呢？"谢冬天问。

　　"他受了伤，我让他先逃了。"

　　吴若男这时却走到他们面前，"看上去，果然是般配的一对啊。"

　　谢冬天也看着他们，说："他们两个肯定都知道雷管在哪儿。"

　　"那就看是谁先开口了。"

　　"依我看，还是女人的心软一些。"说着谢冬天狠狠一枪托，砸向陈浅的脸。陈浅被砸翻在地，谢冬天揪住他的头发将他提起来，又是一枪托，陈浅脸上顿时鲜血淋漓。

　　"你们这些畜生，住手！"春羊立即怒吼起来。

　　谢冬天却揪着陈浅的头发，把他的脸凑到春羊面前，"你心疼了是不是？是不是？！"然而这时他的眼神无意间瞥向吴若男，看到吴若男眼中分明有痛。谢冬天顿时妒火中烧，用枪口抵住了陈浅太阳穴，瞪着春羊道："你再不开口，我就杀了他！"

　　陈浅一口含血的唾沫吐到谢冬天脸上，"你开枪吧！"

　　谢冬天擦了擦脸，又是一枪托，然后他直起腰，说："好！"

　　吴若男却立即冲过来，按下了谢冬天的手，"怎么，你舍不得我杀陈浅？"谢冬天盯着吴若男问。

　　"相比让他死，我更愿意看到他痛苦。"说完吴若男不慌不忙抬起枪，对着春羊开了一枪，只是她有意偏离了枪口，但春羊和陈浅都惊得颤了下身体，这似乎达到了吴若男的目的，她笑着走过去，把她的枪口顶住春羊头部，"陈浅，我不知道春羊对你的爱有多深，但我知道你对春羊的爱有多深，我觉得还是你来告诉我比较好。你或许觉得我会念及过去的情谊，不忍对你下手，但杀这个女共党，我可一点不会手软。毕竟同事一场，我保证，只要拿到雷管就放你们走。"

说着吴若男还向陈浅亮了下她手上的戒指，"我和谢冬天就要结婚了，有情人终成眷属，我也应该成全你们。"

陈浅强撑着不松口，"那你们应该尽快逃跑，解放军已经进城了。"

"还是不肯说是吗？好，其实我一直很想知道，你究竟有多爱春羊，今天倒是个好机会。"然后她侧过脸对谢冬天说，"杀了春羊。"

谢冬天愣了下。

"开枪，杀了春羊！"

谢冬天于是举枪对准春羊，陈浅像是终于崩溃了，"等等！别开枪！"吴若男不知是得意还是失落，"看吧，什么主义，什么信仰，最后还是小情人的性命最重要。"

"为了她，我愿意牺牲一切。"

啪！在陈浅说出这句话的同时，吴若男狠狠抽了陈浅一记耳光。陈浅却继续说："你放了春羊，我告诉你雷管在哪里。"

"你先告诉我雷管在哪里，我再放了她。"

"我凭什么相信你？"

"你只能相信我。"

陈浅听完似乎想了一下，然后他说："这样吧，我直接带你们去，但春羊要和我一起，你们准备一辆车，一拿到雷管，我就带她走。"

陈浅告诉吴若男雷管在锅炉房，谢冬天满脸狐疑，"之前我们发现春羊的地方，可不是在这儿，你别耍花招。"

陈浅也很坦然，"枪在你们手上，耍花招对我们有什么好处？"

等到吴若男和谢冬天把他们带到锅炉房，陈浅抬头指了指，"雷管就在冷却塔上面。"谢冬天和吴若男就一同抬头向上望，上面黑洞洞的，什么都

看不清。陈浅看出谢冬天的疑心，语带嘲讽地说："你要是不敢，也可以让我上去，不过你得先解开我的绳子。"

谢冬天瞪了他一眼，对吴若男说："我上去。"

看着谢冬天收起了枪，踩着铁梯往上攀爬。陈浅悄悄退后了一步，被反绑在身后的双手伸进了一组设备的空隙处，他的手顿时摸到一把短刀。

原来刚才在车上，陈浅问周左厂里还有没有能用的武器，周左告诉他，枪都被缴走了，只有一把他自制的短刀，就藏在了一号机组锅炉房的冷却塔那里。

吴若男瞥了眼陈浅，没觉察到他手上的动作。陈浅赶紧调整了下短刀，三两下便割断了手上的绑绳。春羊见状，悄悄向陈浅靠了一步，陈浅于是帮春羊也切割绳子，但短刀不慎撞到了旁边的铁栏，发出当的一声。正关注着谢冬天的吴若男猛地回头，"你在干什么？"

这时，春羊的绳子也断了，陈浅手腕一抖，还没等吴若男举枪，短刀向着吴若男飞去。吴若男闪躲了一下，短刀扎进她肩膀，枪也飞了出去。

陈浅冲春羊喊："快去！"

春羊毫不犹豫，反身向来时的方向奔去，边跑刚才在车上的画面就不断在她的脑子里放映：陈浅目光坚定地盯着她说："我去电力厂。"

"你去不是送死吗？"周左立即说。

"我跟你一起。"她也看着陈浅。

"不，我一个人。"陈浅立即拒绝她。

"不，我们两个人把握更大。他们知道我和你的感情，必定会以其中一人来胁迫另一人说出雷管下落，我们正好可以利用这一点。"

"可就算你们能进入厂区，也不可能靠近我们藏雷管的那个地方，你们没有机会的。"

……

春羊想着继续朝前越跑越快。

而陈浅想去拾起吴若男的枪，但枪却卡在了机器缝隙处，试了几下都够不到。在冷却塔上的谢冬天听到响动，飞快爬了下来，见到吴若男受了伤，他连忙向陈浅开枪，然而子弹没射中陈浅，却击穿了他身后的油管，瞬间燃起了火。火势迅速蔓延，为防锅炉爆炸造成巨大损失，陈浅只得抱起一只灭火器先去灭火。

谢冬天也赶紧跑到吴若男身边将她扶起来，望着她血流不止的肩膀，谢冬天仿佛痛在自己身上，吴若男却说："我没事，死不了，别让陈浅跑了……"

于是在陈浅终于扑灭了火，想要逃离的时候，迎面撞上了谢冬天的枪口，谢冬天冷冷地对他说："冷却塔上面根本没有雷管。"

但他刚说完，窗外忽然传来春羊坚定而响亮的声音，是电力厂的广播开启了，他们同时听到春羊在广播中说："大溪沟电力厂的工友们，我是中国共产党员春羊，重庆马上就要解放了，但国民党反动派妄图在败退前摧毁我们电力厂，他们在五号仓库储藏了二十吨炸药。我们盗走了引爆炸药的雷管，此时特务们正在四处搜寻雷管的下落。工友们，那箱雷管就藏在码头工具间外的煤堆里，你们要保护好雷管，绝不能让特务们拿到！绝不能让敌人的阴谋得逞！"

陈浅在听到春羊的声音那一刻就笑了，吴若男和谢冬天才恍然大悟，这一切原来都是陈浅和春羊设计好的，他们中计了。

可是他们明白得太迟了，工厂里的所有人听到春羊的广播，顿时义愤填膺，他们拿起了铁锹、钢叉、铁锤等所有能当武器的工具，向码头方向聚拢过去，说："我们去码头，一定要阻止他们！保卫电力厂！"

而在那里刚刚发现并将铁皮箱挖出来的大壮跑出没几步，就忽然发现前方涌来了一群工人。他们挥舞着手中各式武器，喊声震天，冲破了警戒线。有人看见了大壮抱着的铁皮箱，怒吼道："放下雷管！"大壮扭头想往后跑，后方的路同样被工人们切断了。大壮慌了，大叫起来，"开枪，快开枪！"可特务们手中的枪，似有千斤重一般，怎么都举不起来了。

眼见着大势已去，谢冬天冲陈浅咆哮："你以为你们赢了是吗？但枪还在我手上，你死到临头了，还笑得出来？"

"当然笑得出来。"

"我只后悔，应该早点杀了你，去死吧！"

谢冬天正要扣下扳机，吴若男突然发出撕心裂肺般的声音，"别开枪！"谢冬天万般不解地望向吴若男，愤怒而又绝望地对她说："陈浅想杀了你，你却还舍不得他死？"

吴若男泪如雨下，说不出话。谢冬天发了疯似的，"你还爱他？事到如今你竟然还爱他？"

吴若男望向窗外，码头那边正在发生的，她看得真真切切，她两眼黯淡无光，"谢冬天，我们输了，快离开吧，还能找一个没有封锁的路口冲出重庆。"

谢冬天却依旧很执拗，"只要陈浅不死，我们无论逃到哪里，也不会真正幸福的。"

"好，那就杀了陈浅，但这一枪轮不到你来开！"

吴若男强忍着痛，踉跄着走到谢冬天身边，向他伸出手。谢冬天明白了她的意思，感到一阵欣慰，他把枪递给吴若男，说："杀了他，你就能彻底忘了他！"

吴若男举枪对着陈浅。

"然后我们去成都，去台湾，我们会永远……"

谢冬天的话没有说完，也永远说不完了，吴若男的枪口突然偏转，砰的一声，子弹正中他的眉心。谢冬天直挺挺倒了下去，他怒睁着双目，仿佛他人生的戏还迟迟不肯落幕。吴若男望着陈浅泣不成声，"为什么？"

陈浅看着她，"你在问我，还是问你自己？"

吴若男只是一遍又一遍重复着，"为什么？为什么？"

大壮被工人们包围，他放下铁皮箱，掏出枪想做最后的反抗，"谁再靠近，我就杀了谁！"但工人们毫不畏惧，继续向他包围过来。

枪响了，倒下的却是大壮。原来是周左、纪国明带着护厂同盟赶到了这里，剩余的特务绝望地放下武器，举手投降。

而陈浅望着吴若男迟迟不肯放下的枪，轻声对她说："吴若男，投降吧，接受人民的审判。"

"你是不是觉得，我是不忍对你开枪所以才杀了谢冬天？你错了，我杀他只是觉得他太吵了……"吴若男瞥了眼谢冬天的尸体，摘下手上的戒指，扔到了他脑袋旁，"其实我觉得他说得对，杀了你我就能彻底忘了你。"

吴若男说着就扣下了扳机，但是在那一刹那，陈浅手里有个什么东西向她飞了过去，正是春羊的发卡，吴若男不明情况，手顿时歪了下，子弹射偏击中了陈浅的小腿。陈浅倒了下去，撞到他身后的设备，倒是让之前被卡在设备缝隙处的那把枪落了下来。陈浅伸手够到了枪，立即向吴若男开枪还击。

但是吴若男已经逃跑了，陈浅一下子猜到了吴若男要做什么，嘶吼着："吴若男，不要！"他竭力站起，拖着伤腿想追上去，可没追几步，就又倒下了。

春羊双手握紧话筒，继续慷慨激昂地说："工友们，让我们团结起来，保卫电力厂，保卫重庆！解放军已经抵达了南岸，胜利即将来到！胜利一定是属于我们的！"

聚集在码头边的工人们一起高呼着："保卫电力厂！保卫重庆！"

春羊的声音顿时就和工人们的声音交织成一片，恢宏浩荡。而纪国明指挥着护厂联盟，迅速捉拿企图逃窜的特务。在那其中，周左忽然发现一张熟悉的面孔在工人中一闪而过，正是已经换了一身工装的王大葵。周左挤过人群想追上他，但人实在太多，一眨眼工夫王大葵就不见了。吴若男逃离了锅炉房，就快速奔跑过厂区，她看见了正在涌向码头的工人们，也听见了震天的呐喊，她知道大势已去，她现在只剩一个最后的念想。

春羊还在广播室，与外面的工人们一起呼喊："保卫电力厂！保卫重庆！打倒反动派！解放全中国！"突然，广播室的门被踹开，吴若男端着枪出现在门口。她先是一枪打烂了春羊手中的话筒，接着反身锁上门，并用一把椅子抵住门锁。

春羊并不害怕，她说："你能阻止得了我，但你阻止得了所有的工人们吗？阻止得了人民解放军吗？"

"是，我阻止不了，但你以为这样你就赢了？"吴若男朝她走过来。

春羊依旧淡定地说："我从来没想过个人的输赢。"

吴若男已经走到她面前，目光像要将她撕碎，"如果陈浅没有遇见你，那该多好！"

"不论遇见谁，陈浅终究会成为真正的自己。"

"能否告诉我，你们是因何而相爱的？"吴若男的语气好像突然软了下来。

"两颗彼此照亮的心。"

吴若男冷笑，她仰了一下头，然后快速盯住春羊，"两颗彼此照亮的心？不过很可惜，其中有一颗再也不会发光了。"

"你什么意思？"

"陈浅已经死了，是我杀了他。"

春羊十分震惊，"不、不可能……"

吴若男看着春羊这副模样，就大笑了起来，"这世界，还有什么事情是不可能的？！"

"你说谎，我不相信。"春羊仍旧坚持。

"如果让你选择，你愿意和陈浅去另一个世界团聚呢，还是阴阳相隔呢？"

春羊说不出话。

"你猜我会怎么选？"

这时，春羊听见一个远远的声音，"春羊！"春羊知道是陈浅在喊她，顿时惊喜万分，"陈浅！我在这儿！"

"我告诉你，我会怎么选。如果陈浅死了，我就让你活着，现在陈浅活着，你就必须死。因为不管在哪里，我都不会让你们在一起！"

等到陈浅跌跌撞撞撞开广播室的大门，只看到了刚跃出窗外的吴若男的背影和躺在了血泊中的春羊。陈浅立即跑过去，抱起春羊。

那一晚，医院外的枪炮声不绝于耳。而陈浅木木地坐在医院的走廊上，等到手术室的门打开，他就赶紧迎上去，问："她怎么样？"

"暂时没有生命危险，但是因为失血过多……能不能苏醒，要看后续恢复情况。"

这时一名护士兴奋地跑了进来，"进城了！进城了！解放军进城了！"诊所内走廊上的人顿时都欢呼起来，陈浅却走到沉睡在医用推车上的春羊的身边，他拉起她的手，俯身在她耳边说道："春羊，你听到了吗？解放了，胜利了，你一定要醒来，一定要睁开眼睛看看这个世界，我们说好的，有好多事要一起做，你不能食言……"

春羊一动不动，面容平静安宁，陈浅于是握紧她的手贴在脸上。

外婆正在家一边拭尘做卫生，一边听着收音机，突然里面传来女播音员激动不已的声音："1949 年 11 月 30 日下午，中国人民解放军第二野战军所部第十一、十二、四十七军的 5 个营，分别从西、南、东三个方向进入重庆市区。至此，重庆人民终于迎来了解放……"

外婆似懂非懂地停下手中的动作，望向窗外。这时陈浅走进来，扶着外婆一起走出家门，加入街上的人流中，街上四处欢声笑语，有人敲锣打鼓，鞭炮炸响，有人挂起了庆祝解放庆祝胜利的横幅。

外婆看着眼前的这一切，忍不住说："真热闹啊，像过年一样。"

"比过年还热闹，因为这才是我们的重庆，我们的国家。一切都是自由的，全新的样子。"

随即队伍不断前进，来到了纪功碑附近。陈浅看到有几个学生模样的年轻人，在老师的指引下，将一面五星红旗缓缓升起。那是一面用红绸被面缝制的红旗，上面的五角星以黄纸制成。一阵风吹来，红旗迎风飘展，陈浅不由得热泪盈眶，对着红旗庄严敬礼。

外婆看了陈浅一眼，也跟着举起手敬礼，越来越多的人学着陈浅的样子，对那面五星红旗举右手敬礼。陈浅耳边此时仿佛听到雄壮的《义勇军进行曲》，他注视着冉冉上升的红旗，眼里幻化出顾曼丽、钱胖子、海叔、邱映霞等人欣慰的笑容，他们一个个转身，离他而去。

陈浅又眨了眨眼，这次他仿佛看到春羊向自己奔跑而来。然后他转头对外婆说："小阿姊，想不想去看看你的孙媳妇。"

外婆点点头，陈浅随后就领着外婆，走进了春羊的病房。春羊依然昏迷着，静静地躺在一缕洒进了房间的阳光中。

"小阿娣，她就是春羊。"

外婆就轻轻走向春羊，像是怕吵到了她，最后外婆坐在春羊身边，轻抚着她的脸，眼中溢满了爱与温柔，"多好看的女娃噢。"

陈浅听着眼眶有些红，泪水也在眼眶里打着转，但是他还是走过去，在春羊的耳边轻轻说："春羊，外婆来看你了。"

外婆凝望着春羊，"那天晚上我要是没睡着就好了，还能跟你说说话。"

"那天晚上，春羊怕你着凉，还给你盖上了被子。"

"多懂事的姑娘啊……怪不得那天晚上我做了一个特别美的梦呢，我梦见你们俩啊，拜堂成亲了。"

"小阿娣，那不是梦，那是真的，一定会是真的！"

一转眼就到了1951的春天，陈浅穿着一身公安人员的服装，脚步匆匆地走进了公安局办公楼。一名刚刚从里面走出来的警察对陈浅打了声招呼："陈科长。"

陈浅对他略一点头，周左就从楼外跑来，追向陈浅，喊了一声："浅哥。有消息了。"

陈浅顿时眼睛一亮，周左就立即跑到他跟前汇报："根据春羊同志之前留下的线索，关永山曾经杀害妻姐周新月，也就是春羊的养母，海叔的妻子。最近周新月的坟前，忽然出现了有人祭拜的痕迹。"

"应该是关永山。除了他，周新月在重庆再无亲眷。"陈浅听周左说完立即推断道，因为在重庆解放后，公安机关一下抓了一千多名特务，但关永山没走，留在了重庆继续伺机作乱。而陈浅现在的任务，就是把关永山和他领导的国民党特务组织揪出来，组织上还给这个任务起了个名字，就叫"惊雷行动"。

周左听完陈浅的推断也说："我也这么怀疑，敢情这家伙还算有点良心。他娘的，找了他整整一年，这家伙总算露出了一点尾巴。"

"现场还有其他线索吗？"

"有，发现了脚印，而且我怀疑，来人并没有下山。你要不要跟我去现场看看，分析一下我判断得对不对？"

很快，陈浅和周左就身穿便服站在周新月的墓前，果然看到墓前有一个淡淡的泥巴脚印，除此之外陈浅还在墓前看到一束已经有些干枯的菊花和几支燃尽的香插在那里。

周左看见陈浅蹲下身子正在观察，于是说："从花的枯萎程度来看，祭拜的时间应该是在两三天前，也就是惊蛰日前后。连日阴雨，泥沙松软，所以来人站立过后，留下了这个脚印。根据测量，这个脚印是41码的，与档案中记录的关永山的鞋码大小相同。"

陈浅观察着脚印，又转身望向了脚印可能延伸的方向，不远处有一条石板铺成的台阶路。周左继续说道："从墓地离开，那条路是唯一通往下山道路的。如果此人从这条路离开，一定会在台阶上留下同样的脚印。但是台阶上竟然一个脚印也没有。这说明，他也不是从这条路上的山。"说着周左又指向墓地另一边的草丛，"反倒是这边，又发现了同样的脚印。"

陈浅与周左一起走到草丛边，拨开野草，可见泥地中的脚印。"由此可见，此人要么长住山中，要么刻意掩藏自己的行踪，无论是哪种情况，都很可疑。浅哥，你觉得我说得对不对？"周左继续说。

"痕迹学培训颇见成效，业务能力越来越强，有前途。"

"嘿嘿，这不是近朱者赤吗？跟了你这么些年，多少学了点。"

陈浅于是顺着草丛向前走去，走到一片开阔处，望着眼前的景象，他说："这山里共有两个村子，一座寺庙，里面的常住人员情况都查了吗？"

"正准备查。我打算派人去找相熟的村民暗中了解，以免打草惊蛇。"

陈浅点了点头，却听到不远处的寺庙此时传来一阵钟声，他于是对周左说："涂山寺的香火越来越盛了，走，去看看。"

到了寺庙里，周左十分虔诚地跪在释迦牟尼像下双手合十，口中念念有词。陈浅静立在一旁，等到周左祈愿完，陈浅忍不住问："你说人们为什么要来拜菩萨呢？"

周左瞄了一眼周围，只见在佛堂进入的多半是老弱妇孺，说："别人我不知道，我吧，我娘在上海，山高水远的，我也照顾不着，春羊在医院躺一年了，咱不是医生，也帮不上忙。小阿娣天天盼着你能娶上媳妇。我自己办不成的事，求求菩萨，兴许就灵验了呢。"

陈浅仿佛被点醒一般，说："一心想破坏新中国，帮国民党反攻大陆的关永山，或许也有和你同样的想法。"

说完陈浅就带着周左转到偏院，只见这里有三名石匠正在一块功德碑上敲敲打打，刻下一些善男信女的名字。

周左与陈浅聊着天："来重庆这么些年，我还没来这里好好逛过。想不到这涂山寺还大有来头。这大诗人白居易都来过。看看……野径行无伴，僧房宿有期。涂山来去熟，唯是马蹄知。"

陈浅听着周左说话，目光仿佛随意地从那几名石匠身上掠过。一名石匠此时放下铁锤，走到旁边的一张凳子旁，从那凳子上拿起一把精巧的茶壶给自己倒了一杯茶水，喝了一口。陈浅盯着那名喝茶的石匠，却忽然走到他身后，喊了一声："老关。"

喝水的石匠闻声吃了一惊，立刻伸手去怀间掏枪。陈浅已抢先一步掏枪射击，精准地击中了关永山的右手，关永山刚刚掏出的枪便应声落地，而陈浅就迅速欺身上前将关永山制住。

另外一名石匠吓得呆住，而第三名石匠正是王大葵。王大葵见势不妙，立刻向院外跑去，周左对着王大葵开了一枪，子弹击中院门，王大葵已逃出了院外。另一名石匠也想逃跑，被周左抓住。

"关永山，你可真能藏，我找了你好久。"

"你是怎么认出我的？"关永山的脸色已经惨白。

陈浅就瞥了一眼凳子上那把精巧的茶壶，"要不是这把清代宗师陈鸣远亲手所制的紫砂壶，原本我还真没认出你。"

关永山惨然一笑，"玩物丧志……我没有输给你，我是输给了自己。姓陈的，算你狠！"

关永山坐在陈浅对面，周左坐在陈浅身边做着记录。

"关副区长，昔日你常说，识时务者为俊杰。如今这情势一目了然，连保密局西南区少将副区长李修凯也自首了，我劝你交出潜伏的特务名单，戴罪立功。免得浪费彼此的时间。"

这时周左也补充说："还有，白公馆的杨钦典也主动自首了，不但不用坐牢，政府还安排他告老还乡。你放心，新政府对于弃暗投明的人，一定会宽大处理的。"

陈浅就扭过头："周左，你出去给关副区长泡杯茶。"

等到周左离去，陈浅给关永山递上一支烟，并点上火。关永山吸了一口烟，这才说道："陈浅，你知道当初我为什么看重你吗？哪怕谢冬天说你再多的坏话，我还是不相信你会背叛党国。"

"多谢关副区长一直以来看重我。"

"我知道你是个有本事有骨气的人，你宁死不屈，就像我一样。所以，不用劝我了。"

"老关，民心所向，才是真正好的信仰。弃暗投明，不叫背叛。"

"陈浅，我知道你说得对。可老婆孩子都去了台湾，我若叛党，那等于是要我全家老小送命。这断子绝孙的事情，我不可能做。什么信仰什么主义，也不能让我家人搭上性命。我没那么高的境界。"

"你知道党国败在哪里吗？"

"就败在这境界上，我知道。可老娘再不好，也是亲娘，党国虽已溃败，我信仰不败。人各有志，念在昔日咱们同僚情谊的分上，你不用逼我，我也不求将功折罪。是非功过，留予后人评说吧。"

关永山说罢身子向后靠在了椅背上，神色竟是格外平静与苍凉，说："你想要名单，就自己去找，就当作我留给你的最后一道谜题。"

陈浅最后看着关永山，说："老关，你一向信佛，为什么要选地狱？"

关永山笑笑，"只要党国复兴尚存希望，我入地狱，也无悔。"

等到陈浅从办公室里出来，在外面听见一切的周左连忙说："浅哥，你真不打算审了？"

"关永山能在军统和保密局混迹多年始终身居高位，绝非等闲，他还是实打实地组织落实过大量行动，为抗战立下过功勋的人。这样的人，即便立场不同，我也敬他三分。"

周左若有所思地点了点头，又转念一想，"那他手上的特务名单怎么办？拿不到名单，这遍地的老鼠可不好抓啊。关永山虽然被抓了，国民党要再派个人来，随时死灰复燃。"

"可惜让王大葵跑了。另外被捕的那人交代了吗？"

"那人本来就是个石匠，他不认识关永山，只知道他叫乔师傅，刚来涂山寺干活没两天，我去寺里打听过了，他说的是实话。关永山化名乔师傅在这里躲了半年了，一直帮着寺里干些杂活，为人也挺谦和，工钱也不计较，最近在刻的这个善男信女的功德碑，他都没收工钱，说是他也出一份力，算是积点功德。"

陈浅似乎忽然想到了什么，说了一声："功德碑？"

"怎么了？"周左不明所以。

"关永山说过，只要党国复兴尚存希望，我入地狱，也无悔。"

"难道，名单就在功德碑上？"

说着两人就一齐快步向外走去，到了涂山寺偏院，周左将已经刻了大半的石碑扶起，未刻的部分也已用红笔描写了名字。

陈浅辨认着上面的名字，看到一个张国洪，"这个名字我记得，从前二处外勤的。"随即他又指着一个邹霖森的名字，"还有这个，我认得他，从前是保密局的线人。"

周左在一旁听着，"我们得到的情报是保密局新发展了近三十个秘密特务，可这名单上有几百号人，到底哪些人是呢？"

陈浅站起身，"把这上面的所有人名抄录下来，让人事档案处的同志协助调查，用排除法再行甄别，务必把这些人找出来。"

正是放风的时间，身穿囚服的关永山与一众囚犯一起从牢房走向院子。和寻常囚犯不同，关永山依旧保持着背脊笔挺的姿态，神色淡定。关永山在院中一张石凳上坐了下来，不经意间，他看到了一个熟人。

远远地，张国洪也看见了他，有些激动地向他走来，"关副区长。"

关永山认出了张国洪，淡淡地说："你也进来了？"

张国洪欲哭无泪，"全完了，我知道的同志，全都被抓了。"

关永山对这个结果并不意外，说："猜谜这事，陈浅从来没输过，也罢。"

"我们往后怎么办啊？关副区长。党国还会管我们吗？"

关永山目视远处,"一朝天子一朝臣,党国的朝代,已经翻篇咯。"说完关永山不再理会张国洪,起身向远处走去,他的背脊依旧笔挺,只是神色一点一点地垮了下来,令他看起来仿佛一下子苍老了十岁。

外婆坐在桌前,眼巴巴地看着陈浅和周左品尝着一盘糖醋排骨,突然她问:"好吃吗?"

"外香里嫩,酸甜可口,差不多就是这个味道了。"陈浅嘴甜地说。

"这还叫差不多?绝对是地道的上海风味。外婆,你这手艺不去开个饭店真是太可惜了。"周左的嘴更甜。

外婆脸上顿时乐开了花,"不开饭店,不开饭店,我要一开,人家开店的就没活路了。使不得。"

陈浅随即打趣道:"看看,我们小阿娣多替别人着想。"

周左随即哈哈大笑起来。

"我学这菜啊,就是专门做给我外孙媳妇吃的。你俩别吃了,赶紧拿去让我外孙媳妇尝尝,过关了没有?"

"好,只要她肯点头,我就带她回家。"

"好的呀,回头你带春羊回来,别忘了叫上奎林、胖子还有若男。我再去准备一盘你们爱吃的辣子鸡。"外婆说着起身向厨房走去,陈浅望着外婆的背影,却莫名有些怅然。

"像外婆这样一直活在过去,也挺好。"

陈浅却不愿意再说,只说:"走啦,你先回局里,下午我休假,去陪陪春羊。"

一名护士推着小推车从病房门口走过的时候,就看见陈浅又坐在春羊的病床前,正用口琴吹奏着那曲《爱的致意》,但病床上的春羊却依旧沉睡不醒。等到护士推着车走过的时候,陈浅也刚好停止了吹奏,他俯下身来温柔地对春羊说:"春羊,关永山已经抓住了,这日子什么都好,就差你了。你看,外婆的糖醋排骨越做越地道了,闻到香味了吗?这么香,谁还躺得住,起来吃啦。"

然而周左的咳嗽声突然在门口响起,脸上却憋着笑,陈浅没好气地白

了周左一眼,"不是让你先回局里,特务工作做到我的眼皮底下来了。"

"没有没有,要不是有紧急情况,我也不来打扰你休假。"

陈浅神情立即变得严肃起来,"什么紧急情报?"

"组织派往台湾潜伏的'戴安娜'同志发来密电,关永山被捕之后,国民党保密局已秘密派遣一名代号'乌鸦'的特务潜回重庆,继续秘密破坏任务。"

陈浅立即放下口琴:"走。回局里召集行动队的同志,马上开会。"但是刚走到走廊上,陈浅立即又问,"'戴安娜'有没有提供'乌鸦'的具体线索?"

"她只知道,此人曾经是关永山的部下,解放前是保密局西南特区的大红人,对重庆特别熟悉。"

陈浅不由得心中一紧,停下了脚步。

在陈浅和周左说话的同时,在一家光线昏暗的小饭店里,一个女人正坐在包厢内的桌子旁,她戴着一双羊皮暗花手套。而在她的面前放着两副碗筷,很显然她是在等人。

而没过一会儿,神情憔悴,一身脏衣服的王大葵出现在了饭店门口,他鬼鬼祟祟地四下张望了一下,才掀开帘子,钻进了饭店。等到他进入包厢,看到了那个女人的脸,立即惊讶起来:"原来你就是'乌鸦'?"

那个女人也没有再遮掩,她脱下帽子,露出了脸,竟然是吴若男,她微笑着说:"又见面了,王大葵。"

王大葵也一副迫不及待的样子,"你可算来了。"

"党国从未放弃重庆,委员长的口号是'反攻大陆'。"

王大葵于是坐了下来,给自己倒了杯水,"你来了,我就有信心了。对付陈浅,你有一套。"

吴若男脱下了自己的羊皮手套,她的中指戴着一枚琥珀戒指,然后她把有些歪斜的琥珀戒面正了正,"我不会输给他的。这一次,我们不成功,则成仁。"

说完她就打开琥珀戒面,露出里面所藏的一颗剧毒药丸。

周左看见陈浅停下来，于是自顾自说道："你说，会不会是你的哪个老熟人呢？"

说着还不忘看向陈浅，而陈浅却目视前方，说："这一次她回不去了。"

说完他就重新大踏步向前走去，周左跟在他身后，似乎也猜到了是谁。而这天在他们身后，重庆西南医院病房里，一直躺在病床上，沉睡中的春羊，手指忽然微不可见地动了一下，她长长的睫毛也轻微地闪动了一下。

等到窗外云层高远，隐隐传来雷声的时候，重庆的万物正在复苏，而大街上陈浅带着一队公安人员，正快速前进。

全书完

2022 年 11 月 19 日